동화 처럼

COMO UN CUENTO DE HADAS

동화
처럼

김경옥

COMO UN CUENTO DE HADAS

Kim Kyung-uk

UNA NOVELA COREANA

Traducción
Jinjoo Jin
Sebastián Parodi

NOS
TRA
EDICIONES

Como un cuento de hadas
Título original: *Donghwacheoreom* (동화처럼)
Kim Kyung-uk (김경욱)

Primera edición en español: Producciones Sin Sentido Común, 2020

ISBN: 978-607-8469-97-0

Impreso en México

Esta obra ha sido publicada con el apoyo del Instituto de Traducción de Literatura Coreana (LTI Korea).

This work is published with the support of Literature Translation Institute of Korea (LTI Korea).

ÍNDICE

La reina de las lágrimas

Había una vez un rey y una reina sin hijos, que gobernaban el país donde primero sale el sol. Un día se presentó ante ellos la rana que recorría el mundo de un extremo a otro y les anunció que pronto tendrían descendencia. Al año siguiente, la reina dio a luz a una princesa.

Los reyes celebraron un gran banquete. Para agasajar a unas brujas quisquillosas, pusieron sobre la mesa los platos de oro que tanto apreciaban. Doce platos de oro. Por ello la reina invitó sólo doce brujas. Cada una fue ofreciéndole su bendición a la recién nacida, deseando que sus ojos fueran brillantes como las estrellas, su tez blanca como la nieve, sus labios rojos como las rosas, su cabello negro como el ébano y su corazón noble como la seda. Después de la bendición de la decimoprimera bruja, apareció protestando una decimotercera que no había sido invitada.

—Pasará su vida sola y entre lágrimas.

Tras echar su maldición, la decimotercera bruja se esfumó como el viento. Todos se quedaron atónitos y boquiabiertos. A juzgar por sus caras, parecían haber recibido una bofetada. La decimosegunda bruja fue la que primero salió de su asombro y presagió:

—Si sus cejas se mojan con las lágrimas del corazón del hombre que ama, se liberará de la maldición.

Tal vez a causa de ello, las lágrimas nunca dejaban de brotar de los ojos de la princesa. Cuando murió su madre por una enfermedad, las lágrimas vertidas por la princesa durante tres meses y diez días hicieron que se desbordara el río que marcaba los confines del reino. Sus aguas arrastraron a burros, cabras y gallinas. Al secarse las lágrimas a orillas del río, se erigió una enorme montaña de sal. Para preservar el cuerpo de la reina, su esposo la enterró en la cima de esa montaña. El rey enfermó de tristeza por la pérdida de su amada y se fue consumiendo poco a poco. Cuando finalmente falleció, la princesa lloró una vez más por tres meses y diez días. En esa ocasión también crecieron las aguas del río, pero los animales de granja no fueron arrastrados por él, ya que habían sido puestos a salvo. Al secarse las lágrimas, se formó una segunda montaña de sal sobre la otra orilla del río. La princesa enterró a su padre junto a su madre.

La princesa, pese a haber ascendido al trono, no dejó de llorar. Por esa razón fue llamada "reina de las lágrimas". Lloraba cuando estaba feliz y también cuando estaba triste. Sus lágrimas de felicidad eran más dulces que la miel y las de tristeza, más saladas que la sal. Las personas que saborearon aquellas lágrimas más dulces que la miel sintieron que sus corazones se iluminaban como una infinidad de soles. Y las que saborearon aquellas lágrimas más saladas que la sal sintieron que sus corazones se ensombrecían como el cielo en una noche sin estrellas. Los súbditos que amaban las lágrimas de la reina decían: "El hombre que despose a una joven tan sensible será el más afortunado de la tierra".

La rana que recorría el mundo de un extremo a otro se presentó ante la reina y le habló de lo que había más allá de su palacio. Así escuchara historias alegres o tristes, sus ojos siempre se humedecían. La rana también pensó que el hombre que desposara a una joven tan sensible sería el más afortunado de la tierra. Se ocupó de arreglar un encuentro con el monarca de un país vecino y le pidió a la reina:

—Su majestad no debe llorar ante el rey. Con derramar una sola lágrima, todo se echará a perder.

La reina se reunió con el rey vecino a orillas del río que dividía ambos países. Aunque se sintió atraída por él, no le escuchó decir una sola palabra. "Ya entiendo, es que yo no le gusto", pensó. En ese instante, de sus ojos comenzaron a brotar las lágrimas que hasta entonces había logrado contener. "Si pudiera dejar de llorar al menos un día...", se lamentó.

De camino a su palacio, la reina liberó a un ruiseñor atrapado en una trampa. El ave salió volando sin siquiera darle las gracias. Cuando la reina estaba a punto de llegar a su morada, apareció de nuevo el ruiseñor y dejó caer algo a sus pies. Era una vaina de guisantes. Cantando alegremente, el ave revoloteó por encima de la cabeza de la reina y se elevó hasta desaparecer.

Al acercarse el aniversario de la muerte de su padre, la reina lloraba sin consuelo. Se desbordaron de nuevo las aguas del río que delimitaba su país, poniendo en peligro a la montaña de sal. Ella deseaba contener su llanto, pero no lo conseguía. Lloraba de angustia por el destino de las tumbas de sus padres en la cima de la montaña. Y lloraba aún más por no poder controlar sus lágrimas. Si siguiera llorando un día más, la montaña se desmoronaría.

En la mañana del aniversario, la reina de las lágrimas recordó que tenía en su poder la vaina que el ruiseñor le había dejado. Encontró allí tres guisantes. Al tragar uno de ellos, increíblemente paró de llorar. Pero en su lugar sufrió un ataque de risa. No podía parar de reír, ni siquiera durante el funeral, cuando el consejero real recitó los méritos del difunto monarca. También se reía mientras todos rezaban por la felicidad eterna de su padre en el más allá. Los súbditos se indignaron. La reina fue expulsada del palacio y aun así siguió riendo como una loca. Sus labios dibujaban una débil sonrisa, pero su alma estaba en pena. Vagó por el país sin parar de reír. Se reía durante el ocaso carmesí y durante la noche oscura. Cuando la penumbra quedó atrás, ella se descubrió en la cima de la montaña de sal donde estaban sepultados sus padres. Las risas se detuvieron y las lágrimas regresaron. Se cumplía un día exacto de haber tragado el guisante.

La reina bajó de la montaña para conseguir agua. Por alguna razón, el río estaba cada vez más angosto. Antes se necesitaba un barco para cruzarlo, pero ahora se podía ver claramente hasta el rostro de quien estuviera del otro lado. A veces divisaba a un hombre en la orilla opuesta, que recogía agua en silencio y volvía hacia la montaña de sal de enfrente. A ella le parecía haberlo visto antes. El día en el que se dio cuenta de que era el rey del país vecino, tragó otro de los guisantes que le había dejado el ruiseñor y se dirigió a la orilla, recordando el pedido de la rana.

Se presentó ante el rey con una gran sonrisa. A diferencia de la vez anterior, vio que él cantaba sin parar. Ella escuchó su canto con atención, que más bien parecía un tenebroso conjuro. El rey repetía como un loro:

El monte está desnudo y el río se ha secado.
El cielo ha ennegrecido y la tierra de sangre se ha teñido.
De oscuridad es la montaña y de sangre el río.

Entre risas, la reina volvió corriendo a su montaña de sal, dejando atrás al rey vecino que continuaba con su siniestro canto.

Al día siguiente la reina empezó a llorar nuevamente. El espantoso canto del rey aún resonaba en sus oídos. Caían lágrimas de sus ojos como una cascada. Al secarse, las lágrimas vertidas se convirtieron en sal y la montaña comenzó a elevarse, llegando más allá de las nubes. La reina pensó que si seguía llorando alcanzaría el cielo, donde moraban sus padres. Pero sucedió algo extraño. En un momento, la montaña de sal comenzó a descender. Aunque ella seguía llorando, se achicaba más y más. Cuando volvió a estar debajo de las nubes, descubrió una gran polvareda al pie de la montaña. Una guerra había estallado entre los dos reinos para apoderarse del río que los separaba. El río invitaba a la sangre a llenar su cauce.

Entre lágrimas, la reina descendió por la montaña de sal. Sentía que todo era culpa suya. Cuando llegó al pie de la montaña, descubrió al rey del país vecino en el suelo con una flecha en el pecho. Estaba clavada en su corazón. La mano con la que él sostenía el astil tenía rastros de sal y había perdido las uñas. Y en la otra mano le había sucedido lo mismo. Al momento de arrancarle la flecha, la reina derramó lágrimas de sangre, que mojaron los labios del rey. Y a su vez, del corazón del rey brotó un chorro de sangre, que alcanzó la cara de la reina.

Quién sabe cuánto tiempo pasó. El rey comenzó a toser y luego abrió los ojos. Apoyó su cabeza sobre las rodillas de la reina y se quedó contemplándola por un buen rato. Cuando enjugó con su mano los ojos de la reina, sus lágrimas secas cayeron como estrellas fugaces.

—Ahora ya puedes llorar –le dijo el rey.

Ella le dedicó una gran sonrisa. El cauce seco del río se llenó nuevamente de agua y arrastró todo lo que estaba sin vida, junto con la sangre derramada. Rescataron a burros, cabras y gallinas que eran llevados por la corriente. Cuando la reina y el rey del país vecino se besaron, todo el mundo abandonó las armas y echó vivas. Mientras sus labios se encontraban, la reina dejó caer algo de su mano: era un guisante, el último que le había dejado el ruiseñor. El guisante se perdió entre las aguas.

Unos días después, con el beneplácito de los súbditos de ambas naciones, la reina desposó al rey del país vecino. Ofició la solemne ceremonia la rana que recorría el mundo de un extremo a otro. Y la pareja vivió por siempre feliz.

El rey del silencio

Había una vez un rey y una reina sin hijos, que gobernaban el país donde primero se pone el sol. Un día se presentó ante ellos la rana que recorría el mundo de un extremo a otro y les anunció que pronto tendrían descendencia. Al año siguiente, la reina dio a luz a un príncipe.

Los reyes celebraron un gran banquete. Para agasajar a unas brujas quisquillosas, pusieron sobre la mesa los platos de plata que tanto apreciaban. Doce platos de plata. Por ello la reina invitó sólo doce brujas. Cada una fue ofreciéndole su bendición al recién nacido, deseando que tuviera la sabiduría del zorro, la valentía del león y la generosidad de la tierra. Después de la bendición de la decimoprimera bruja, apareció protestando una decimotercera que no había sido invitada.

—Pasará su vida solo y en silencio.

Tras echar su maldición, la decimotercera bruja se esfumó como el viento. Todos se quedaron atónitos y boquiabiertos. A juzgar por sus caras, parecían haber recibido una bofetada. La decimosegunda bruja fue la que primero salió de su asombro y presagió:

—Si sus labios se mojan con la sangre vertida de los ojos de la mujer que ama, se liberará de la maldición.

Tal vez a causa de ello, el silencio del príncipe crecía día tras día y año tras año. Él permanecía en silencio cuando estaba feliz y cuando estaba triste. Las aguas del río que marcaba los confines de su país se desbordaron, arrastrando a burros, cabras y gallinas. De pronto se erigió una montaña de sal.

Un día, el rey se cayó de su caballo y tras convalecer durante un tiempo, finalmente falleció. El príncipe no pudo abrir la boca por tres meses y diez días. Para preservar el cuerpo del monarca, su esposa lo enterró en la cima de aquella montaña de sal. Ella enfermó de tristeza por la pérdida de su amado y al tiempo también murió. El príncipe permaneció de nuevo en silencio por tres meses y diez días, y enterró a su madre junto a su padre.

El príncipe, pese a haber ascendido al trono, mantuvo su pesado mutismo. Por ello fue llamado "rey del silencio". Se quedaba callado cuando estaba feliz y también cuando estaba triste. Su silencio de alegría era más frío que el hielo y su silencio de tristeza, más caliente que un rayo de sol. Los que presenciaban su silencio más caliente que un rayo de sol sentían que su corazón se aclaraba como si se abrieran mil flores. Los que presenciaban su silencio más frío que el hielo se sentían tan seguros como un marino que confía en una sola estrella para orientarse. Gracias al silencio del rey, sus súbditos no estallaban de felicidad, pero tampoco se rendían ante la tristeza. Los súbditos que amaban el silencio del rey decían: "La mujer que despóse a un joven tan discreto será la más afortunada de la tierra".

La rana que recorría el mundo de un extremo a otro se presentó ante el rey y le habló de lo que había más allá de su palacio. Así escuchara historias alegres o tristes, el rey no demostraba ni alegría ni tristeza. La rana también pensó que la mujer que desposara a alguien tan discreto sería la más afortunada de la tierra. Se ocupó de arreglar un encuentro con la gobernante de un país vecino y le pidió al rey:

—Su majestad no debe guardar silencio ante la reina. Si no dice una sola palabra, todo se echará a perder.

El rey se reunió con la reina vecina a orillas del río que dividía ambos países. Aunque se sintió atraído por ella, vio que la reina no dejaba de llorar. "Ya entiendo, es que yo no le gusto", pensó. Reprimiendo su tristeza, se lamentó por dentro: "Si al menos un día pudiera expresarme con palabras... Decir que estoy alegre cuando siento alegría y que estoy triste cuando siento tristeza...".

De camino a su palacio, el rey liberó a una alondra atrapada en una trampa. El ave salió volando sin siquiera darle las gracias. Cuando el rey estaba a punto de llegar a su morada, apareció de nuevo la alondra y dejó caer algo a sus pies. Era una vaina de guisantes. Cantando alegremente, el ave revoloteó por encima de la cabeza del rey y se elevó hasta desaparecer.

Al acercarse el aniversario de la muerte de su madre, el rey estaba cada vez más callado. Quería soltar la tristeza atascada en su garganta, pero no lo conseguía. Al pensar en sus padres sepultados en la montaña de sal, su boca se cerraba. Y al no poder hablar, se quedaba aún más callado.

En la mañana del aniversario, el rey recordó que tenía en su poder la vaina que la alondra le había dejado. Encontró allí tres guisantes. Al tragar uno de ellos, increíblemente pudo abrir la boca y se puso a cantar. Cantaba mientras el consejero real recitaba las virtudes de la difunta soberana en la ceremonia, y también mientras todos rezaban por su felicidad eterna en el más allá.

Mi padre me ha creado y mi madre me ha parido.
Mi padre me ha matado y mi madre me ha comido.

Los súbditos del reino se indignaron. El rey fue expulsado del palacio y aun así siguió cantando como un lunático. Su alma estaba presa de un frío silencio, pero sus labios cantaban a desgano. El rey vagó por el país sin parar de cantar. Cantaba ante el ocaso carmesí y durante la noche oscura. Cuando la penumbra quedó atrás, él se descubrió en la cima de la montaña de sal donde estaban sepultados sus padres. El canto se detuvo, pero el silencio regresó. Se cumplía un día exacto de haber tragado el guisante.

❋

Al llegar la época de escasez, los súbditos hambrientos se comieron incluso a sus propios hijos. Los niños que aún vivían cantaban al unísono:

Mi padre me ha creado y mi madre me ha parido.
Mi padre me ha matado y mi madre me ha comido.

Un día, el rey bajó de la montaña para conseguir agua. Por la sequía, el río se angostaba cada día más. Antes se necesitaba un barco para cruzarlo, pero ahora se podía ver claramente hasta el semblante de quien estuviera del otro lado. A veces divisaba a una mujer en la orilla opuesta, que recogía agua llorando y volvía hacia la montaña de sal de enfrente. A él le parecía haberla visto antes. El día en el que se dio cuenta de que era la reina del país vecino, tragó otro de los guisantes que le había dejado la alondra y se dirigió a la orilla, recordando el pedido de la rana.

Cuando se reunió con la reina del país vecino, no pudo parar de hablar y de cantar. Y la reina no paraba de reír. Al mirarla detenidamente, le pareció que se estaba burlando de él. Abatido, regresó corriendo a su montaña de sal, dejando atrás las burlas de la reina del país vecino.

Al día siguiente el rey se encerró de nuevo en el silencio. La tristeza de toda una vida, que nunca había podido liberar, le oprimía el corazón. Sumido en la melancolía, el rey pudo ver que la montaña de sal del otro lado del río empezaba a elevarse. Cada vez más y más. En un momento la cima desapareció entre las nubes. El rey creyó que nunca más volvería a ver a la reina del país vecino. Conteniendo la tristeza que le estrujaba el corazón, bajó de su montaña de sal casi rodando. Cruzó el río y tan pronto llegó al pie de la otra montaña, empezó a rascar con locura la sal de la ladera. No se detuvo ni cuando se desgarró los tendones ni cuando perdió todas las uñas de las manos.

De repente oyó a lo lejos un gran tumulto. Una guerra había estallado entre los dos países para apoderarse del río que los separaba. El río invitaba a la sangre a llenar su cauce. Las flechas inundaban el cielo y los cadáveres, la tierra. El rey tragó su llanto seco y siguió rascando la sal de la ladera. Sentía que todo era culpa suya. Justo cuando vio a la reina del país vecino bajar la montaña, sintió una ardiente punzada en el corazón. Se desplomó en el suelo, sujetando una flecha clavada en su pecho. Un silencio más frío que el hielo invadió su cuerpo. Las palabras de todas las alegrías y tristezas que nunca había podido expresar se congelaron en ese silencio que lo atormentaba.

Quién sabe cuánto tiempo pasó. Al sentir algo increíblemente caliente mojando sus labios, el rey abrió los ojos.

Apoyó su cabeza sobre las rodillas de la reina y se quedó contemplándola por un buen rato. La mirada de la reina se sentía lejana, como en un sueño. Cuando él le acarició por debajo de los ojos, las lágrimas secas de la reina brillaron como estrellas fugaces.

—Ya no hay nada que temer –le dijo el rey.

Ella le dedicó una gran sonrisa. El cauce seco del río se llenó nuevamente de agua y arrastró todo lo que estaba sin vida, junto con la sangre derramada. Rescataron a burros, cabras y gallinas que eran llevados por la corriente. Cuando el rey y la reina del país vecino se besaron, todo el mundo abandonó las armas y echó vivas. Mientras sus labios se encontraban, el rey dejó caer algo de su bolsillo: era un guisante, el último que le había dejado la alondra. El guisante se perdió entre las aguas.

Unos días después, con el beneplácito de los súbditos de ambas naciones, el rey desposó a la reina del país vecino. Ofició la solemne ceremonia la rana que recorría el mundo de un extremo a otro. Y la pareja vivió por siempre feliz.

동화처럼

PRIMERA
PARTE

LA ROSA QUE *florece* DE NOCHE

Jangmi estaba en su primer año en la universidad cuando lo conoció. Su primera impresión de él fue tan borrosa como el empapelado descolorido, el denso humo de cigarrillo y la música pasada de moda del restaurante chino frente a la universidad. En ese lugar, cuyo nombre no recordaba, lo vio por primera vez. Era la reunión de bienvenida para los nuevos miembros del club de canto, y Jangmi era una de ellos. Sólo porque los nuevos eran siete, fueron apodados "Los siete enanitos".

Al llegar su turno de cantar, Jangmi se puso de pie. Tenía tanta seguridad en su capacidad que se había apuntado al club de canto el primer día de clases. Eligió una canción de ABBA. Cuando comenzó a interpretarla, los miembros más antiguos del grupo no se preocuparon por disimular su desagrado. "Oye, este grupo es de Estados Unidos, ¿no?". "Que no, que es de Suecia". Envueltos en humo de cigarrillo, refunfuñaban como ancianos mojados bajo la lluvia. Todos los nuevos miembros que habían cantado antes que ella eligieron canciones de protesta aprendidas en el club. Pero Jangmi, después de mucho meditarlo, se inclinó por esa canción que tan bien interpretaba y la razón fue simple: el estudiante de odontología Seo Jeongu. Era alto, atractivo y de cabello rizado. Y lo más importante: tenía los dedos blancos y largos. Al saber que actuaría frente a él, quiso mostrarle su talento y una imagen diferente de sí misma. Jangmi había cantado esa canción cientos de veces, pero a sabiendas de que él la estaba mirando, sentía que le temblaba la voz. También se le habían resecado los ojos. Al entrar en la universidad, por primera vez en su vida se había puesto lentes de contacto y aún no estaba acostumbrada a ellos. El público no parecía complacido con la interpretación. Los miembros más antiguos del club tenían una expresión vacía en el rostro. Cuando Jangmi terminó, sólo unos pocos aplaudieron; entre ellos, el estudiante de odontología. Eso era suficiente para ella. Corrió al baño para calmar el acelerado latido de su corazón. Sacó del bolsillo el colirio y al echarse unas cuantas gotas en los ojos, se sintió mejor. Tuvo que esperar un buen rato hasta que estuviera disponible el inodoro. Luego se lavó las manos con prisa, porque el siguiente turno era el del estudiante de odontología.

Cuando regresó a la sala, Jeongu ya estaba tomando asiento de nuevo en su lugar. Los miembros del club lo aplaudían y golpeaban la mesa. Ella quiso saber qué había hecho aquel estudiante de dedos blancos y largos para cautivar a todos de esa manera. Pero no le preguntó a nadie. Estaba de mal humor por culpa de la estudiante que se había demorado en el inodoro, pero también le irritaban el humo de los que fumaban y su pobre visión.

La siguiente en la lista era Han Seoyoung, una compañera suya de la facultad. Desde pequeña había recorrido varios países junto a su padre, quien era representante en el exterior de una empresa comercial. Con su sonrisa característica y destilando cierta elegancia, esperó a que todos se callaran. Parecía un experimentado orador que conoce el efecto dramático del silencio. Empezó a recitar un poema: *El camino menos transitado*, de Robert Frost. Al haberse criado en un país angloparlante, su pronunciación del inglés se asemejaba a la de un nativo. Su aspecto deslumbraba tanto como su actitud, y siempre se veía llena de seguridad en sí misma. Más que su figura, era su aura de confianza lo que Jangmi envidiaba.

"Ese poeta es inglés, ¿verdad?". "¡No, te digo que es de Estados Unidos". Sin inmutarse por el cuchicheo de los miembros del grupo, Seoyoung continuó con su recitado. Un poema muy lírico, casi una canción. Al pronunciarlo, ella parecía transmitir todas las emociones del autor. Jangmi bebió un poco de *soju*. Lo que a ella le interesaba era otra cosa: la reacción del estudiante de odontología. Solía inquietarse de sólo verlo hablar con Seoyoung. Reunió valor y giró la cabeza disimuladamente en su dirección. Jeongu estaba cruzado de brazos y con los ojos ligeramente cerrados. Cuando Jangmi notó una sonrisa en sus labios, volvió la cabeza como si hubiera presenciado algo indebido.

El último de la lista era él: Kim Myungjae. Se presentó como estudiante de astronomía. Parecía estar todo el tiempo perdido en sueños. Era uno de esos que siempre asistía a las reuniones, pero Jangmi sólo notaba su presencia cuando sus miradas se encontraban. Tan pronto empezó a cantar, nadie pudo hacer silencio, eran incapaces de creer lo que oían. Él llevaba unos anteojos de marco grueso, de moda por entonces, pero que no iban bien con su cara angosta y cubierta de granos. No sólo estaba lejos de transmitir elegancia, cantaba como un gallo viejo. No respetaba los tonos ni mucho menos los compases. Carecía de talento musical. No era raro que todos se preguntaran cómo había ingresado al club. Tan extraña era su voz como la cara que ponía. Sería su modo de concentrarse: cerrar con fuerza los ojos como tratando de controlar un ataque de ira o protestando por alguna injusticia. Los que al principio estaban boquiabiertos, luego comenzaron a desternillarse de risa. Todos, excepto el líder del grupo y Jangmi.

En realidad, el que Jangmi no se riera se debía a que en ese momento estaba muy incómoda. Era la canción que más detestaba en el mundo. Oía las carcajadas de Jeongu, el estudiante de odontología, que le sonaban como las burlas de sus compañeros de primaria cuando se presentó en su nueva escuela y les dijo a todos su nombre, *Jangmi*, que significa "rosa". Al asociar ambas risas, sus ojos se humedecieron, algo que le ocurría con facilidad, estuviera triste o alegre, enojada o sorprendida.

El tono de voz del estudiante de astronomía cobró más fuerza. "Nueve por nueve, ochenta y uno". "Nueve por ocho, setenta y dos...". Jangmi empezó a multiplicar de atrás para adelante. Esas palabras mágicas tampoco le sirvieron para contener el llanto. Antes de terminar la tabla del ocho, las lágrimas brotaron de sus ojos como un torrente. La canción estaba llegando a su clímax.

La rosa que florece de noche.
La rosa que se parece a mi amor.
Los días que no volverán...
Los miércoles, rosas rojas.

La primera vez que Myungjae la vio fue en el comedor universitario. Era un día de primavera, poco después de su ingreso a la universidad.

—¿Este lugar está libre?

Myungjae levantó la mirada con la boca llena de arroz envuelto en algas. Una estudiante con un sobretodo amarillo patito estaba de pie frente a su mesa, con una bandeja en las manos. Él ocupaba una mesa para cuatro personas. Quizás por sus ojos de medialuna, la estudiante daba una impresión de generosidad. Su largo cabello brillaba como si lo hubiera peinado con un toque de aceite. A causa del alga adherida a su paladar, Myungjae era incapaz de hablar. Asintió levemente con la cabeza, pero la estudiante que le había hecho la pregunta se fue a otra mesa. La acompañaba ella: Jangmi. Al parecer, el gesto de Myungjae había sido malentendido.

Durante toda la cena, él miró con disimulo a la estudiante del sobretodo amarillo. No pudo dejar su asiento ni cuando su bandeja quedó completamente vacía. Las dos terminaron de comer y se dirigieron a la máquina expendedora de café. Tomaron las escaleras y bajaron hacia el primer piso. A ambos lados del corredor estaban los salones de reunión de los clubes universitarios. La estudiante del sobretodo amarillo y ella entraron al salón del fondo. Myungjae las siguió y cuando llegó a la puerta se quedó duro como una piedra: era el club de canto Alarido.

Se desplomó sobre un viejo sofá que había en el corredor. El lugar estaba oscuro y helado. Su cajetilla de cigarrillos estaba vacía. A causa del frío le entró sueño, aunque quizás sintió frío porque tenía sueño. Sacó del bolsillo su caja de cerillas. La llevaba todo el tiempo consigo desde hacía años, después de ver una famosa película hecha en Hong Kong. Encendió una cerilla. Sintió que todo a su alrededor se tornaba cálido y luminoso, y luego oyó una canción cuyo título desconocía. Al apagarse la cerilla, se sintió oprimido por la gélida oscuridad. La música también desapareció. Cuando prendió una nueva cerilla, la penumbra se marchó y la canción regresó.

Desde el Mar del Este donde sale el sol
hasta el Mar del Oeste donde se esconde.
Desde las cálidas tierras del Sur
hasta la extensa llanura de Manchuria.
Cómo podemos ser pobres,
cómo podemos tener dudas...

La melodía parecía provenir del cielo. Para retener en su mente el susurro de la canción, sacó todas las cerillas restantes y las encendió al mismo tiempo. Parecía el fogón de un campamento de enanos. Admirando las llamas danzantes, Myungjae se durmió.

—Pobrecito, parece que intentó calentarse con cerillas.

—¡Oye!

Myungjae se despertó ante la sacudida que recibió en un hombro. Era de un estudiante que llevaba una chaqueta militar y estaba acompañado por una chica de chaqueta negra. Ambos lo miraban atentamente.

—¿Qué haces aquí? –le preguntó el de chaqueta militar, quien tenía unas gruesas patillas.

—La canción... –susurró Myungjae sin querer.

—Ya me parecía que nunca te había visto por aquí. Has venido a apuntarte a nuestro club de canto, ¿eh? En ese caso deberías haber entrado al salón. ¿Por qué te quedaste aquí jugando con cerillas?

—En realidad, yo...

—Entremos, hace frío.

El de chaqueta militar agarró a Myungjae del brazo y entraron juntos al salón. El lugar estaba vacío.

—¿Y qué esperas para ponerte a cantar? –lo apremió.

—Saldrá el sol si seguimos así –intervino la de chaqueta negra, en complicidad con su compañero–. ¿Acaso no viniste a apuntarte a nuestro club?

Myungjae sólo tenía ante sí la imagen titilante de la estudiante del sobretodo amarillo. Cerró bien los ojos y empezó a cantar. "Los miércoles, rosas rojas". Era la canción con la que se sentía más seguro. No demandaba una gran técnica vocal y era, sobre todo, muy corta. Cuando terminó, reinó el silencio.

—Aparte de cantar, ¿qué más sabes hacer? –le preguntó la de chaqueta negra, conteniendo la risa.

—Lanzar... –respondió Myungjae apenas con un hilo de voz.

—¿Lanzar?

—Jugué al béisbol en la secundaria.

—¿Eras lanzador? –se entusiasmó de pronto el de chaqueta militar, descruzando los brazos e inclinándose con la silla hacia adelante.

—Sí.

El estudiante de patillas dejó escapar un silbido.

—¿Y por qué dejaste de jugar? –quiso saber la de chaqueta negra.

Pero Myungjae no abrió la boca.

—Está bien. Desde ahora eres miembro del club de canto –dijo el de chaqueta militar.

—¿Qué? –protestó la chica– ¿Crees que puedes hacer lo que quieras sólo porque eres el líder? ¿Cómo se lo explicarás a los demás?

En ese momento la estudiante de chaqueta negra frunció el entrecejo y el de chaqueta militar sonrió. Quince días más tarde, al escuchar nuevamente la canción de Myungjae en el restaurante chino cerca de la universidad, fue diferente: la de chaqueta negra sonreía burlonamente, como si encontrara absurda toda la situación, mientras el de chaqueta militar fruncía el ceño, insinuando que lo que veía era inadmisible. Durante las últimas dos semanas, nadie había oído cantar a Myungjae. En los ensayos, él se ubicaba detrás de Han Seoyoung, la estudiante del sobretodo amarillo; y se limitaba a mover los labios. Era el "alarido mudo" del club Alarido.

Myungjae había practicado con dedicación desde el día que se enteró de que habría una reunión de bienvenida. Ensayaba sentado en el inodoro y mientras se duchaba. Su meta era sólo una: no ser expulsado del club de canto.

Subo la solapa de mi pesada chaqueta...
... Los miércoles lluviosos, rosas rojas.

Al término de la canción, Myungjae volvió a su asiento y se hizo un gran silencio, como si el público hubiera recibido un cubetazo de agua fría. Cuando alguien soltó la primera risotada, todo el lugar se convirtió en un mar de risas. No sólo se desternillaban los miembros más antiguos del club sino también los nuevos. Incluso Seoyoung tapándose la boca con una mano.

Con excepción del líder del club, había alguien más que no se reía: ella. Tenía los ojos llorosos. Cuando Myungjae cantaba, todo el mundo reía; pero sólo ella lloraba.

Se puso a verla detenidamente. Era peculiar: tez oscura, nariz y boca muy juntas, ojos demasiado grandes para su rostro... Y una mirada compasiva.

LA *incómoda* VERDAD DEL JUEGO DE LA VERDAD

Jangmi se esforzó por mantenerse alejada de él, luego de oírlo interpretar la canción que odiaba tanto. En realidad, no tenía necesidad de actuar así, ya que él nunca parecía estar presente. Cualquiera podía darse cuenta de ello con sólo ver su terrible falta de talento para cantar, pero nadie lo veía como un problema. En su lugar, le profesaban respeto. "¿Puedes cantar tú de esa manera?". "Es imposible tener una voz así con cuerdas vocales humanas". "¿Será de otro planeta?". "¡Tal vez por eso estudia astronomía!". "Quizás sea el príncipe rana que ha recibido una maldición". "Los miércoles croan... las rosas rojas croan...". "Entonces no serían «Los siete enanitos» sino «el príncipe Rana y los seis enanitos»". De ese tono eran los comentarios de los miembros del club. Para Jangmi, por su parte, llamarlo príncipe Rana era demasiado. A alguien tan lleno de granos como él le quedaría mejor Sapo.

Él tampoco hablaba mucho. No solía ser el primero en dirigirle la palabra a alguien y muchas veces no contestaba las preguntas que le hacían. Se comportó de esa manera cuando participó en el juego de la verdad. Los miembros del club habían hecho un viaje a la isla Namiseom para dar la bienvenida a los nuevos.

Durante la tarde, los estudiantes celebraban su reunión; mientras que afuera, el verde primaveral iba perdiendo su brillo. Cuando el cielo se tiñó de rojo, una de las gemelas, la que había nacido primero, propuso jugar al juego de la verdad. O quizás lo propuso la que había nacido después. Ambas llevaban el mismo peinado y vestían de manera similar, por lo que era imposible distinguirlas.

La regla principal del juego era que si uno recibía una pregunta, tenía que contestar con la verdad; y si se negaba, debía beber una copa de licor de un solo trago.

Toda la atención de Jangmi se centraba en el estudiante de odontología. A quién le decía qué cosa, de quién recibía preguntas y qué era lo que contestaba. Cuando alguien le hacía a Jeongu una pregunta, Jangmi sentía que su corazón se derrumbaba. Y cuando éste le preguntaba a alguna estudiante, Jangmi se ponía extremadamente tensa. Pregunta de Jeongu... Pregunta para Jeongu... Pregunta sobre Jeongu... Ella se mordía los labios a cada momento, preocupada de que escapara de su boca el nombre que se arremolinaba en su corazón.

—¿Tienes novio?

Esa pregunta de Jeongu dirigida a Seoyoung hizo que Jangmi se pusiera roja como un tomate.

—Aún no –contestó Seoyoung con una gran sonrisa–. ¿Y tú?

—Tampoco.

Jangmi, intrigada por el anillo que el chico siempre llevaba en la mano, se tranquilizó con esa respuesta. El paraíso y el infierno no estaban tan lejos. Cuando creía que era el paraíso, era el infierno; y cuando pensaba que era el infierno, era el paraíso. Tal vez fueran el mismo lugar con dos nombres diferentes.

—¿Hay alguien de nuestro club que te guste? –le preguntó de nuevo Jeongu.

La pregunta era delicada: navegaba por una estrecha y peligrosa grieta entre la curiosidad por los sentimientos ajenos y el temor de dejar al descubierto los propios. A Jangmi le parecía cruel que Jeongu sólo le preguntara a Seoyoung. Mejor dicho, sentía odio hacia ella, porque había acaparado el interés de quien le gustaba. Sin estar obligada, se llevó la copa a la boca.

—No te ha preguntado a ti, Jangmi –intervino la menor de las gemelas. O quizás fuera la mayor.

Jangmi sintió que le ardía la cara y no pudo decir una palabra.

Cuando Seoyoung decidió tomar la copa, Jeongu afinó la mirada.

—Y a ti, Jangmi, ¿hay alguien aquí que te guste? –le preguntó Seoyoung.

Sería por el alcohol que se le había subido a la cabeza o por el calor del ambiente venido de quién sabe dónde, Jangmi contestó sin pensar:

—Sí.

Su cuerpo se estremeció antes de terminar de pronunciar esa breve respuesta, arrepintiéndose de lo que acababa de hacer.

—¿Qué esperas? Ahora haz tú una pregunta –la instó, con una palmada en el hombro, la menor de las gemelas. O tal vez fuera la mayor.

Jangmi se dirigió a él sin querer. No tenía ningún motivo en especial, sólo lo había elegido porque lo tenía sentado enfrente. Abriendo bien los ojos, él se señaló a sí mismo con el dedo.

—¡Sí, tú, Sapo! ¿Por qué te inscribiste al club si no sabes cantar?

Su tono de voz dejó en evidencia que estaba ebria. Todas las miradas apuntaron hacia él. Sus labios parecieron encogerse de nerviosismo, pero no abrió la boca. Con la vista hacia abajo, se limitó a toquetear su copa. Desde lejos se escuchó el croar de una rana. Jeongu sólo tenía ojos para Seoyoung y Jangmi mantenía el ceño fruncido. En ese momento, él se levantó y salió del cuarto. Jangmi se quedó boquiabierta por esa reacción imprevista. El ambiente se enrareció de repente, dando por terminado ese sádico juego de espionaje, lleno de confesiones masoquistas formuladas con la excusa de decir la verdad. De uno en uno, todos empezaron a abandonar sus lugares. Jangmi estaba furiosa. "Y ése que ni sabe cantar... encima se ofende. ¡Qué príncipe ni qué príncipe!".

Cuando retomó el control de sí misma, se descubrió sola en el cuarto. Salió de allí tambaleándose. El viento proveniente del río era helado y la luna inmersa en la húmeda oscuridad tenía un brillo sombrío. A Jangmi no le gustaba la oscuridad, le daba miedo. De pequeña, cuando desobedecía a su madre, era encerrada en el armario como castigo. Acurrucada en la penumbra, pensaba en el reino de la nieve y en su malvada gobernante. "Lo que pasa es que he sido secuestrada por la temible reina de la nieve. Pero no debo preocuparme, en cualquier momento llegará el príncipe a rescatarme en un trineo tirado por renos. He dejado migas de pan en el camino, así que él me encontrará fácilmente. ¿Y si los pájaros se las comen? En realidad es pan envenenado. Él sólo debe seguir los cuerpos sin vida de las aves."

Jangmi caminó con la mirada baja. Le parecía que el suelo se elevaba y la luz de la luna la tomaba por los tobillos. Seguramente era un hechizo de la reina de la nieve. Jangmi sacó una galleta del bolsillo y empezó a partirla. Luego dejó caer los trozos al suelo para que el príncipe pudiera venir en su rescate. Por muy poderosa que fuera la reina de la nieve, no podría impedir la llegada del príncipe. La galleta se hacía cada vez más pequeña, pero el príncipe no se veía por ninguna parte. Jangmi miró a su alrededor con nerviosismo. ¿Dónde estará Jeongu?

Cuando por fin dejó caer el último trozo de galleta, apareció ante sus ojos el río. En la oscuridad, el agua tenía un dulce aroma. La luna se reflejaba en el río como las piezas brillantes de una porcelana rota. Un objeto blanco atravesó la débil imagen de la luna y la negrura de las profundidades. Era un bote con forma de pato. Afinando la vista, Jangmi pudo perforar la oscuridad. Reconoció a Seoyoung. Frunció aún más el entrecejo. Junto a Seoyoung estaba Jeongu, y ambos pedaleaban y conversaban animadamente en voz baja. Jangmi tomó un guijarro y se los lanzó, pero ni siquiera pudo alcanzar el bote. Arrojó otro guijarro con todas sus fuerzas y aunque estuvo más cerca, no fue suficiente. El bote se alejó meciéndose suavemente. Ya estaba fuera del alcance de cualquier guijarro del mundo. Jangmi se dio vuelta para emprender el camino de regreso, pero bajo sus pies las piedras comenzaron a crujir. Estaba pisando los trozos de galleta regados sobre el camino. Entró nuevamente en la habitación y comenzó a beber sola. Y al rato se quedó dormida.

Al despertarse con sed y dolor de cabeza, sintió sobre su mano algo que no le era familiar. A juzgar por los gruesos nudillos, seguro que era la mano de un varón. Asustada, estuvo a punto de apartar el brazo; pero de pronto dudó, ya que uno de los dedos tenía un anillo. Se imaginó de inmediato la cara de Jeongu y su corazón palpitó con fuerza. La mano del anillo acariciaba la suya dulcemente. Sin saber qué hacer, Jangmi se quedó inmóvil, conteniendo el aliento. Esa mano tibia rozaba el dorso de la suya con lentitud. El cuerpo de Jangmi se estremecía con aquel contacto. También se le secó la boca. Las puntas de los dedos de Jeongu rozaban los de ella de uno en uno, desde el meñique hasta el pulgar, como si estuviera dándoles la bendición. En ese instante, alguien habló en sueños y Jangmi se asustó. Fingiendo que cambiaba de postura, retiró su mano. Deseó con toda el alma un sorbo de agua, pero mantuvo los ojos bien cerrados. Al despertarse, luego de soñar que estaba cavando un pozo sin fondo, descubrió que no había nadie más en la habitación. Jangmi se quedó contemplando su propia mano.

EL PRÍNCIPE RANA MONTANDO UN *cisne*

Fue su madre quien le contó a Myungjae la historia del príncipe rana. Para él, su padre siempre había sido "padre", pero su madre era "mamá". En el diccionario de Myungjae no existía la palabra "papá". Cuando él nació, su padre ya tenía cuarenta años. No era sólo su avanzada edad sino su gesto adusto, con la boca siempre cerrada, los que hacían que para Myungjae la palabra "papá" se perdiera en lo más profundo de su ser.

—Zes zuna zistoria muy zantiguaz, de la zépoca quez todoz loz dezeos ze zacían realidaz.

Más allá de su acento, su madre era una mujer muy elocuente. Le contó a Myungjae muchas historias incluso antes de que él supiera leer y escribir. La que más lo impresionó fue la del príncipe rana. Los cuentos alemanes protagonizados por ranas son especiales. Myungjae se sentía raro, como si hubiera espiado un mundo prohibido.

En la parte en la que la rana se subía a la cama de la bella princesa, se apoderó de él una extraña excitación. De más grande, cuando pudo leer la historia, sintió lo mismo. Para ocultar aquella secreta sensación, ese día no escribió ni dibujó en su diario acerca del príncipe rana, sino del paje.

> Enrique es bueno. El buen paje Enrique lloró cuando el príncipe se convirtió en rana. Eran lágrimas de bondad. El buen paje Enrique, preocupado de que su corazón estallara, lo selló con tres aros de hierro. Enrique era siempre bueno. Cuando la rana se convirtió de nuevo en príncipe, el buen Enrique se alegró. Y los aros de hierro se rompieron. Eran buenos aros. Yo también seré bueno como Enrique.

La maestra le dijo que era una interpretación original de la historia y le acarició la cabeza. Pero en realidad Myungjae deseaba ser como el príncipe rana. Cuando se sentía triste, releía esa historia, soñando que algún día se convertiría en un príncipe aunque ahora fuera una rana.

A medida que crecía, fue desapareciendo su interés por las ranas. Su vida no tenía relación con ellas y mucho menos con el príncipe rana. Así fue hasta su ingreso en el club de canto. En la preparatoria su apodo era Sapo, por los enormes granos que tenía en la cara. A él no le gustaba que lo llamaran así, porque si bien existía un príncipe rana, no había ningún príncipe sapo. Por esa razón, cuando los miembros del club lo llamaron príncipe Rana, respiró aliviado. Pero una noche de primavera, con los pétalos de los cerezos colándose dentro de la habitación de la isla Namiseom, la palabra que pronunció ella rompió su paz en mil pedazos.

Ya había pasado un buen rato desde el inicio del juego de la verdad, pero él no había recibido ninguna pregunta. A Jeongu le habían hecho tres, también a Seoyoung. Cada vez que la señalaban a Seoyoung, él sentía que se tensaban todos sus nervios, más aún cuando era Jeongu quien preguntaba. Sin haber recibido una sola pregunta, verse impaciente por la respuesta de Seoyoung lo hacía tener lástima de sí mismo. Quizás por esa razón, cuando ella, Jangmi, lo señaló de repente, en lugar de sorpresa sintió alegría. Aun así se puso nervioso, porque ella era especial: sus ojos se llenaban de lágrimas cada vez que lo escuchaba cantar.

—Sapo, si no tienes talento para el canto, ¿por qué te uniste al club?

Myungjae se quedó de una pieza. ¿Ella se había dado cuenta de que él estaba interesado en Seoyoung? ¿Cómo supo que ése era su apodo en la preparatoria? Su cara se puso roja de vergüenza. Intentó mostrarse calmado; pero estaba incómodo, como sentado en un cojín de clavos.

—¿No era Rana? –murmuró alguien.

Myungjae se levantó de un salto. Ya no podía soportar un ambiente tan sofocante. Después de salir de la habitación, sus pies lo llevaron hacia el río. Cuanto más se acercaba a la orilla, más helado le parecía el aire. Al llegar, comenzó a arrepentirse de haber salido de esa manera, pero ya no había vuelta atrás. Se sentó sobre el suelo pedregoso. La oscuridad del agua era más clara que la negrura de la tierra. A él le agradaba la oscuridad. Más concretamente, disfrutaba ver la luz que brillaba en la penumbra. Lo realmente brillante es lo que reluce en la más absoluta oscuridad.

—¿Qué haces?

Era Seoyoung. Cuando la estudiante se sentó a su lado, Myungjae sintió que una fragancia le hacía cosquillas en la nariz. El viento agitaba el largo cabello de la joven, moviéndose encima de su camiseta encapuchada con el emblema de los Boston Red Sox. Era la primera vez que él estaba a solas con Seoyoung. Sintió que el corazón le latía con fuerza y aún con la boca reseca, intentó tragar saliva.

—Dicen que jugabas al béisbol, ¿es así?

—Sí.

—Lanzador, ¿verdad?

—Ajá.

—A mí también me gusta el béisbol.

—Qué bien.

Aunque él quería entablar una conversación, le costaba hablar y las pocas palabras que salían de su boca daban lástima. Tomó un inocente guijarro y lo lanzó al agua.

—Veo que llevas un anillo -le dijo la estudiante.

Como siempre, él seguía sin poder abrir la boca. Y fue la joven quien rompió nuevamente el silencio:

—¿Quieres dar una vuelta en bote?

—¿En bote?

—Sí, aquél.

Seoyoung señaló río abajo. El embarcadero formado con tablas intercaladas tenía amarrados unos cuantos botes a pedal para dos personas.

—No pensé que en lugares como éste hubiera botes con forma de pato -dijo Seoyoung, asombrada.

—No son patos, son cisnes -esas palabras se escaparon de su boca sin que se diera cuenta. Deseó morderse los labios.

—¡Vaya! Veo que puedes decir más de una palabra -dijo Seoyoung con una sonrisa.

Él se sonrojó. Ambos tomaron el bote y se dirigieron al medio del río.

—El poema que recitaste en la reunión de bienvenida, ¿qué es lo que dice?

Esta vez fue él quien rompió el silencio. No era que le interesara el tema, pero sintió que algo tenía que decir.

—Según el poema, el autor encuentra en el bosque un camino que se bifurca y debe elegir una dirección.

Desde alguna parte se oyó un sonido, como de algo pequeño cayendo al agua. Seoyoung miró a su alrededor, y luego tradujo del inglés los versos del poeta norteamericano:

—Después de mucho tiempo seguramente diré suspirando: Dos caminos se bifurcaban en el bosque y yo tomé el menos transitado. Y eso cambió mi destino.

Al escucharla, la palabra "destino" entró en su corazón y brilló como una estrella.

CÓMO *reconocer* A UN VERDADERO PRÍNCIPE

En el tren que llevaba a Cheongnyangni, Jangmi miraba la mano de Jeongu, sentado frente a ella. Esa mano tibia y suave, que había tocado la suya la noche anterior. La primera vez que había visto el anillo en su dedo, sintió que su corazón se precipitaba hacia un abismo. Pero ahora, era una prueba sólida de que lo sucedido durante la noche no había sido un sueño. Observó con satisfacción el anillo que brillaba por la luz del sol entrando por la ventanilla.

—¿Mi mano tiene algo raro?

—No, nada –le contestó Jangmi sobresaltada, llevando apresuradamente la vista al paisaje exterior.

Los pétalos de los cerezos jugueteaban con la brisa a su alrededor. Se arremolinaban acompañando la marcha del tren, huyendo de la primavera. Al lado de Jeongu y frente a Jangmi estaba él, quien apoyó un codo sobre el alféizar de la ventana y su mejilla en una mano. Miraba distraídamente hacia afuera. Parecía añorar un mundo que el tren había dejado atrás. A Jangmi le llamaba la atención esa lejana mirada, como sumergida en un sueño. Era una escena familiar para ella: su madre solía quedarse con la vista perdida hacia la ventana; hasta que el sol se ponía, desdibujando el contorno de los objetos como el aceite. Su madre continuaba en la sala con la vista perdida incluso cuando Jangmi leía diez veces el mismo libro de cuentos, preocupada de que se derritiera en la oscuridad. Cada vez que pasaba una página del libro, levantaba la vista hacia ella, quien, salvo cuando estaba enojada, siempre parecía tener el alma extraviada. Jangmi temía a la oscuridad dentro del armario, pero se sentía más aliviada cuando recibía el castigo materno, porque sólo en ese momento pensaba que su madre no se desvanecería.

Como él tenía grande el caballete de la nariz, era mejor mirarlo de perfil que de frente. En el tren, Jangmi no le había prestado mayor atención, pero de pronto notó algo que la alarmó: él llevaba un anillo de plata en un pulgar. Ahora Jangmi era incapaz de saber si la mano de la noche anterior había sido la de Jeongu. Sólo al tocarla podría estar segura. Aquella piel tibia y suave... Jangmi alternaba la mirada entre los dos chicos sentados uno al lado del otro.

Al llegar a la estación de Cheongnyangni, alguien propuso ir a tomar algo contra la resaca; pero no tuvo eco en los demás. Después de dejar la sala de espera de la estación, la mayoría empezó a caminar en dirección al metro, pero Jangmi fue hacia la plaza para tomar un autobús. Bajaba despacio los escalones, como si quisiera que nunca terminaran. Cuando llegó a la plaza, escuchó una voz que la llamaba. Era Jeongu, bajando las escaleras a grandes pasos y agitando la mano. Su anillo resplandecía como nunca antes.

—¿Para qué lado vas? –le preguntó mientras caminaban a la par rumbo a la parada de autobuses.

Después de que Jangmi le respondiera, el estudiante ladeó la cabeza y replicó:

—Pero... si vas para allí sería más rápido el metro.

—Yo no tomo el metro.

—¿Por qué?

—Me agobia.

Era mentira. En realidad, Jangmi se había alejado de los otros estudiantes para poner a prueba a los chicos de los anillos. Por supuesto que quería que fuera Jeongu quien pasara dicha prueba. De hecho, la respuesta de Jangmi no había sido una mentira en su totalidad: trataba de evitar el metro porque no le gustaba la oscuridad subterránea.

—¿Y tú?, ¿por qué no tomas el metro? –le preguntó.

—No puedo dejarte ir sola –le contestó el chico sin vacilar.

Aunque ella no sabía si esas palabras eran en broma o en serio, de algo estaba segura: la mano que había sentido la noche anterior era la que ahora tenía ante sus ojos.

—¿Siempre eres así de amable? –le preguntó, omitiendo el "con las chicas".

—No con cualquiera.

"¡Respuesta correcta!", oyó Jangmi en su interior, llena de satisfacción.

Se subieron juntos en el mismo autobús y tomaron asiento en la última fila. Él le cedió el lugar de la ventanilla.

—¿No te interesa saber nada de mí? –le preguntó Jeongu, sonriendo.

—¿Por qué lo dices?

—No me hiciste ninguna pregunta en el juego de la verdad.

Al parecer, el juego aún no había terminado. Es más, recién estaba comenzando. Jangmi parpadeó dos veces.

—¿En serio? ¿No te hice ninguna pregunta?

—Sólo le preguntaste a Myungjae.

—Y tú, sólo a Seoyoung –le contestó ella llevando la mirada al paisaje del otro lado de la ventana.

Cuando el autobús dobló en una esquina, Jeongu la rozó con el hombro. Y un momento después, con un tono más serio, le dijo:

—Tengo algo que preguntarte.

A Jangmi le latió el corazón como si estuviera en la línea de partida de una carrera de cien metros. En ese momento su vientre emitió un gruñido.

—¿Tienes hambre? –exclamó Jeongu, con cara de asombro.

Ella se sonrojó. Su cuerpo solía reaccionar así cuando se ponía extremadamente nerviosa.

—No –le contestó con una voz apenas audible. Y entonces se oyó otro gruñido.

—No lo parece.

—No tengo hambre. En serio –le aseguró. Ya estaba roja hasta el cuello–. Dijiste que tenías algo que preguntarme.

—¿Quieres participar en un concurso de canto conmigo?

—¿Un concurso de canto?

—Sí, estoy pensando en competir en el festival que se hace cada verano en la universidad. Ya tengo compuesta la canción.

—¿Y por qué conmigo?

Él hizo una pausa y respondió:

—Porque eres la que canta mejor.

Ella giró la cabeza hacia la ventanilla y sus labios dibujaron una gran sonrisa.

CÓMO RECONOCER A UNA VERDADERA *princesa*

En el angosto andén donde esperaba el tren a Cheongnyangni, Myungjae lidiaba con una cuestión que no podía resolver. La noche anterior, al regresar al cuarto donde estaban los estudiantes, encontraron el lugar a oscuras. No podían prender la luz, ya que los demás estudiantes dormían. Seoyoung le dijo que se acostara primero, ella se daría una ducha. Myungjae buscó con cuidado un lugar libre y se echó en el suelo, pero le costaba conciliar el sueño, no sólo porque era de los que tienen problemas para dormir en sitios que no les son familiares, sino porque ocupaba su mente la conversación mantenida con Seoyoung en el río. Aún podía sentir vívidamente el aire agitándose mientras dialogaban y la textura del pedregal de la ribera en su trasero. También recordaba el vago perfume de su cabello, que olía a una flor cuyo nombre desconocía.

Dentro de la habitación, con los ojos abiertos en la oscuridad, él no dejaba de pensar en cuál sería aquella flor. Mientras tanto, unos cuantos estudiantes iban y venían del baño, como si tuvieran cierta prisa. La negrura era tal que él no podía saber quiénes eran. En un momento alcanzó a percibir una sutil fragancia. Estaba seguro de que era Seoyoung. Hasta el sonido de su respiración era dulce. Con ese murmullo de fondo, Myungjae se durmió.

En un momento abrió los ojos, por el contacto con algo frío, y se descubrió dentro de una oscuridad aplastante. Todo estaba negro, como en el origen del universo antes de la aparición de la primera estrella. Entre penumbras, sin ver absolutamente nada, concentró sus sentidos en su mano, que en ese momento tocaba la de alguien más. Una mano fría como el hielo. Aunque el suelo estaba caliente, aquella piel era helada como si proviniera del reino de la nieve. ¿De quién sería? Tan pronto recordó que a su lado dormía Seoyoung, el universo contenido en sus pupilas estalló como fuegos artificiales. Era el Big Bang, la primera gran explosión que anunció el inicio de los tiempos. En ese momento se abrió la puerta y alguien salió del cuarto. Myungjae se asustó y retiró la mano, pero Seoyoung no se movía. Aunque estaba seguro de que la persona a su lado seguía dormida, no se atrevió a tomarla de la mano de nuevo.

Cuando Myungjae se despertó, la que estaba a su lado no era Seoyoung sino ella. Estaba acostada de lado y dándole la espalda. Myungjae se limitó a parpadear, confundido. Ella hablaba dormida. Parecía decir algo sobre unos patos, pero no se entendía bien.

Esa mañana, una sola cosa ocupaba su mente: la mano que había tomado durante la noche. ¿De quién sería? Le pareció que si la tocara de nuevo lo sabría al instante.

La oportunidad no tardó en llegar. Seoyoung era la encargada de lavar los platos. Él se ofreció a ayudarla, echando agua en la tina de metal y fregando los utensilios y los cubiertos. Les quitaba los restos de comida, mientras ella los enjuagaba. Cuando Myungjae le pasó la olla que había fregado, le rozó la mano. Y la sintió fría. Ahora estaba seguro de que la mano que había tocado la noche anterior era la suya.

—¿Has dormido bien? –le preguntó Myungjae con cautela.

—Hizo frío en la madrugada.

—¿Y tus manos?

—¿Mis manos?

—¿No tuviste frío en las manos?

—Tal vez. La manta era corta y se me helaron los pies.

Myungjae no hizo más preguntas. Prefirió confiar en sus sentidos más que en las palabras. Sin embargo, esa mezcla de certeza y esperanza no duró mucho. En el estrecho andén de la estación, quien le entregó el billete para Cheongnyangni fue ella, Jangmi. En el momento en el que sus manos se rozaron, él ya no quiso confiar en sus sentidos: su piel era fría como un témpano. Parecía haber sido creada por la diosa del hielo a su imagen y semejanza. Al recordar que había sido ella la que estaba acostada a su lado en la mañana, su cabeza se convirtió en un mar de dudas.

Durante todo el trayecto hasta Cheongnyangni, Myungjae dirigió la mirada al otro lado de la ventana. Como estaba sentado de espaldas a la dirección del tren, sentía náuseas. Por ello optaba por contemplar las montañas a lo lejos, y el cielo todavía más allá. Desde un principio, él no era alguien al que le gustara viajar. Pensaba que un camino es sólo un túnel del que se debe escapar lo antes posible. Lo que le da sentido a un camino son los puntos de partida y de llegada. Ésos son los sitios en los que la vida, al igual que un árbol, echa raíces. Para Myungjae, era el camino lo que se encuentra entre un árbol y otro. En el medio, sólo hay mareo y fatiga.

Su niñez se había desarrollado entre un árbol y otro. Cada vez que su padre cambiaba de trabajo, la familia debía sacar todo nuevamente a la calle. En la calle habían quedado muchas cosas: los amigos más cercanos, los que estaban por ser sus amigos, los que él deseaba que fueran sus amigos, y los que podrían haber sido sus amigos. A bordo de la camioneta de mudanza, Myungjae no dejaba de pensar en los tiempos vividos e imaginar los que vendrían. Aprendió muy pronto que al estar en la calle debía permanecer en silencio. Igual que al sentarse a la mesa para cenar.

Su padre solía decir:

—Zante zun plato de comida caliente, debez procurar zestar callado. Zay quez comer zantes de quez ze zenfríe. Zólo las zerpientes zacuden la lengua frente za la comida.

Cuando estaba en cuarto grado de primaria, Myungjae se preguntaba por qué la calle tenía árboles plantados en fila. Supo la razón durante una clase de arte. Ese día debían dibujar paisajes, pero por el mal tiempo tuvieron que pintar dentro del aula. Lo único que se veía más allá de la ventana era un patio lleno de charcos, unos juegos amontonados cerca del muro exterior de la escuela y un cielo plomizo aplastándolo todo. Mientras los demás alumnos dibujaban la imagen gris que tenían ante sí, Myungjae pintaba el verdor invisible a los ojos: un árbol verde y frondoso, como los que había visto muchas veces bordeando los caminos. Pensó que todos esos árboles habían sido plantados en la calle para que un muchacho que debía mudarse tantas veces como se sentaba a la mesa a cenar pudiera dibujar el verdor en un día lluvioso.

Incluso después de trasladarse a Seúl, su padre no se alejó de la calle. Los fines de semana, llegaba a casa y de inmediato volvía a salir como si se tratara de un fugitivo. Myungjae nunca lo acompañó después de que tomara su equipo de pesca. Tampoco escuchó de su boca ningún pedido de que fuera con él. Sin embargo, éste llevaba a su hermano mayor unas cuantas veces.

Myungjae se acordó del poema de aquel autor estadounidense, cuyo significado le había grabado Seoyoung en la memoria. Si en un bosque he de encontrar un camino que se bifurca, elegiré el menos transitado. Es más probable que sea un atajo. El camino es igual a un túnel del que hay que salir a toda prisa. Tanto el amor como los celos existen sólo al final del camino.

Myungjae solía cerrar los ojos cada vez que atravesaba un túnel. No quería ver su imagen reflejada en la oscuridad. Pero a bordo del tren a Cheongnyangni fue diferente. Tenía un objetivo al que dirigir la mirada, como cuando observaba las estrellas, cargado de emoción. Éstas brillaban en la oscuridad del cielo mientras todo el mundo dormía. Myungjae miraba disimuladamente a Seoyoung, cuya imagen se reflejaba en la ventana cubierta de negro. Sintió que no le importaría que el túnel no terminara jamás.

—¿Hasta qué hora te quedaste tomando anoche? -preguntó ella, sentada en el asiento de enfrente. Era bastante curiosa.

—Hasta que me reventó el hígado -respondió riendo Jeongu.

Myungjae se preguntaba de cuál de las dos estudiantes que tenía sentadas enfrente sería la mano que había tocado la noche anterior. De repente se acordó de un cuento de hadas que había leído de niño. Era la historia de una reina que había dejado un guisante sobre la cama, con el propósito de reconocer a una verdadera princesa con quien pudiera casar a su hijo. La reina hizo dormir a las autoproclamadas princesas sobre una pila de veinte colchones y veinte frazadas, bajo la cual estaba el guisante. Una de ellas se levantó quejándose por la mañana: "No pude conciliar el sueño porque sentía algo duro en la espalda". Ésa era la verdadera princesa que la reina y su hijo tanto habían buscado. Myungjae no tenía ni un guisante ni una madre que pudiera ponerlo en la cama. Así que no le quedaba más remedio que preguntar directamente.

—Si tienes tiempo, ¿te gustaría ir al cine? -le propuso a Seoyoung cuando quedaron a solas. Se habían separado del grupo al hacer trasbordo en el metro.

—¿Para ver qué película? –respondió ella entre risas.

Él no esperaba una pregunta así. Atinó a mencionar una película que estaba en cartelera. Una de acción hecha en Hong Kong.

—No me gusta ese tipo de películas. Además, tengo un compromiso.

—¿Qué compromiso?

Myungjae se asustó al escuchar las palabras que acababan de escapar de su boca. Seoyoung lo miró fijo y él se quedó paralizado.

LA REINA DE LA *nieve*

Cuando Jeongu le entregó la partitura, Jangmi supo que lo de participar juntos en el concurso de canto no había sido una frase vacía.

—Todavía no te he dado una respuesta definitiva...

—Con tu talento, pasaremos fácilmente la etapa de preselección –le dijo Jeongu con una sonrisa. Pero Jangmi era incapaz de sonreír–. ¿Hay algún problema?

—Esta partitura no tiene letra.

—No soy bueno para escribir letras. ¿No podrá hacerlo una estudiante de literatura como tú?

Aún presa de la confusión, Jangmi recibió la partitura. Era nada menos que Jeongu quien se lo pedía. Y ella no tenía ninguna buena excusa para rehusarse. Su madre no la dejaría participar en el concurso, aunque ella se lo explicara bien. Pero Jangmi no quería dar explicaciones. Pese a sus dudas, el deseo de estar a solas con el chico que le gustaba, ensayando para el concurso, tuvo algo que ver con que aceptara. Si llegaba a la final, luego pensaría qué hacer.

Esa noche, a la luz de la lámpara de su cuarto, revisó la composición de Jeongu. Era una pieza para un dueto mixto. Estaba escrita para que cada uno intercambiara cuatro compases y cantaran a dúo en el clímax. La melodía era elegante y delicada. Jangmi la tarareó sin abrir la boca, sólo con la vibración de su nariz, como si la luz ámbar de la lámpara fuera un aliento creador de vida. Las notas de la partitura se animaron a salir a escena. Jangmi les puso un nombre a cada una de esas notas bailarinas. Cuando llegó a su fin lo que parecía ser una danza bajo la luna, Jangmi metió la partitura en el fondo del cajón de su escritorio. Y así la noche siguiente, y la siguiente, hasta que pudo sentir en su interior la tristeza de ambos: de la muchacha que había sido capturada por la reina de la nieve y del joven que salió en su rescate.

Tal y como Jangmi había deseado, se multiplicó el tiempo que podía pasar a solas con Jeongu. A medida que se acumulaban las horas, pudo conocer mucho de él: que vivía en el dormitorio de la universidad, que provenía de la isla de Jeju, que era hijo único y que soñaba con entrar en la organización Médicos Sin Fronteras.

—¿Médicos Sin Fronteras?

—Sí, hay doctores que van por todo el mundo cuidando a los enfermos sin recibir dinero a cambio.

—Hay que saber hablar inglés para ello, ¿verdad?

—No está de más.

—Ojalá yo pudiera hablar tan bien como Seoyoung.

Jeongu no dijo nada más.

De pronto sopló un viento frío desde la falda del monte que estaba detrás del campus universitario. Una bolsa de plástico volaba de aquí para allá bajo la luz que bañaba el campo de baloncesto vacío. Una lluvia de flores de cerezo brillaba alrededor de los faroles.

—En Seúl hace mucho frío. Anoche dormí abrazado al secador de pelo. Me tapé hasta la cabeza temiendo que me descubrieran -dijo Jeongu cruzando los brazos.

—¿También está prohibido tener secadores de pelo?

—No podemos usar aparatos eléctricos en el dormitorio. Envidio a los estudiantes que viven en sus casas.

—Y yo envidio a los que viven en los dormitorios. Bueno, en cualquier lugar que no sea mi casa...

—¡Está nevando! -gritó Jeongu, como si fuera alguien que ve la nieve por primera vez.

Jangmi nunca antes había presenciado la escena de la nieve cayendo al mismo tiempo que las flores de cerezo. Era imposible distinguir si lo que revoloteaba en el aire eran copos de nieve o pétalos de cerezo. Las flores parecían nieve; y la nieve, flores. Jangmi llevó la nuca hacia atrás y sacó la lengua.

—¿Qué haces?

—Un día, el diablo creó un espejo que hacía que todo se viera deforme. Subió al Cielo para burlarse de Dios, pero el espejo resbaló de sus manos y al caer, estalló en mil pedazos. Los copos de nieve son los trozos de ese espejo roto. Pero quien los prueba, cae prisionero de la reina de la nieve.

—Entonces no hay que probar la nieve.

—A mí no me importa.

—¿Por qué?

—Porque ya soy su prisionera.

Jeongu pareció no entender a qué se refería.

—¿Qué pasó con la joven capturada por la reina de la nieve? –preguntó él.

—Su amigo viene a rescatarla.

Jeongu se quedó en silencio por un buen rato. Luego se quitó el sobretodo y lo puso sobre los hombros de Jangmi.

—Pero dijiste que tenías frío...

—Un médico sin fronteras no le teme al reino de la nieve.

Esa respuesta la hizo sentir segura. Se abrigó con el calor corporal que aún conservaba el sobretodo. Jeongu puso su brazo por encima de Jangmi y ella apoyó la cabeza sobre su hombro. En la frente de Jangmi caían unos ligeros puntos blancos, que llegaban volando desde un lugar que no figuraba en los mapas. Algunos se derretían y otros no. El corazón de Jangmi se fundía como la nieve y se convertía en una flor.

—Oye, ¿qué hora es? –preguntó alarmada.

—Las diez y media.

—¡Por Dios! Tengo que irme.

Jangmi se levantó de un salto, dejando caer el abrigo de Jeongu sobre el banco. Y sin volver la vista atrás, corrió hacia la entrada principal de la universidad.

Se apresuró tanto que quedó sin aliento. Pero aun así llegó a su casa pasadas las once de la noche. Su madre la esperaba en el comedor, sentada a la mesa con la espalda bien recta. Le hizo un ademán. Su cara sólo transmitía ira.

Tan pronto Jangmi se sentó, su madre apuntó con la mandíbula hacia la mesa, como señalando algo tan repugnante que no pudiera siquiera tocarlo.

—Y esto, ¿qué es? –le preguntó.

Sobre la mesa estaba la partitura de Jeongu.

—¿Ahora también revisas mis cajones? –replicó Jangmi, con la voz temblorosa.

—¡Responde!

Jangmi se mordió los labios un momento, y dijo:

—Es de un amigo.

—Si es de un amigo, ¿por qué está en tu habitación?

Jangmi sintió una pared fría en la espalda. Ya no había dónde retroceder. Entendió que había sido un error fatal salir de casa sin llevar consigo la partitura, pero sabía desde un principio que era una bomba de tiempo que en algún momento explotaría. Conteniendo la bronca que manaba del fondo de su corazón, respondió:

—Es una canción que compuso un amigo. Me la dio para que participemos juntos en un concurso de canto de la universidad.

Su madre tenía la cara pálida, pero sus ojos parecían estallar de ira.

—¿Te has vuelto loca?

—Dijo que yo canto bien.

—Ni sueñes con ir a ese concurso.

—¿Por qué no? ¿Por qué no puedo cantar?

—¿Crees que te mando a la universidad para que te pongas a canturrear por ahí?

La voz de su madre era fría como la nieve. Cada palabra se convertía en una estaca de hielo y se incrustaba en su corazón. Jangmi sintió que su mundo se derrumbaba por culpa de esa prohibición injustificada que le impedía cantar. Ya había tenido que mantener en secreto su participación en el club Alarido. Le era difícil seguir tomando a su madre simplemente como alguien "peculiar". La duda que siempre había albergado desde niña volvió a salir a la luz: ¿sería esa mujer su verdadera madre?

—Y si decido ir de todos modos, ¿qué vas a hacer?

Su madre no abrió la boca. La respuesta llegaría desde el espejo del baño al día siguiente. De pie frente al lavabo, Jangmi no creyó lo que veían sus ojos: su cabello, que antes le caía hasta los hombros, había sido cortado mientras dormía y tenía una forma espantosa. Jangmi se desplomó en el suelo del baño.

LA LEY DE LA *entropía*

Tras despedirse de Seoyoung, Myungjae volvió directamente a casa. Durante todo el trayecto pensó en el significado de la palabra "compromiso". Difícilmente alguien imaginaría escuchar una cosa así regresando de un viaje con los nuevos miembros de un club. Ocurría lo mismo con la inesperada pregunta sobre qué película ir a ver. El "¿vamos al cine?" no era muy diferente de un "¿vamos a tomar algo?". Y su respuesta sería: "¿a tomar qué específicamente?".

Lo primero que Myungjae hizo al llegar a casa fue buscar en el diccionario la definición de "compromiso". Decía: "Reunión o encuentro previamente acordado". Muy amablemente, el diccionario incluso ofrecía un ejemplo: "No puedo ver una película contigo porque tengo un compromiso". Myungjae soltó un gemido.

¿De verdad tendría una cita? Se sentó al escritorio, y mientras meditaba sobre el diálogo mantenido con Seoyoung, anotó en su cuaderno:

Myungjae: Si tienes tiempo, ¿te gustaría ir al cine?
Seoyoung: ¿Y para ver qué película?
(Intervalo)
Myungjae (aturdido): XXXXX
Seoyoung: No me gusta ese tipo de películas. Además, tengo un compromiso.
Myungjae (decepcionado): ¿Qué compromiso?

Ni una sola línea de ese diálogo resultaba satisfactoria. De las que él había pronunciado, la primera era descuidada; la segunda, ridícula; y la última, horrible. Ni Shakespeare habría podido llevar a un final en el que los dos fueran juntos al cine. Myungjae se mordió los labios y empezó a analizar cada una de las palabras de Seoyoung. Cuando oyó la primera réplica, sus piernas se quedaron sin fuerzas. Fue un contragolpe inesperado. La segunda frase de ella tampoco ayudó. Si hubiera tenido un mínimo interés en ver una película, aunque aquélla no le gustara, habría propuesto alguna otra. Pero decir que tenía un compromiso implicaba aniquilar toda posibilidad de ir al cine juntos. Y era especialmente chocante el "además". Era un candado puesto en la caja de Pandora, de la que la esperanza fue la única que no pudo salir. Era un golpe fatal al bajo vientre de alguien que ya había perdido toda energía para sostenerse en pie. No existía ningún compromiso.

Aunque el resultado del análisis de Myungjae era horroroso, con el paso del tiempo comenzó a ver de nuevo cierto optimismo. Seguro que estaba fatigada porque habíamos estado bebiendo hasta tarde... Querría ir a su casa a descansar... ¿Quién sabe? Tal vez tenía tarea pendiente... Dicen que los estudiantes de filología inglesa siempre tienen mucho que hacer... Mintió a propósito para que yo no me ofendiera... Para justificar su optimismo, Myungjae recordó lo que había sentido a orillas del río: su voz afable, la suave expresión de su rostro y el tacto de su mano cuando él la tomó durante la noche. Aquella alquimia racionalizadora logró que en la tierra árida de la desesperación resurgiera un brote de esperanza.

—¿Qué haces?

Myungjae sintió una mirada en la nuca. Era su hermano mayor.

—¿Se te quiebra la mano si tocas a la puerta?

—¿No te alegra ver a tu hermano después de todo un mes?

—¿Tienes el día libre?

—Ayer terminó la práctica clínica. Tengo que regresar esta noche. ¿Y eso? ¿Estás escribiendo un guion?

Cuando su hermano tomó el cuaderno, Myungjae se levantó de la silla e intentó recuperarlo.

—"Si tienes tiempo, ¿te gustaría ir al cine?". Vaya, qué imaginación...

—Devuélvemelo.

Myungjae sujetó a su hermano de la cintura y lo echó sobre la cama. Éste alzaba la mano con la que sostenía el cuaderno mientras Myungjae intentaba alcanzarlo.

Forcejearon un par de veces, y al final el dueño recuperó su cuaderno.

—Y esa Seoyoung, ¿cómo es? –preguntó su hermano respirando con dificultad.

Después de verla por primera vez en el restaurante de la universidad, millones de pensamientos sobre Seoyoung habían ocupado día y noche la cabeza de Myungjae. Pero aquélla era una pregunta que él nunca se había formulado.

Cuando una pregunta así sacude el alma, puede cambiar muchas cosas; y si echa raíces, no se puede volver a ser la misma persona. Eso fue lo que le pasó a Myungjae. Hasta ese momento se preguntaba: ¿Qué pensará Seoyoung de mí? Pero ahora la duda era: ¿cómo es Seoyoung? Era un cambio de paradigma, un giro copernicano. Esa duda, que revolucionaba su mundo, lo hizo estremecer. Myungjae no sabía casi nada de ella. Desde entonces se aferró a esa pregunta paradigmática, fuera que estuviera almorzando, lavándose los dientes, o incluso asistiendo a clase.

—Aquí hay un tintero y un vaso. En el tintero hay tinta y en el vaso, agua. Por así decirlo, tanto en el tintero como en el vaso se da un perfecto orden.

Era una clase de la universidad. Su profesor, de cabello blanco hasta las sienes, anunció que explicaría la segunda ley de la termodinámica. Myungjae, que había esperado con ansia ver las estrellas a través del telescopio espacial Hubble, tenía que lidiar en cambio no sólo con la física sino con las matemáticas. Se sucedían los días sin que pasara nada interesante.

Incluso en ese momento, Seoyoung absorbía la mente de Myungjae. Era una suerte de agujero negro. Todo lo que veía, escuchaba o tocaba le recordaba a ella. El tintero: para escribirle una carta de amor; el vaso de agua: para compartir unas copas con ella.

El profesor echó dentro del vaso la tinta que había absorbido con un gotero. Al principio pareció que la mancha oscura se hundiría sin más en el agua, pero terminó disolviéndose como si se desenredara una maraña de cables. El líquido se oscureció por completo.

—Se puede decir que la entropía es el grado del caos. El que las moléculas o la energía estén concentradas, como en el caso de la tinta en el tintero y el agua en el vaso, es un estado no natural. Por otro lado, en un estado natural, como el agua en la que se ha disuelto la tinta, las moléculas tienden a esparcirse hasta que la densidad total sea uniforme. El proceso inverso es imposible. Bajo el mismo principio, la energía pasa de un estado útil a uno inútil. Ocurre con el agua estancada en una represa: se produce electricidad gracias a su energía potencial; pero esto deja de suceder si vaciamos la represa. ¿Quién puede dar otro ejemplo?

El profesor echó una mirada a los estudiantes.

—Cuando encendemos un cigarrillo, lo convertimos en ceniza –respondió uno de ellos.

El profesor asintió con la cabeza.

—El olor de un pedo al final también desaparecerá -dijo otro.

Se oyeron risas por aquí y por allá.

—El olor no desaparece, sólo se dispersa -intervino el profesor-. Como se esparce en el aire circundante, el pedo no puede ser captado por el olfato humano. ¿Algún otro ejemplo? A ver tú, el que está sentado al final de todo, junto a la ventana.

Myungjae se levantó de un salto cuando un compañero le dio un pellizco.

—Cuando uno toma a alguien de la mano, ya es imposible volver atrás.

—¿Qué quieres decir?

—Pues...

Myungjae se rascó la cabeza y no supo explicarse. Los estudiantes estallaron en carcajadas.

—Es un ejemplo original, pero le falta sustento. La conclusión de la segunda ley de la termodinámica es: "La entropía de un sistema específico tiende a elevarse".

—Tengo una pregunta -dijo alguien alzando la mano, a lo que el profesor asintió con la cabeza-. Según la ley de la entropía, astros como el Sol o la Tierra, ¿al final se convierten en polvo y se dispersan?

—Es una buena pregunta. Para tomar el ejemplo anterior, ya que la energía cinética de las moléculas que componen el olor de un pedo es mayor que la fuerza de gravitación universal, tienden a esparcirse. Es decir, cuanto más se esparcen, aumenta su entropía. Por el contrario, en el caso de las partículas que componen un cuerpo celeste, la fuerza de gravitación universal es mayor que su energía cinética, de modo que cuanto más se combinan sus partículas, aumenta su entropía. O sea, tienden a estar unidas.

Myungjae no pudo entender completamente la explicación, pero una cosa era segura: las partículas universales pueden ser tanto una estrella como un pedo.

Al no dejar de pensar en Seoyoung, se preguntaba más y más cómo era ella. Cuando la tenía frente a él, se le secaba la boca; y cuando no la veía, se le secaban las venas. Le parecía que la fuerza de gravitación universal empujaba todo su ser hacia Seoyoung. Por eso decidió hacerle la pregunta. Si quería acompañarlo el domingo a la biblioteca. Si le gustaría que estudiaran juntos. Era una invitación para una cita. Una cita académica, demasiado académica. Tras un breve silencio, ella replicó:

—¿Acaso me conoces?

Myungjae sintió que se le atoraba en la garganta la respuesta que quería darle, de que justamente deseaba conocerla. Empezó a sufrir de hipo. Un hipo que no paraba. Su cara se puso como un tomate.

Myungjae, que aspiraba a ser una estrella, se convirtió en polvo. El fracaso tenía un sabor amargo, pero en algún punto se sintió reconfortado: su entropía había aumentado. No era que fuera polvo a punto de convertirse en un astro, sino que quizás desde un principio era polvo y nada más. O quizás era un pedo, que se dispersa sin dejar huellas.

LAS SEIS ETAPAS PSICOLÓGICAS QUE *atravesó* RAPUNZEL HASTA ACEPTAR SU CORTE DE CABELLO

Mucho tiempo pasó entre que Jangmi vio en el espejo su espantoso corte de pelo y finalmente entendió lo que había sucedido. Cuando uno sufre una tragedia difícil de afrontar, el espíritu humano atraviesa seis etapas: negación, ira, conciliación, resignación, depresión y aceptación.

Primero, la etapa de negación. Jangmi no podía aceptar la calamidad que veía en el espejo. Se tomó la cabeza con ambas manos y la sacudió con fuerza. Todavía estaba en el suelo. Intentó levantarse, pero sentía que cargaba el mundo entero sobre sus hombros. Aunque sus rodillas temblaban, apenas pudo incorporarse, sujetándose del lavabo. Respiró hondo, levantó la cabeza y se miró de nuevo al espejo. Su cabello parecía un estropajo desgastado. Frotó el cristal con una mano, pero nada cambió: era un espejo cruel que no sabía mentir. Vio cómo su reflejo empezaba a gritar.

Entró de un portazo al cuarto de su madre y la encontró acostada. Aunque se quedó bufando un buen rato frente a la cama, la mujer seguía inmóvil y con los ojos cerrados.

—Sé que estás despierta –le gritó, pero su madre no se movió–. ¿Qué es esto? ¡Respóndeme!

Su madre no movía ni un párpado.

Lo primero que hizo Jangmi al volver a su cuarto fue voltear el espejo. A causa de su deforme corte de cabello, no se atrevía a salir de casa. No podía ir a ninguna parte, igual que Rapunzel atrapada en la torre.

Años atrás, mientras leía la historia de la niña cuyo nombre tiene el significado de la planta rapónchigo, a Jangmi le espantó la terrible indolencia del hombre que prometió entregar a su hija no nacida a cambio de un simple vegetal. De ahí en más, cada vez que Jangmi leía un cuento de hadas, prestaba especial atención a los padres del personaje principal. No había diferencia entre los de Rapunzel y aquel comerciante que entregó su hija a una bestia para salvar su propio cuello. La mayoría de los padres de los cuentos eran torpes, descuidados e irresponsables. Los que ponían en grandes aprietos a los protagonistas no eran las brujas o los monstruos sino sus propios progenitores, quienes eran el origen de toda desdicha y maldad.

Cuando su compañera de asiento en la secundaria insinuó que la reina que intentó matar a Blancanieves no era su madrastra sino su verdadera madre, Jangmi no se horrorizó. Tampoco se asustó con lo que escuchó a continuación:

—Los de Hansel y Gretel también eran sus verdaderos padres.

Fue una bruja la que cortó el pelo de Rapunzel y fue mi madre la que me cortó el pelo. Por lo tanto, mi madre es una bruja. Ése era el trágico silogismo propuesto por Jangmi. Estaba entrando en la fase de ira.

Volvió a leer el cuento. Rapunzel fue dejada en un desierto luego de que le cortaran el cabello. El príncipe desconocía lo sucedido. Trepó a la torre y se encontró con la bruja; e intentando escapar de ella, cayó desde lo alto y se clavó espinas en los ojos que lo dejaron ciego. Un día, el príncipe vagaba por el desierto y oyó una voz que le resultaba familiar: la de Rapunzel. Ella lo abrazó y empezó a llorar. Cuando sus lágrimas tocaron los ojos del príncipe, éste recuperó la visión.

En el fondo, Jangmi estaba esperando un llamado de Jeongu. Cada vez que sonaba el teléfono iba corriendo a atender, pero era inútil. Él se comunicó recién al cuarto día.

—¿Te ha ocurrido algo? Dicen que ni siquiera has ido a clase.

Al escuchar su voz, Jangmi estuvo a punto de romper en llanto. Comenzó a contar las tablas de multiplicar de atrás para adelante. Difícilmente podía controlar las emociones que brotaban dentro de ella.

—He estado enferma.

—No puedes enfermarte. La eliminatoria del concurso es pasado mañana...

—No me siento bien. Creo que no podré participar.

Le temblaba la voz. Temía que Jeongu quisiera saber más detalles. Estaba convencida de que aunque le dijera la verdad, él pensaría que era una mentira para no competir. De todas formas, se preparó mentalmente para que él le insistiera, y en ese caso, no tendría más alternativa que contarle lo sucedido. Quizás al príncipe se le ocurriría una buena idea.

—Pues ni modo –dijo Jeongu.

Esa reacción la sorprendió. No le cayó bien una respuesta tan resignada. Aun cuando no dijera "No puedo hacerlo sin ti" o "Si tú no vas al concurso, yo tampoco", al menos debió preguntarle cuál era su enfermedad o si estaba dolorida. A Jangmi se le nubló la vista. Acababa de apagarse el último destello de esperanza. El príncipe no era muy diferente de la bruja. De hecho, era peor: la bruja la atormentaba, pero el príncipe no hacía nada al respecto.

Tras una semana de aislamiento en su cuarto, Jangmi decidió voltear nuevamente el espejo. Imaginó cómo se vería con un peinado corto. Habiendo dejado atrás el espinoso camino de la negación y la hoguera de la ira, llegaba al valle de la conciliación.

Salió de casa y fue a la primera peluquería que encontró. Le pidió a la dueña que hiciera que su cabello se viera lo más natural posible. La peluquera hablaba mucho. Le contó que cuando estaba en la preparatoria se fugó con su novio; y que al regresar a casa, su madre tomó la maquinilla eléctrica y le abrió un camino blanco en la cabeza, desde la frente hasta la nuca. Dijo que se enojó tanto que decidió raparse por completo. Jangmi cerró los ojos y fingió que dormía. Y realmente se durmió.

Se despertó al sentir que el corte había terminado. Ahora su cabeza tenía el ridículo aspecto de una calabaza. Y el rizado de su cabello lo acentuaba. Se culpó a sí misma por fingir que dormía y por dormirse de verdad. Era una costumbre que tenía desde pequeña, a causa de su madre, quien solía darle sólo reprimendas como respuesta a sus lamentos. Cuando le dijo que en la escuela se habían burlado de ella por su cabello rojo, su madre le replicó: ¿Acaso no lo tienes rojo? Cuando le contó que los varones le habían cortado el elástico para jugar, su madre la reprendió diciendo que ya no tenía edad para ese tipo de juegos. Y cuando lloró porque su compañera de banco no la había invitado a su cumpleaños, su madre la instó a reflexionar si había hecho algo que la ofendiera.

En algún momento Jangmi dejó de recurrir a su madre cuando alguien hería profundamente sus sentimientos y en cambio se culpaba a sí misma. También lo hizo con lo del cabello. Se reprochó haber dejado la partitura de Jeongu en casa y haberse dormido cuando estaban cortándole el pelo. El terrible resultado de sus sucesivos errores ahora la miraba a los ojos a través del espejo de la peluquería. Las lágrimas rodaron por las mejillas de la joven cabeza de calabaza. Eran lágrimas de resignación.

—Alíseme el pelo –le pidió Jangmi con voz llorosa–. Y también tíñamelo de negro.

Al salir de la peluquería estaba lloviendo. Jangmi caminó bajo la lluvia sin rumbo fijo, pero en dirección opuesta a la de su casa. Aunque las clases terminaran, trataba de volver a casa lo más tarde posible. Solía pasar mucho tiempo en la calle. Allí se sentía en paz.

Jangmi se empapó bajo la lluvia y estaba temblando. Cuando se percató de dónde se encontraba, vio que era la puerta de su casa.

—Te han llamado –dijo su madre con desinterés.

—¿Quién? –preguntó Jangmi con los ojos abiertos y la voz encendida.

—Han Seoyoung.

—¿Y qué dijo? –sus ojos se hicieron chicos y su voz se apagó.

—Preguntó por qué hace tanto tiempo que no te dejas ver.

—¿Y qué le respondiste?

—Le dije que tampoco lo sé.

Jangmi entró al baño y cerró la puerta de un golpe. Se dio una ducha con agua caliente y fue a su cuarto castañeando de frío. Se tapó con la frazada hasta la cabeza y se echó a dormir, rezando para no despertar jamás.

A la mañana siguiente se levantó con mucha sed, sintiendo un calor abrasador en la garganta. Su cuerpo parecía arder desde dentro. Se preparó *juk* y apenas pudo comer algo antes de salir para la universidad.

Al verla, Seoyoung le preguntó qué le había sucedido, muriéndose de ganas de saber por qué había quedado así su cabello. Seoyoung la miraba con curiosidad, pero Jangmi no se animó a tocar el tema. Ella quería decirle que no le había pasado nada, pero era incapaz de hablar por el dolor de garganta. Cuando intentó articular una respuesta, sintió como si alguien le retorciera la espina que llevaba clavada al cuello. Seoyoung le preguntó una y otra vez si se encontraba bien y Jangmi sólo asintió con la cabeza.

Después de las clases de la tarde, Jangmi seguía sin poder hablar. Se dirigió a la tienda de conveniencia para tomar un té caliente, cuando de pronto se detuvo en seco: a través del ventanal vio que Seoyoung y Jeongu estaban dentro, sentados uno frente al otro compartiendo un café. Sobre la mesa estaba la partitura. Cada vez que Jeongu abría la boca, Seoyoung sonreía. Los ojos de él brillaban mientras la miraba. El príncipe del mundo real estaba tan ciego como el de Rapunzel. Ciego por Seoyoung.

Cuando Jeongu llevó la vista hacia donde estaba Jangmi, ella se escondió detrás de una columna. Se mordió los labios, pero no derramó una sola lágrima: la verdad era que ya ni lágrimas tenía. En cambio, unas risotadas escaparon de sus labios. Fueron tan bruscas que le estrujaron los pulmones. El mundo se le vino abajo, pero quedó un sendero, tan pequeño como el ojo de una aguja, por el que Jangmi pudo caminar sin rumbo fijo. Así llegó hasta la entrada de un hospital. Completamente exhausta, entró en la guardia y anotó en una hoja:

Disculpe, pero no tengo voz y no puedo hablar. Ayúdenme.

Le entregó la nota a la enfermera y se acostó en una camilla. Temía perder la voz para siempre. La mujer pareció no saber qué hacer por un momento y salió del lugar. Cuando volvió, traía una solución intravenosa. A Jangmi se le nubló la vista y perdió el conocimiento. Soñó que su madre le daba un cuchillo y le decía: "Apuñala al príncipe en el corazón antes del amanecer. Cuando su sangre se derrame a tus pies, volverás a ser una sirena y recuperarás tu voz. Si no lo haces, te convertirás en espuma de mar". Cuando tomó el puñal, su madre se transformó en Jeongu. Él se reía. Los labios de Jangmi también dibujaron una gran sonrisa. Abrazándola, él le susurró: "Oh, Seoyoung". A Jangmi comenzó a temblarle la mano con la que sostenía el arma. Empujó a Jeongu hacia atrás y puso el brazo en alto. El puñal brilló con la luz del alba. Y entonces lo clavó con todas sus fuerzas en el corazón de él. De su pecho brotó un chorro de sangre que mojó los pies de Jangmi. La sangre era fría como el hielo.

Cuando despertó, vio que ya no quedaba más solución intravenosa. Se levantó de un salto y gritó:

—¡Oiga, que ya se ha terminado!

Se asustó al escuchar su propia voz.

EL *síndrome* DE STEVE BLASS

Después de que Seoyoung rechazara su propuesta de acompañarlo el domingo a la biblioteca, Myungjae sentía que se le helaba la sangre cada vez que la veía. Y cuando ésta se ponía a conversar con alguna compañera, Myungjae lo tomaba como una burla hacia él y su cara empezaba a arder. Seoyoung seguía siendo tan abierta como siempre, pero ése era precisamente el problema: era demasiado abierta con todos los varones. La chica caminaba al lado de Jeongu diciendo alegremente que participarían juntos en el concurso de canto. Al principio el estudiante de odontología había ensayado para el concurso con ella, Jangmi. Pero nadie sabía por qué cambió de pareja. Sucedió más o menos cuando ella apareció en la universidad con un ridículo corte de cabello.

Myungjae probó de todo para recobrarse del golpe recibido, pero cuanto más se esforzaba, más áspera se volvía su relación con Seoyoung. La segunda ley de la termodinámica era infalible también en lo referente al ser humano: una vez que una relación se complica, cuanto más trata de volver a su estado anterior, más se enreda.

Como la cuestión con Seoyoung no marchaba como él quería, su participación en el club de canto iba perdiendo interés. Seguía asistiendo a las reuniones sólo a causa del líder. Myungjae se preguntaba por qué éste lo trataba tan bien si cantaba pésimo.

Supo la razón un bello día de primavera. El repudio a una alianza de tres partidos políticos superó las divisiones a favor y en contra de una huelga general, y los estudiantes se concentraron en el patio principal de la universidad. Se ubicaron según su facultad o club. Myungjae tomó su lugar bajo la insignia de Alarido. Las pintorescas banderas flameaban como estandartes. Cada vez que uno de los dirigentes de la asociación de estudiantes pronunciaba un discurso en la plataforma, el patio se sacudía con gritos y aplausos. Se hablaba mucho de fascismo y amontonamiento. Myungjae tenía la mirada fija en la espalda de Seoyoung. La brisa trajo una fragancia consigo. Era de lilas. El mismo aroma que Myungjae había percibido en el cabello de Seoyoung aquella noche en el río. El perfume de la flor que simboliza el primer amor.

Tan pronto terminó la asamblea, todos se levantaron. Con los puños cerrados en alto, empezaron a cantar una canción de protesta: "Todos marchamos / con amor / con honor / y a nadie abandonamos...". Los estudiantes caminaban hacia la entrada de la universidad. La calle estaba bloqueada por policías antidisturbios. Se respiraba tensión en el aire. Los jóvenes seguían con sus cánticos a todo pulmón y la policía los instaba con altavoces a que se dispersaran. De repente comenzaron a llover piedras y bombas lacrimógenas. Cuando se oía el estallido de una de ellas, se abría un hueco en una línea de combate, pero pronto se rellenaba nuevamente. Myungjae estaba muy ocupado limpiándose las lágrimas y los mocos.

—¡Estabas aquí! –le dijo el líder del club, con cara de satisfacción–. Te he buscado por todas partes.

—¿A mí? –le preguntó Myungjae, limpiándose un moco con la manga de la camisa.

—Necesito tu ayuda.

—¿Qué pasa?

—Sígueme, ya verás.

El líder se zambulló dentro de la espesa humareda, pero Myungjae sólo pudo dar unos cuantos pasos antes de caer de rodillas. El líder sacó de su bolsillo un tubo de pasta dental y le puso un poco bajo la nariz. Myungjae pudo respirar con más facilidad. También se colocó la máscara que el líder le dio. Lo siguió hacia la primera línea de la manifestación. Era la zona de combate. La policía disparaba ráfagas de bombas de gas pimienta y los estudiantes contraatacaban con bombas Molotov.

—Dijiste que eras lanzador, ¿verdad? Veamos qué puedes hacer –dijo el líder, pasándole una botella de *soju* llena de solvente.

Igual que seis años atrás cuando estaba en el montículo del lanzador, en el estadio de béisbol de Dongdaemun, un solo pensamiento invadió la mente de Myungjae:

"Debo anotar un *strike*". Seoyoung podría estar viéndolo desde algún lugar.

—Una cara nueva, ¿eh? –exclamó un estudiante que volvía después de lanzar una bomba Molotov. Miró a Myungjae de arriba a abajo.

—Es nuestro as bajo la manga –dijo el líder–. En la secundaria fue un buen lanzador de bolas rápidas.

—¿De verdad? ¿Y por qué dejó de jugar?

—Es que tiene talento para el canto.

—Debe tener mucho. Si pudo entrar en Alarido...

—Oye –el líder del club se volteó hacia Myungjae–, no lances una bola muy rápida. Debes darles tiempo de escapar.

El líder prendió fuego la tela que tapaba la botella y le dio una palmada a Myungjae en el hombro. Éste intentó tragar saliva, pero tenía la garganta seca. Cuando empuñó la botella, sintió que le sudaban las manos. Lo mismo que había pasado seis años atrás.

Por aquel entonces, Myungjae cargaba mucho peso sobre sus espaldas: un bateador listo para batear, tres corredores a los que había que detener, los puntos que debían defender y el triunfo que no podían ceder. Eran las semifinales del torneo nacional. Su equipo estaba arriba por un punto y era la última defensa. Con sólo conseguir un *out*, avanzarían a la final con la que tanto habían soñado. Entre el público estaba su padre. Lo descubrió mientras caminaba al montículo para la jugada decisiva.

En el puesto del bateador estaba el lanzador del equipo contrario. *Strike*: dos. Bolas malas: tres. No había margen para el error. El receptor le hizo a Myungjae la seña de que lanzara una bola rápida: ésa era la instrucción del entrenador. En una situación extrema, sólo había dos tipos de lanzamientos con los que Myungjae se sentía seguro: la bola rápida y la ultrarrápida. Para garantizarse un *strike*, optó por la bola rápida. Cuando la lanzó, el bateador no pudo pegarle. La razón: después de dejar la mano de Myungjae, la bola se precipitó al suelo y fue rodando hasta el receptor. De esa manera se marcó la cuarta bola mala. Como consecuencia, el corredor de la tercera base fue empujado al plato del bateador y alcanzaron el empate. Los demás corredores también ganaron carreras impulsadas. Y al siguiente bateador, Myungjae le lanzó cuatro bolas malas consecutivas. Las bolas dirigidas al guante del receptor en realidad se desplomaban hacia la tierra. No parecía que las lanzara sino que las tirara al suelo, como si hubiera decidido no anotar ningún *strike*.

En las ligas mayores de Estados Unidos hubo un lanzador llamado Steve Blass. Era excepcional: en 1972 marcó el récord de diecinueve triunfos. No sólo ese año brilló. En los ocho años que llevaba activo profesionalmente, había ganado cien veces. Pero 1973 fue un año de pesadilla. Sólo obtuvo tres victorias y el promedio de carreras limpias alcanzó los diez puntos. El problema era la cuarta bola mala. Ese lanzador que se encaminaba hacia el estrellato no pudo volver a meter un solo *strike*.

Durante ochenta y ocho entradas, concedió ochenta y cuatro bolas malas.

Para un lanzador que no puede anotar un *strike*, sólo existen dos caminos: seguir perdiendo hasta conseguir uno, o retirarse. Steve Blass debió elegir lo segundo. Ningún equipo de las ligas mayores podía darse el lujo de tener a un lanzador incapaz de meter un *strike*.

Desde aquel día en el estadio de Dongdaemun, Myungjae no pudo anotar ninguno más. Tuvo que tomar muy pronto el camino de Steve Blass. Ningún equipo de preparatoria lo quería en su plantel.

Cuando lanzó la botella en llamas, Myungjae puso una cara épica. Parecía arrojar la bola decisiva para ganar la serie mundial. No obstante, la botella de *soju* que salió disparada de su mano no pudo dibujar una parábola. Cayó sobre el asfalto, no muy lejos de él, y se rompió en mil pedazos. El síndrome de Steve Blass no era algo que el tiempo pudiera curar. Los lanzadores que lo sufrieron tenían algo en común: ninguno descubrió la causa.

—No te pongas nervioso, relaja los hombros –le dijo el líder del club, dándole una nueva botella encendida.

Eran las mismas palabras que había pronunciado el entrenador del equipo. Hasta lo llevaron con un famoso adivino. Éste repitió el diagnóstico: que sus hombros estaban demasiado tensos. Pero las prescripciones fueron diferentes: la del entrenador fue dejarlo en la banca; mientras que la del adivino, darle un amuleto contra la tensión.

La segunda botella tampoco pudo trazar ninguna parábola. Cuando incluso el tercer intento no satisfizo sus expectativas, el líder del club sacudió la cabeza negativamente.

—Conque nuestro as bajo la manga, ¿eh? –exclamó alguien con tono de sarcasmo–. Ahora sólo le queda el canto.

Myungjae no pudo decir una palabra. La pasta dental se había fundido con los mocos y se le metía en la boca. Con la cabeza gacha, usó la manga de la camisa para limpiarse debajo de la nariz. Un solo deseo ocupaba su mente: que lo tragara la tierra. Igual a cuando arruinó el partido en el que estaba su padre. La primera y última vez que éste fue a verlo jugar.

Seis años atrás, al regresar a casa después de perder el juego, su padre le entregó un libro de matemáticas. Esa noche, cuando Myungjae volvió de la protesta, su padre le entregó la convocatoria al servicio militar.

동화
처럼

SEGUNDA
PARTE

¿SERÁ *ganar* LA LOTERÍA O CAER FULMINADO POR UN RAYO?

Fue en el banco donde Myungjae se reencontró con ella, seis años después. Más específicamente, en la sucursal de la avenida Teherán, donde su compañía hacía la mayor parte de sus operaciones. Era su primer día y Myungjae se tomó parte de la hora de almuerzo para abrir una cuenta de nómina. A la espera de su turno, no pudo despegar los ojos de ella, quien estaba atendiendo en una de las ventanillas. Le parecía haberla visto antes.

Cuando llegó su turno, vio que no le tocaba la ventanilla que captaba su atención. Estuvo a punto de levantarse, pero no lo hizo. Aunque el número en la pantalla cambió tres veces, el hombre de mediana edad que estaba de pie en esa ventanilla seguía obstinadamente allí. Tenía una mano en la cintura y usaba la otra para señalarla a ella con el dedo. Aun después de que el hombre se marchara, el tablero electrónico de ella siguió imperturbable. Vacilando, Myungjae se dirigió hacia allí.

—Ha pasado mi turno...

No completó la frase. La cara de la empleada estaba bañada en lágrimas. Aturdido, le dio un ataque de hipo. Ella tomó un pañuelo y se secó las lágrimas. El hipo seguía incluso mientras rellenaba la solicitud de apertura de la cuenta bancaria. Había estado mirándola con disimulo. Era como si estuviera a punto de acordarse y no acordarse a la vez. Cuando le entregó el formulario y su carné de identidad, su mirada se detuvo en la identificación que ella llevaba en el pecho.

—¿Baek Jangmi? Hip.

—¿Quién es usted? –replicó ella, usando un tono de sospecha.

—El club de canto. Hip.

—No serás...

Ella afinó la vista.

—Correcto, hip. Kim Myungjae.

Se había apresurado en decir su nombre por temor a que de la boca de ella saliera la palabra "sapo".

—¿Rana?

Con el gesto endurecido, Myungjae asintió.

—¿Qué haces aquí?

Quizás por el atuendo formal que llevaba parecía otra persona. La blusa verde de mangas cortas iba bien con su tez oscura.

—Mi compañía está cerca de aquí. Hip.

—Qué coincidencia que nos reencontremos así.

—Es verdad. Hip.

Myungjae examinó detenidamente su cara. Ella no esquivó su mirada. Ambos se observaron durante un rato, como si acariciaran las huellas de un tiempo al que era imposible regresar.

Ella sonrió. Era la primera vez que Myungjae la veía reír, y también la primera vez que ambos conversaban. Todo le era nuevo respecto a la persona que tenía enfrente.

En ese momento Myungjae oyó una tos gruesa y seca a sus espaldas. Un hombre corpulento, muy cerca de él, tenía en la mano un papel con su número de turno.

—Hoy tengo, hip, la cena de bienvenida de los nuevos empleados, hip. Pasaré otro día, hip.

—¡Que no se te ocurra cantar!

—Claro, hip –le respondió Myungjae, sonrojado.

Myungjae tuvo que cantar en la cena. Fue la misma canción que había elegido en la bienvenida de los nuevos miembros del club Alarido. Aunque su desempeño no había mejorado, la reacción de los demás fue diferente. Los que al principio estaban cada uno en lo suyo mientras él cantaba, fueron haciendo silencio y al final estallaron en un enorme aplauso. Era la primera vez que Myungjae recibía aplausos después de una canción. Y nadie estaba llorando.

En el taxi de regreso a casa, ya de madrugada, Myungjae se acordó de ella. Cada vez que tenía que cantar en una reunión, recordaba que había llorado al escucharlo. Siempre quiso preguntarle por qué, pero sólo salían tonterías de su boca. Su reencuentro fue completamente inesperado.

Para terminar en el banco donde trabajaba ella, primero había sido necesario entrar como empleado en una compañía ubicada en la avenida Teherán. Esa compañía invertía exclusivamente en la producción de cine. A él le gustaba la idea de poder desempeñarse en algo que tuviera relación con las películas. Para el puesto, se habían congregado ciento veinte veces más candidatos que el número requerido. Otra compañía también le había informado que era admitido. Esa otra compañía pertenecía a una rama similar y las condiciones de trabajo eran parecidas. Él eligió la compañía con la impresión de estar escogiendo una al azar, por lo que las probabilidades de trabajar específicamente en esa empresa fueron de una en doscientas cuarenta. Además, el principal banco con el que operaba la compañía era justo el lugar de trabajo de ella. En los alrededores había diez bancos. En la sucursal había cinco ventanillas de atención al público, pero como era la hora del almuerzo, sólo estaban abiertas dos. En números, las probabilidades de reencontrarse habían sido:

$$1/120 \times 1/2 \times 1/10 \times 2/5 = 1/6\,000$$

Si en esa ventanilla no hubiera estado sentada ella, no habría tenido sentido calcular las probabilidades de terminar yendo allí. Para descubrir el chance de que ella estuviera ubicada en ese lugar, se necesitaría la siguiente fórmula:

1/6 000 x 1/6 000 = 1/36 000 000

Una en treinta y seis millones. Si la probabilidad de ser fulminado por un rayo es de una en un millón, sería como si cayera un rayo en un lugar donde estuvieran reunidas treinta y seis personas y él fuera la única víctima. Más raro aún que salir premiado en la lotería.

Al día siguiente, y al siguiente, Myungjae siguió cautivado con la idea de cuán increíble era dicha probabilidad. Dado que semejante casualidad era inesperada y asombrosa, buscó por internet varios tipos de probabilidades. La de morir por un rayo era de sólo una en seis millones, de modo que comparado con la casualidad de encontrarse de nuevo con ella sería como ir por la calle y toparse con alguien de apellido Kim, el más común del país. Cuatro días después del reencuentro, Myungjae estaba almorzando cuando de repente sintió curiosidad por el significado de la casualidad acontecida. "¿Será ganar la lotería o caer fulminado por un rayo?".

Myungjae se apresuró en terminar su almuerzo y se dirigió al banco donde trabajaba ella. Al acercarse, su pulso se aceleró y su corazón latió con fuerza. Fue directo al lugar donde la había visto la última vez, pero no la encontró.

Se ubicó en uno de los asientos de espera y no se movió hasta el fin de la hora de almuerzo. Cuando todas las ventanillas empezaron a atender de nuevo, ella siguió sin aparecer. Impaciente, Myungjae se dirigió a la ventanilla original.

—Se trasladó a otra sucursal –le respondió el empleado, mirándolo a los ojos.

EL ACERTIJO DE LA *consejera* NUNCA

Jangmi tenía los ojos llorosos cuando él apareció, seis años después. Se había olvidado de hacerle una copia a la libreta de ahorro de un cliente que había abierto una nueva cuenta, y que protestó preguntando cómo hacían ir y venir a alguien tan ocupado como él. Jangmi tuvo que aguantar sus señalamientos con el dedo y sus insultos. Más que por la queja del cliente, estaba enfadada por lo absurdo de su error. Además, a su lado se encontraba la nueva empleada por quien su antiguo novio la había dejado, lo que la enojaba aún más. Estaba a punto de ir al baño para controlar el llanto que no tardaría en llegar, cuando él se acercó a su ventanilla.

Mostrando su número de turno ya pasado, le pidió abrir una cuenta. Tenía la cara redonda, las cejas bien negras, los párpados caídos, el cutis limpio, y daba la impresión de ser pulcro y honesto. Por debajo de la chaqueta de su traje negriazul sobresalían ligeramente las mangas de su impecable camisa blanca. En pleno verano una camisa de mangas largas. Una de dos: o le gustaba vestirse bien o trabajaba en una compañía con aire acondicionado. Quizás ambas. Jangmi le entregó la solicitud para abrir una nueva cuenta.

El nombre que estaba escrito en la solicitud no le resultó desconocido, como tampoco la foto en el carné de identidad. Una cara alargada y llena de granos, unos anteojos de marco demasiado grueso... Jangmi miró el rostro de la foto y luego al cliente que tenía de pie frente a ella. No podía creer que fueran la misma persona.

—¿Jangmi? Hip.

—Disculpe, pero usted es....

—Alari-hip-dos.

—¿Cómo dice?

—El club hip de canto Ala-hip-ridos.

—Eres...

—Correcto, hip. Kim Myungjae.

—¡Príncipe Rana! –exclamó Jangmi sin darse cuenta.

Él dibujó una sonrisa forzada y asintió con la cabeza.

—¿Qué te trae por aquí?

Jangmi no podía dudar de lo que veían sus ojos.

—La compañía donde trabajo, hip, queda cerca.

—¡Cómo nos encontramos de esta manera!

—Cierto. Hip.

Él cambiaba por momentos la forma de dirigirse a ella. Todavía seguía siendo ingenuo.

Jangmi se detuvo a examinarle la cara y él no evitó su mirada. Por un momento se observaron mutuamente, como si estuvieran buscando el rastro de algún tiempo pasado que ya nunca volvería. Él se rio. Era la primera vez que lo veía reír. Y también era la primera vez que conversaban. Era la primera vez en todo lo que tenía que ver con él. Esa idea de la *primera vez* nos lleva a los recuerdos que atesoramos en lo más profundo del alma, que afloran como un silbido melancólico cada vez que evocamos un tiempo al que es imposible regresar.

—¿No necesitas una tarjeta de crédito? –le preguntó Jangmi, mientras le entregaba la libreta de ahorro.

Su pregunta fue espontánea. Salía automáticamente de su boca en ese tipo de situaciones. Quiso morderse la lengua.

—Hoy es la cena de bienvenida a los nuevos empleados, hip. Vendré otro día.

Al escuchar esa absurda respuesta, Jangmi se alivió.

—No vas a cantar, ¿verdad? –le dijo, dibujando una sonrisa.

—Claro que no, hip –contestó él, sonrojado.

Se alejó como si estuviera en plena huida. Cuando se dio vuelta para mirar a Jangmi, tropezó con alguien. Aturdido, bajó la cabeza como pidiendo disculpas. Ella, al verlo tan nervioso, se rio. En esos días nada la hacía reír. Su antiguo novio, al saber que ella iba a trasladarse a otra sucursal, empezó a mostrarle interés nuevamente. Parecía que su relación con la otra empleada no marchaba bien, y ésta no podía esconder su preocupación sobre el traslado de Jangmi. Un día, animada por el alcohol, la empleada le recriminó a Jangmi que estuviera saliendo de nuevo con su antiguo novio, porque si ambas trabajaban ahora en diferentes sucursales, Jangmi podría verse con él más despreocupadamente. La nueva novia le exigió que lo dejara tranquilo. Pero la exigencia de que dejaran de verse tendría que haber salido de la boca de Jangmi, porque no era ella la que molestaba a su exnovio sobre una relación del pasado sino al revés. Le resultaba absurdo tener que escuchar esas quejas infundadas. Le sirvió, eso sí, para comprobar que la nueva relación atravesaba un mal momento, lo que hasta entonces sólo había sido un rumor. Pero en lugar de sentirse mejor, estaba triste.

Fueron a un *noraebang* para cantar después de la cena de despedida de la sucursal. Jangmi eligió un tema de ABBA: *The Winner Takes It All.* Desde que había visto al que por entonces era su novio saliendo de un bar tomado de la mano con la otra empleada, le bastaba oír esa canción para romper en llanto. Pero ahora se sintió libre de interpretarla.

No hay más que decir...
No hay más ases que jugar...
El ganador se lo lleva todo.
El perdedor se viene abajo...
Pero dime ¿te besa ella
como solía hacerlo yo?

En la parte que dice "se viene abajo", su voz tembló ligeramente, pero pudo terminarla. Inmediatamente se levantó y fue al baño. A causa de los lentes de contacto, se le habían secado los ojos. Después de orinar, se echó unas gotas de colirio. En ese momento, un hombre con la cara enrojecida entró tambaleándose. Era su ex.

—Te ves muy sensual cuando cantas.

Empujó a Jangmi contra la pared. Ella trató de rechazarlo, pero no lo consiguió. Creyó que en cualquier momento sentiría sus labios intentando besarla, pero en su lugar sintió algo blando y resbaloso entrando en su boca. Le pisó el empeine con el tacón de su zapato. El hombre lanzó un grito y levantando una pierna, empezó a dar saltos.

—¡Bastardo!

Jangmi salió del baño mascullando insultos y de repente vino a su memoria el acertijo de la consejera Nunca.

"Nunca le regales tu corazón a alguien sólo porque te sientas sola. Un sabio dijo una vez que el corazón de una mujer es como un junco. Y los juncos crecen en grupo. Nunca olvides que un junco que crece solo probablemente sea arrancado. Pon derecho tu corazón, como los juncos que forman un bosque. Sólo así evitarás que lo arranquen con facilidad. Si te apresuras en abrir tu corazón, siempre perderás la partida. Y no tendrás más cartas que jugar. Nunca te apresures, mantente en orden y espera. Antes de que acabe este año, alguien aparecerá. Cuando ya no puedas soportar el ansia de compañía, aparecerá un hombre nuevo que pondrá el mundo al revés. Sí, será nuevo, pero tampoco tanto. Nunca olvides, por eso, tu pasado."

La consejera tenía razón. Jangmi no debería haberle regalado a cualquiera su corazón. Su exnovio hacía siempre lo que quería, no le importaba lo que dijeran los demás. Hubo un tiempo en el que a ella le atrajo esa actitud, pero ahora quería terminar para siempre esa relación. La única persona que su exnovio quería era a sí mismo. Los demás eran simples cartas que se podían tirar al mazo en cualquier momento. Jangmi se sentía ridícula por no haber cortado por lo sano y haber sido arrastrada de esa manera.

El acertijo fue útil para arrancar de raíz el cariño que aún le guardaba a su exnovio, pero la parte que hablaba sobre la relación nueva no era tan clara. ¿Cómo era eso de que sería una persona nueva, pero no tanto? Era como un acertijo dentro de un acertijo. En ese momento, se oyó de algún lugar un ruido extraño. Un ruido que no acompañaba bien el ritmo de la melodía, era más como una discusión. *Los miércoles, rosas rojas*. De repente, Jangmi se acordó de alguien. El chico al que le habían puesto el apodo de príncipe Rana, porque su canto provenía de unas cuerdas vocales inimaginables en un ser humano. Pensó con detenimiento si la pista del acertijo tenía algo que ver con la aparición de él en el banco. El momento era curioso. Habría sido en vano que viniera al día siguiente, porque Jangmi ya estaría en la sucursal de Gwanghwamun. También coincidía con el dato de que era una persona nueva, pero no del todo. Sin embargo, ella no estaba segura de que fuera capaz de poner el mundo al revés.

Jangmi fue a buscar a una compañera de trabajo que estaba en una de las salas de canto y ésta le preguntó:

—¿Ya te vas?

—Es que estoy algo cansada, tengo que pedirte un favor.

—Dime.

—Dale esto al hombre que pregunte por mí en la ventanilla –dijo Jangmi, entregándole su tarjeta personal.

—¿A quién?

—Kim Myungjae. Pero hay una condición: sólo dásela si viene en un plazo de tres días.

—¿Y si viene después?

—Rompe la tarjeta. Sólo tres días. Te pido ese favor.

Jangmi salió caminando por el corredor, dejando atrás a su compañera, quien por su cara parecía haber visto un elefante rosa. Al abandonar el *noraebang*, la oscuridad se abalanzó sobre ella.

LA *distancia* ENTRE LA AVENIDA TEHERÁN Y GWANGHWAMUN

Cuando Myungjae escuchó que ella había cambiado de sucursal, sintió como si su corazón se precipitara desde un séptimo piso. La había encontrado contra probabilidades casi nulas, ¡menos probable que ser fulminado por un rayo! A como diera lugar, tenía que verla de nuevo. Si no hacía nada y dejaba de tener noticias de ella, se arrepentiría toda la vida.

—¿Podría decirme una forma de contactarla? –su voz denotaba desesperación.

—¿Quién es usted? –preguntó el empleado con sequedad.

—Un compañero de la universidad.

—Si es un compañero, ¿cómo es que no sabe la manera de contactarla?

—Justamente porque no lo sé es que se lo pregunto. ¿A qué sucursal se ha trasladado?

—Esa información es confidencial.

—¿Su número de teléfono también?

—¿Crees que somos el 114 como para que nos preguntes números de teléfono?

—¿Y a ti qué te pasa?

—¿Qué me miras así?

El empleado se levantó de un salto. Cuando los dos se agarraron del cuello, el guardia de seguridad vino corriendo a detener la pelea. El empleado enfadado se metió dentro de las oficinas del banco y Myungjae fue empujado por el guardia fuera de la sucursal.

Sacó un cigarrillo y se lo metió en la boca. Luego sacó una cerilla. La cerilla se rompió. La segunda también. Después de romper tres cerillas, finalmente pudo encender el cigarrillo. Inhaló una bocanada y dejó escapar el humo con lentitud. En eso estaba cuando alguien se le acercó.

—Disculpe.

Era una empleada del banco.

—¿Me habla a mí?

La empleada asintió con la cabeza.

—¿Es usted Kim Myungjae?

—¿Cómo sabe mi nombre?

—Jangmi me dio esto para que se lo entregara.

La empleada sacó una tarjeta personal. Era de la persona que él había venido a buscar. Myungjae, sosteniendo la tarjeta en la mano, agradeció con una leve reverencia.

—Se trasladó a la sucursal de Gwanghwamun. Y una cosa más: si ella le pregunta cuándo ha recibido la tarjeta, dígale que fue ayer. Es importante.

Myungjae no entendía muy bien.

—¿Cómo dice? Está bien, muchas gracias.

Una vez más, la saludó con una reverencia.

Al instante de que la empleada se diera la vuelta, Myungjae llamó al teléfono que figuraba en la tarjeta. Mientras marcaba los números, sus dedos temblaban. Se equivocó dos veces. Marcó una vez más y dio un respingo. Pero el celular de ella estaba apagado.

Su teléfono estuvo apagado toda la tarde. Myungjae no podía concentrarse en el trabajo. Lo único que hizo esa tarde fue averiguar la dirección de la sucursal de Gwanghwamun.

—No te ves muy bien, ¿estás enfermo? -le dijo su jefe cuando se lo encontró frente al baño.

—Tengo el estómago revuelto y siento una opresión en el pecho.

—Porque has bebido de más. No has parado desde el primer día de trabajo. Hoy vete a casa temprano.

—Muchas gracias -Myungjae lo saludó agachando varias veces la cabeza.

Salió de la oficina con su maletín. Estaba esperando a que llegara el elevador, pero decidió bajar por la escalera. Casi rodó hasta el estacionamiento del subsuelo, donde tenía el coche. Tan pronto salió de allí, puso pie en el acelerador.

Al llegar al banco, las puertas ya estaban cerradas. Como había corrido a toda velocidad después de bajarse del coche, respiraba agitado, apoyando las manos en las rodillas. Cuando su respiración se normalizó, la llamó por teléfono de nuevo; pero el celular seguía apagado.

No era que tuviera que verla ese día sin falta, pero sentía que no podía ser otro día sino ése. Y su cabeza le decía que no podía irse sin más. Como no había pasado mucho tiempo desde el fin de la jornada laboral, lo más probable era que aún no se hubiera ido a su casa. Myungjae se dirigió a la parte trasera del edificio. Como había previsto, la puerta trasera estaba abierta y dentro, los empleados seguían atendiendo. Cuando se acercó a la ventanilla, ella estaba poniendo en la máquina contadora billetes de diez mil wones.

—¡Oh! –exclamó ante la sorpresa, abriendo los ojos.

Myungjae quiso sonreír, pero sus facciones no podían estar más duras. De repente, se sintió ridículo. Haber venido a Gwanghwamun había sido un impulso, evidentemente. Además, no había planeado ningún pretexto creíble de antemano. Si se hubiera ido a casa en silencio en ese momento, estaría viendo una película alquilada, comiendo sandía y descansando cómodamente. Estaba empezando a arrepentirse.

—¿Qué te ha traído hasta aquí?

—Tenía un asunto pendiente cerca de aquí, así que...

—No habrás venido a abrir una nueva cuenta otra vez, ¿verdad?

—No necesito otra cuenta, pero sí una tarjeta –contestó Myungjae sin pensarlo.

—¿Una tarjeta?

—Sí, una tarjeta de crédito –dijo, con voz apenas audible.

—¿Ah, sí? Tendrás que esperar, hay todavía clientes sin atender.

Myungjae sacó un turno y se sentó pesadamente en uno de los asientos. De golpe, el peso de la fatiga se desplomó sobre él. Realmente añoraba una sandía bien madura, una cerveza fría y una película recién estrenada. Sintió que la ventanilla de ella estaba lejos, tanto como la distancia entre la avenida Teherán y Gwanghwamun. Previendo un ataque de pánico ante la posibilidad de ser rechazado, el ardiente impulso que lo había llevado hasta ahí ahora se escurría entre sus axilas. El espacio que había dejado libre su heroica intrepidez ahora pasaba a ocuparlo un gélido arrepentimiento. Lo primero que hizo ese arrepentimiento fue fusilar a los traidores: la tarjeta personal se arrugó, la amable empleada del banco que se la había dado pareció ser una entrometida y el generoso jefe que lo había dejado ir temprano quedó como un negligente.

Ella le hizo señas con la mano. El cuerpo de Myungjae mientras se incorporaba pesaba una tonelada. Más que su cuerpo, lo que pesaba era su corazón.

Completó la solicitud de la tarjeta de crédito y se la entregó.

—¿Seis millones de wones? –le preguntó ella al ver el monto límite de uso mensual.

—¿Es poco?

—Es demasiado.

—Sí, ¿verdad? Cámbiamelo por un millón.

—¿Será suficiente con eso?

—¿Muy poco? ¿Qué tal dos millones?

Mientras ella procesaba la solicitud, Myungjae se limpió con el dorso de la mano el sudor de la frente.

—Te llamé, pero tu teléfono estaba apagado –le dijo como al pasar, mientras recibía de regreso su carné de identificación.

—Es que no tenía batería –respondió ella.

—Ya veo.

—¿Cuándo recibiste mi tarjeta personal?

—Hace un... ayer, ayer la recibí.

—¿A dónde quieres que te enviemos la tarjeta de crédito? ¿A tu casa o al trabajo?

—A casa. Y si estás libre, ¿qué te parece cenar juntos?

Mirando los labios que pronunciarían la respuesta a su pregunta, los latidos de su corazón se aceleraron como los de un acusado a la espera de su sentencia.

¿SERÁ *café* O JUGO DE NARANJA?

La primera cita grupal de Jangmi ocurrió en segundo de preparatoria. Una cita de tres parejas, tres chicos y tres chicas. Cuando el mesero se acercó a recibir el pedido, entre las chicas empezó a correr la tensión. Es que habían acordado de antemano que cada una pediría café si había alguien interesante y jugo de naranja si no había nadie. Si la mayoría pedía café, se quedarían para armar parejas; y si la mayoría pedía jugo de naranja, se irían para pasarlo bien entre ellas. Jangmi pidió jugo de naranja y otra chica, café. La última, después de dudarlo por un buen rato, pidió un refresco de cola. Jangmi y la que había pedido café la miraron afinando los ojos. Cuando la que había pedido un refresco se fue al baño, las otras dos la siguieron, como si hubieran esperado la oportunidad.

—¿Qué significa el refresco? –preguntó la del café, algo molesta.

—Yo tampoco lo sé muy bien –respondió.

Después de su ingreso en la universidad, Jangmi siguió manteniendo ese código para las primeras citas en grupo. Cuando no podía decidir si quería café o jugo, le entregaba a su contraparte el menú para luego pedir lo mismo. Así se comportó cuando le dio su tarjeta personal a su compañera del banco. No estaba segura de si él era café o jugo de naranja. Si fuera una persona completamente nueva sería café; pero ante el recuerdo de su aspecto desaliñado de su época anfibia, Jangmi dudó. Por eso le dejó a su contraparte la elección. En una palabra, la tarjeta personal era como el menú que cedía en sus citas.

La desventaja de darle la elección al otro era que tenía que esperar impaciente la decisión ajena. Jangmi revisaba su celular a todas horas. El primer día, lo tomaba y lo dejaba a cada rato. El segundo día, se sobresaltaba con sólo escuchar el sonido de la vibración; y el tercer día, revisaba su celular para ver si no se le había agotado la batería. Pero no era que esperara con ansia su llamada. Por más que le diera un buen puntaje, no creía que fuese un hombre capaz de poner el mundo al revés. Sin embargo, la espera tiene una magia peculiar, y no hay mucha diferencia entre esperar sin más y esperar ansiosamente. Cuando se espera algo o a alguien, todo empieza a moverse despacio como a propósito.

El verano en el que nació su hermanito, Jangmi fue enviada a casa de sus abuelos maternos para que ellos la cuidaran, y aprendió por sí sola lo que era la teoría de la relatividad. Su padre le había dicho que sólo tendría que dormir allí diez noches. Por más que se tomara la siesta, que persiguiera a las gallinas o que extrajera diez patatas de la huerta, el sol seguía en su lugar. Cuando se le agotaban los quehaceres, se sentaba en cuclillas debajo de un olmo que estaba en la entrada al vecindario y contemplaba el camino polvoriento hasta que se ponía el sol. Aunque le daba miedo la oscuridad, recibía con alegría el crepúsculo. Al llegar a la casa de sus abuelos, lo primero que había hecho fue arrancar la hoja del día del calendario diario. Cuando su padre no vino a buscarla aunque ya habían transcurrido los diez días prometidos, sobre la hoja del calendario escribió:

> Mira, papá. Ya han pasado los diez días. ¿Por qué no vienes a buscarme? ¿Te has enojado conmigo? Yo estoy molesta porque no has venido por mí. Tan molesta estoy que le he dado con un palo a Pongdang. Si vienes mañana, no me enojaré. Pero si no vienes, entonces me enojaré más. Si tampoco vienes pasado mañana, me cambiaré el nombre. Y ya tengo pensado uno nuevo. Pero es un secreto. Si no vienes tampoco el día siguiente, me cambiaré el apellido, hasta lo tengo pensado. También es un secreto. No quiero cambiarme el nombre ni el apellido. Papá, ven pronto. Ah, Pongdang es el nombre de una de las gallinas, que cada vez que pone un huevo hace un sonido parecido a "pongdang, pongdang", por eso le puse ese nombre. Papá, te extraño. Me acuerdo de tus acertijos. Pienso en ellos una y otra vez. Por las noches, sueño que me das acertijos a resolver.

Pasados cuatro días desde que le confiara a su colega del banco su tarjeta personal, Jangmi apagó el celular.

Cuando él finalmente apareció en la nueva sucursal, ella estaba poniendo los billetes de diez mil wones en la contadora automática, pensando qué iba a hacer después del trabajo. No quería ir directo a casa. Su madre seguía metiéndose en sus cosas, pero no así con su hermano, siete años menor, con quien era sumamente generosa. Su madre nunca se enojaba con él ni lo regañaba. Eso desanimaba a Jangmi aún más.

Luego de entrar al mundo laboral, planeó varias veces independizarse; pero cada vez que lo intentaba, chocaba contra la firme negativa de su madre. Ésta montaba en cólera diciendo que una chica no debía vivir sola. Jangmi, atenta a la primera oportunidad, llegó a la conclusión de que la única manera de escapar de las garras maternas era casarse. Quizás por eso las princesas de los cuentos se casan con los príncipes apenas los conocen.

—Viniste –murmuró Jangmi en cuanto lo vio. Se tragó el "por fin".

Él sudaba mucho y su cara estaba roja. Su expresión era seria y acuciante, parecía un mensajero llegado de apuro después de recibir alguna noticia urgente. Jangmi le facilitó un pañuelo de papel para que se secara. Trataba de imaginar qué noticia le anunciaría el mensajero.

—¿Qué te trae por aquí? –le preguntó cuando éste terminó de limpiarse el sudor.

—Es que tenía un asunto que tratar cerca de aquí y... –respondió él, parpadeando. Una mentira evidente.

—No habrás venido a abrir una cuenta otra vez, ¿verdad? –le preguntó Jangmi, sonriendo.

—Estaba pensando en solicitar una tarjeta –respondió él, con el gesto endurecido.

—¿Una tarjeta?

No era que no lo hubiera entendido. Le había preguntado de esa manera para darle la oportunidad de corregir su mala jugada.

—Una tarjeta de crédito –le respondió él, apelando a su orgullo en lugar de ir directo al grano.

—Ah, ¿sí? Disculpa, pero tendrás que esperar. Hay clientes antes de ti.

Eso también era mentira, una mentira piadosa. Podía atenderlo primero, pero quiso darle una nueva oportunidad para que enmendara su error no forzado.

—Claro, esperaré.

Él retiró su número de turno y se sentó en el asiento de espera. Mientras Jangmi atendía a otro cliente, lo miraba de reojo. Deseaba que aunque fuera tarde, él cambiara sus palabras, que no le dijera una mentira sino la verdad. Que había venido porque quería verla y que desde un principio no tenía ningún asunto que tratar por allí. También le asustaba la posibilidad de escuchar la verdad, porque entonces el balón estaría en sus manos.

Cuando le hizo señas con la mano para que se acercara, él se levantó de un salto.

—¿Es imprescindible que solicites una tarjeta de crédito?

Le daba la última oportunidad. Sintió la mirada de terror de su colega en la ventanilla contigua.

—Sí –fue la firme respuesta de él.

Jangmi suspiró sin darse cuenta, desilusionada.

Pero al terminar el trámite, él sacó lo que guardaba en su interior:

—Si tienes un rato libre, ¿vamos a cenar?

LA ENANITA DE QUIEN SE *enamoró* EL PRÍNCIPE RANA

Cuando ella dijo que quería comer fideos fríos *naengmyeon*, Myungjae no supo cómo reaccionar. No era que le disgustaran, por el contrario, el problema era que le gustaban demasiado. Encima de que se quedaba callado cuando comía, con unos fideos delante de él, su silencio sería todavía peor. Para comerlos, casi sumergía la cabeza en el tazón y en un abrir y cerrar de ojos tocaba el fondo. Le costaba decir cualquier cosa. Además, no era fácil cortar ese tipo de fideos. Si lo hacía con la tijera para que quedaran bien cortos, no podría disfrutar del sabor apropiadamente. Ella le preguntó si no le gustaban los *naengmyeon*. Cuando Myungjae le respondió que sí, ella le dijo que conocía un restaurante famoso y emprendieron la marcha.

Decidió cortar los fideos con la tijera de cocina. Aunque sufrió como si estuviese rebanando su propia carne, no tuvo más remedio que hacerlo para poder mantener una buena conversación. Pero el diálogo no fluyó con naturalidad. Era difícil encontrar el momento para hablar. Después de tragar un bocado de fideos trozados, se dispuso a decir algo; pero ella bajó la cabeza en dirección al plato. Myungjae decidió esperar a que levantara la cabeza para tomar el caldo, incluso esperó a que masticara sus fideos y los tragara. Sólo así podría hacerle alguna pregunta. Que cuándo comenzó a trabajar allí. Que si la había sorprendido su aparición tan repentina. Que cómo supo de ese restaurante. Entró a trabajar al terminar la universidad. Sí, se sorprendió. Escuchó por sus compañeros de trabajo sobre ese restaurante, pero era la primera vez que lo visitaba. Así de breves eran las respuestas de ella. Se producían baches en la conversación de tanto en tanto, y el silencio era tan duro y resistente como los fideos. Myungjae tenía muchas preguntas acerca de ella y su vida, pero no sabía cómo formularlas. Además, después de un tiempo largo, estaba compartiendo la comida con una persona ante la que le gustaría verse bien. Era la primera vez tras la relación que había mantenido a su regreso del servicio militar.

Tenía la cabeza baja mientras bebía el caldo cuando alguien le tocó el hombro. Era una anciana con un sombrero de paja, vestida con un traje *hanbok** rosado. Estaba apoyada en su bastón, muy cerca de él. En un pequeño cofre de madera que llevaba colgado al cuello se leía bien grande:

Ofrendas

* *Hanbok* es el vestido tradicional coreano. [Nota de la editora].

Myungjae sacó un billete de su cartera sin prestar mucha atención. Pensó que sería uno rojo de cinco mil, pero era uno verde, de diez mil wones. Mientras sus manos vacilaban, sus ojos se encontraron con los de la anciana. Ella le dedicó una gran sonrisa. Él hizo lo mismo. Dobló el billete verde y lo metió en el cofre. Cuando se encontraron de nuevo sus miradas, la anciana le guiñó un ojo. Ésta dejó tres paquetes de goma de mascar encima de la mesa. Todas eran de sabor café. Myungjae estuvo a punto de preguntarle si no tenía de otro sabor, pero la anciana se esfumó.

Ella le preguntó qué tal le había parecido el plato de *naengmyeon*. Myungjae respondió que le habían gustado. La verdad era que no sabía si los fideos le habían entrado por la boca o por la nariz.

Se fueron a una cafetería cercana. Ella le echó un vistazo al menú y le pidió que eligiera primero. Sin siquiera ver las opciones en la carta, Myungjae ordenó un refresco de cola. Al parecer, no le había caído nada bien el panqueque *bindaetteok* que venía junto con los fideos. Dudando, ella dijo:

—Lo mismo para mí.

A Myungjae le era más fácil conversar allí que en el restaurante. El tema era principalmente el grupo de canto. Ella había estado participando hasta su graduación. Todo indicaba que seguía en contacto con los miembros del grupo. No eran muchos los integrantes cuyo nombre él recordaba. A Myungjae sólo le interesaba saber qué había sido de la vida de dos de ellos. Comenzó preguntándole por el líder del grupo.

—A Patillas le pusieron una estrella de apercibimiento por generar disturbios en una manifestación. Como tenía ese antecedente, no pudo entrar en ningún gran conglomerado y abrió su propia compañía de videojuegos hace dos años. Parece que Chinche también ha invertido allí.

—¿Chinche?

—El estudiante de administración.

—Debí ser yo el que recibiera la estrella.

—¿Por qué?

—Yo era el estudiante de astronomía.

Tanto el que dijo el chiste como la que lo escuchó quedaron en silencio.

—Las gemelas se preparan para el examen de funcionariado –fue ella quien cortó el silencio.

—¿Las dos?

—La mayor comenzó a estudiar y la siguió su hermana. ¿O fue al revés?

Al estar hablando de los miembros del club Alarido, Myungjae sintió que volvía a la época del comienzo de su vida universitaria. Aquella verde primavera de la vida.

Había dos personas que no habían sido mencionadas en la conversación. De una, Myungjae se acordaba hasta el nombre; y de la otra, sólo la facultad en la que estudiaba. Él se preguntó qué sería de la persona de quien recordaba el nombre.

—Me parece que también había un estudiante de odontología...

—Estará removiendo caries en algún lugar –dijo ella, restándole importancia.

Después de dar un sorbo a su refresco, Myungjae preguntó:

—También había una estudiante de tu facultad, ¿verdad? Se llamaba Han...

—¿Han Seoyoung?

—Sí –y bebió otro sorbo.

—Después de la graduación se fue a estudiar a Estados Unidos.

—Era lógico, lo supe cuando recitó el poema de Frost.

—Te acuerdas de todo, ¿eh?

Myungjae cerró la boca.

—Viendo tu identificación, noté que tienes dos años más que yo.

—Es que para ingresar en la universidad tuve que estudiar dos años más.

—No lo sabía.

—Si hubiera dicho que estudié dos años más para aprobar el examen de admisión, los que entraron antes que yo no se habrían sentido cómodos. Es como si vieran a alguien que recuperó su libertad después de un secuestro.

—¿Tendría que llamarte *oppa*?

—No hace falta.

—A los hombres les gusta que las chicas les digan *oppa*.

—Así es como llaman las niñas a sus hermanos mayores, no va conmigo.

En la cara de ella se formó una gran sonrisa. A Myungjae le pareció atractivo el diente salido que tenía.

Cuando regresó del baño, ella miró su reloj y, asustada, se levantó de un salto. Dijo que debía estar de vuelta en su casa antes de la medianoche. Salió del café con prisa, olvidando su bolso en el sofá.

Tras pagar la cuenta, Myungjae recogió el bolso y fue tras ella, que estaba en el borde de la acera no sabiendo qué hacer. Antes que ella había personas que estaban esperando abordar un taxi, y ya no se veían muchos circulando.

—Te llevo en mi coche -le dijo, entregándole su bolso.

—¡En dónde tengo la cabeza! No, gracias. Me tomo un taxi -dijo, mirando nerviosa al frente.

—Me parece que no llegarás a tiempo.

Ella miró su reloj de pulsera y, mordiéndose los labios, asintió con la cabeza.

Myungjae no era buen conductor y no se orientaba mucho en la ciudad. La casa de ella quedaba en el barrio de Bongcheon. Concentrado al volante, no emitió palabra hasta cruzar el río Han. Al bajar del puente, pasó un rato largo hasta que abrió la boca.

—¿Qué pasa si no vuelves a casa antes de las doce?

—Tengo que pagar una multa.

—¿De cuánto?

—Cincuenta mil wones.

—Está cara.

—Y cada diez minutos que pasan, se suman cinco mil wones.

—Estamos al límite -dijo Myungjae, dirigiendo la vista a su reloj de pulsera.

—¡Cuidado!

Al escuchar el grito, Myungjae apretó con fuerza el freno y giró el volante hacia la acera. Por mirar su reloj, no había visto que un coche estaba haciendo un giro en u. No pudo regular bien la velocidad del Tico,** que su hermano había conducido por cinco años antes de dárselo, y el coche empezó a girar sin control. Luego se inclinó hacia un lado. Myungjae cerró los ojos con fuerza. Sintió como si hubiera sido lanzado por los aires. Cuando acabó el instante que le pareció una eternidad y abrió de nuevo los ojos, el mundo estaba al revés. En realidad, lo que estaba al revés no era el mundo sino su coche.

** Tico o Daewoo Tico es un automovil pequeño. [Nota de la editora].

EL HOMBRE QUE PUSO EL MUNDO AL *revés*

Jangmi no cerró los ojos ni siquiera cuando el coche se dio vuelta. Nunca lo hacía al subirse a la montaña rusa.

—¿Estás bien? –le preguntó él.

Jangmi movió las manos y los pies.

—Creo que sí.

Él se agarró del asiento con todas sus fuerzas, como si estuviera al borde de un abismo.

—¿Y tú estás bien? –le preguntó Jangmi.

—Sí –sus labios temblaban.

—Trata de abrir la puerta, de este lado es peligroso por los coches que vienen detrás.

—Está atascada contra el borde de la acera.

Jangmi tanteó el techo del coche y encontró su bolso. Sacó su celular y llamó a emergencias. También llamó a su casa. Cuando le dijo a su madre que llegaría tarde porque el coche se había dado vuelta, a ésta le costó creerle.

—¿Cómo dices?

—Es verdad, no te miento.

—¿Dónde estás?

—¿Por qué? ¿Vendrás corriendo a buscarme?

—Ya verás cuando llegues a casa.

La madre cortó el teléfono.

—Trataré de incluir en el seguro los cincuenta mil wones de la multa –se lamentó él.

Jangmi, al ver su gesto ridículamente serio, se rio.

—No hay problema, se hace una excepción en caso de catástrofe.

—Qué diálogo raro entre madre e hija.

—Es que ella es *peculiar*. Tengo que independizarme ya mismo.

—De todas maneras, seguro que te sientes protegida con ella a tu lado.

—Muchas veces pensé que sería mejor no tenerla a mi lado. Hasta dudé que fuera la mujer que de verdad me trajo al mundo.

—Se ve que has leído muchos cuentos de hadas.

—Sí, gracias a que mi madre nunca dedicó tiempo para mí.

Jangmi se alarmó al darse cuenta de que estaba hablando abiertamente mal de su madre ante él. Quizás era porque el coche estaba dado vuelta. O por la intimidad que se había creado entre los dos tras experimentar juntos un peligro mortal. Algunos coches les tocaban bocina, pero ninguno se detenía a auxiliarlos.

—¿No vas a llamar a tu casa? –preguntó Jangmi.

—No hay nadie que conteste.

Ella sintió que esa voz provenía de un pozo muy profundo.

—¿Dónde se han ido todos?

—Mi hermano estará en el hospital y mi padre no suele contestar el teléfono.

—¿Y tu madre?

—Falleció.

—Ah... ¿Cuándo?

—El año que yo estudiaba para rendir por segunda vez el examen de ingreso a la universidad.

—¿Cómo sucedió?

—Se averió el freno del autobús turístico que llevaba a su grupo de excursión para ver el follaje otoñal. Se cayó por un precipicio cuando subía una cuesta.

—¡Ah!... ¡Qué tragedia! Habrá habido muchas víctimas en ese accidente.

—Mi madre fue la única que murió. Estaba de pie en el pasillo del autobús, cantándoles con el micrófono a los demás.

El silencio se adueñó del coche. Y él se sumió en un profundo mutismo. Jangmi tampoco pudo abrir la boca fácilmente.

—Hay algo que quiero saber desde hace mucho. ¿Puedo hacerte una pregunta? –le dijo él, muy serio, después de un largo rato.

Jangmi se puso nerviosa al escucharlo. De repente, se oyó un gruñido proveniente de su barriga.

—¿Tienes hambre? –le preguntó él, como si no pudiera creerlo.

Jangmi se puso roja como un tomate.

—No le des importancia, mi estómago de vez en cuando hace esa clase de ruidos.

—¿Te acuerdas del día de la bienvenida a los nuevos miembros del club?

La mente de Jangmi ya se remontaba seis años atrás, al restaurante de comida china frente a la universidad. Era un valioso recuerdo que estaba grabado en su memoria, una vívida mezcla de colores, sonidos, olores y sensaciones. La imagen destacada de ese día era sin dudas la de unos dedos blancos y largos. Aquéllos que hicieron latir el corazón de una joven veinteañera.

—¿Por qué lloraste al escuchar mi canción?

—¿Yo hice eso?

—¿No te acuerdas?

Él le narró lo ocurrido con lujo de detalles, como queriendo hacer que recordara. Había puntos que concordaban entre sus recuerdos y los de él.

—La canción era *La rosa que florece de noche*, ¿verdad? –dijo Jangmi.

—No, era *Los miércoles, rosas rojas.*

—No es posible.

—¿Quién podría olvidarse de su canción favorita?

Ante la seguridad de él, Jangmi ya dudaba de sus propios recuerdos.

—¿Será?

—Estoy seguro, porque fuiste la única que lloró al escuchar mi canción.

La voz de él sonaba lejana. No parecía que fuera sólo porque estaban hablando de un pasado remoto al que no podían volver. Si la preferida de él era *Los miércoles, rosas rojas*, entonces la canción de ella era el llanto. No podía explicarle que no recordaba esa escena, ya que llorar era algo de lo más común en ella. Por alguna razón, el ambiente se enrareció. A Jangmi le dolía el pecho y sentía los ojos resecos. Su cuello también estaba tieso. Nadie venía en su auxilio.

—¿Quieres goma de mascar? –le preguntó él.

Mientras le entregaba una, su mano rozó la de Jangmi. La de él estaba tibia. En ese momento algo se agitó en los confines de su memoria, pero no sabía qué era. Luego de quitarle el envoltorio, se metió la goma en la boca y empezó a masticar. Cuando el sabor del café le inundó sus sentidos, recordó de repente su código para los encuentros. Café o jugo de naranja... Sintió algo nuevo en el sabor del café que se esparcía dentro de su boca.

Hubo otra cosa que le pareció curiosa. El acertijo de la consejera Nunca decía que conocería a un hombre que pondría el mundo al revés. Jangmi, quien observaba por la ventanilla el mundo al revés, se sintió arrastrada por una fuerza irresistible y lentamente giró la cabeza hacia él.

LA MANO DEL *destino* ES HELADA

Cuando ella le dijo que no recordaba haber llorado al escucharle cantar, Myungjae se sintió afortunado y a la vez desanimado.

—Yo también tengo algo que preguntarte –le dijo ella.

—¿Qué es?

—El anillo que tienes en el meñique...

—Es el que mi abuela le dio a mi mamá, mejor dicho, que mi abuela le dio a mi padre.

—¿Por qué?

—Para que lo usara si aparecía alguien que le gustaba. Si le cabía en el dedo a la perfección, sería su compañera para toda la vida. Así se había casado con mi abuelo.

—Al parecer todavía no has encontrado a la dueña del anillo.

—Es que es algo pequeño.

Myungjae miró de reojo los dedos de ella. Eran finos y cortos.

—No hace falta que te agarres así del asiento.

—Sí, lo sé.

A su pesar, Myungjae no podía quitar sus manos del asiento. Desde la primaria, cuando se cayó de la barra de ejercicios del patio mientras se daba una vuelta y se rompió el brazo, él odiaba estar cabeza abajo. Sus brazos le temblaban y sus manos sudaban a más no poder. Lo intranquilizaba la sensación de que sus manos se fueran a resbalar.

—Se te van a acalambrar los brazos –le dijo ella.

—Es que no me gusta estar cabeza abajo.

—Piensa que estás en una montaña rusa.

—Nunca me subí a una.

—¿Y a un barco pirata?

—Tampoco.

—Entonces piensa que te has quedado patas arriba –le contestó con un tono de voz suave, extendiéndole la mano.

Myungjae la tomó. Su mano parecía la de un mensajero llegado del reino de la nieve. Era fría, pero suave. Como si fuera el viento que sopla tras un chaparrón, un caluroso día de verano. Sus nervios se serenaron y una cálida sensación de plenitud se esparció por todo su cuerpo. Le pareció que al lado de ella no tendría nada que temer, estuvieran en una montaña rusa o en un barco pirata. Cerró los ojos sin querer. Fue como si su cuerpo se elevara igual que una pluma. Iba hacia el universo, perforando las nubes y escapando de la tierra. En medio del silencio del universo, estalló una ráfaga de fuegos artificiales y Myungjae abrió bien grandes los ojos.

—¿Acaso...?

Ambos acababan de hacer al unísono la misma pregunta.

—Contesta tú primero -dijo ella, sonriendo.

—No, tú primero.

—Al mismo tiempo.

—Está bien.

—¡La isla Namiseom!

La palabra Namiseom significaba para Myungjae "la mano que tomé en la oscuridad". De vez en cuando pensaba en esa mano. En especial en primavera, cuando las flores de cerezo se abrían como palomitas de maíz. Eran pensamientos incoherentes, pero siempre se le venía a la cabeza un nombre: el de la estudiante que recitó el poema de Frost en la reunión de bienvenida.

Myungjae nunca había imaginado que la dueña de aquella mano fuera ella, Jangmi; pero ahora, mientras la tocaba y recordaba ese día, tuvo la sensación de que sabía la verdad desde hacía mucho. La que había tomado aquella noche no era la mano de un muñeco de nieve, ni de ella, sino del destino. El dios que gobernaba el destino era en realidad una diosa, y gobernaba con frialdad.

—Eras tú! -ella tampoco pudo esconder su sorpresa.

—Sí, ¡y eras tú! -dijo Myungjae, con voz temblorosa.

—La observó de nuevo. En su mirada suave y afectuosa, él pudo leer varias cosas. Hay veces que las palabras sobran. Al presentir que era una de esas veces, cerró la boca. Sujetaba la helada mano del destino.

—Mi mano es fría, ¿no? –dijo ella, como si le apenara.

—Dicen que si la mano es fría, entonces el corazón es cálido.

—Tú tienes un corazón frío.

—Dicen que las personas con la mano tibia también son cálidas de corazón.

—¿Entonces no hay quien tenga el corazón frío?

—Lo hay, pero no se puede saber quién es, ya que las personas con el corazón frío no dan la mano.

—Bravo, qué elocuencia.

—La verdad es que es algo que me dijo una vez mi hermano.

—¿El médico?

—Él sutura los dedos de los pies. Y cuando no hace eso, también cose dedos de las manos.

—Qué peculiar.

—Mi hermano era especial desde pequeño. Dentro de poco será un experto en suturar dedos de los pies. Y antes de eso, un maestro del bordado.

—¿Bordado?

—Es que no suelta las agujas ni un segundo. Dice que tiene que practicar.

—Increíble. Pero tú no te quedas atrás siendo testarudo. Entraste a la carrera de astronomía después de esforzarte tres años para aprobar el examen de admisión.

—Fue mi segunda opción.

—¿Cuál era la primera?

—Medicina.

—¿Y en los años anteriores?

—Las tres veces fue medicina.

Ella cerró la boca. Para Myungjae, que solía encontrar paz en el silencio, ése era el lenguaje más hermoso; pero esa vez fue diferente. Lo incomodó el silencio repentino de ella.

—Cuando estaba preguntando por ti en la sucursal en la que trabajabas, casi me lío a golpes.

—¿Por qué?

—Le pregunté a un empleado sobre tu número de teléfono y se enojó diciendo que allí no eran el servicio de llamadas 114.

—¿Ah, sí?

—Al escuchar tu nombre, me miró como una fiera.

Ella no dijo nada. Myungjae sintió que había hablado de más. Las palabras que habían salido con tanto esfuerzo de su boca para romper un silencio incómodo produjeron un silencio aún más pesado. Siempre era así. Él abrió de nuevo la boca para remediar su error:

—Creo que le gustabas.

Ella seguía sin decir nada. Myungjae también cerró la boca.

Tras un buen rato, ella dijo:

—A mí me gustan los hombres de pocas palabras.

Él tomó su mano sin decir nada. Y a lo lejos se oyó el sonido de una sirena.

LAS TRES *pruebas*

Jangmi ya había terminado de arreglarse para salir, pero aun así se miró varias veces al espejo. Era por sus ojos, que se le habían congestionado y estaban rojos. Había estado demasiado tiempo cabeza abajo en el coche dado vuelta. Pero ahora no podía decirle que no iría con él. Se puso gafas de sol y salió. El cielo estaba nublado, parecía a punto de llover.

Él ya estaba en la puerta del cine y también llevaba gafas de sol, le preguntó:

—¿Estás bien?

—Sí.

—Ya tengo las entradas. Tenemos todavía como media hora, vamos a tomar algo.

—Jangmi lo siguió, entraron y se sentaron en la cafetería dentro del cine.

—¿Qué quieres tomar? –preguntó él.

—Café -contestó Jangmi sin vacilar. Sintió que la gente a su alrededor la miraba de reojo–. Oye, esas gafas de sol...

—Él se las quitó, sus ojos estaban irritados. Ambos se miraron y estallaron las risas.

—Han pasado dos días y siguen igual. ¿Y si se quedan así para siempre? -preguntó Jangmi.

—Para mañana ya estarán bien.

—¿Quién lo dice?

—Mi hermano.

—¿Ahora también es oculista?

—En casa se encarga de todos los temas médicos, menos de ginecología.

—¿Ginecología?

—Es que sólo somos hombres en casa -sonrió él con tristeza.

Como él había propuesto ir al cine, ella eligió una película de terror. A Jangmi le gustaban las comedias románticas, y siempre las elegía cuando tenía que ir al cine con alguien que no le agradaba demasiado, ya que podía centrarse en la película. Por el contrario, la ventaja de las películas de terror era que no había necesidad de prestarles mucha atención. Eran perfectas para ver teniendo sentado al lado a alguien que le gustaba. Como los sonidos extraños anunciaban la aparición del asesino, no tenía que preocuparse de dejar pasar alguna parte importante. Además, las escenas de terror ayudaban a que se produjera el contacto físico de manera natural.

A diferencia de lo que Jangmi había esperado, durante toda la película la mano de Myungjae descansó sobre el reposabrazos. Lo único que él hizo fue estremecerse un poco cuando la primera víctima fue asesinada. Luego, ni se movió. Cuando el asesino que todos creían muerto en un incendio se levantó y se lanzó sobre el protagonista, las manos de él se agarraron fuerte del reposabrazos. Jangmi comió de un bocado las palomitas de maíz restantes.

—En las películas de terror, al final sólo quedan vivas las mujeres vírgenes –comentó él mientras salían del cine. Parecía apenado de que hubiera terminado.

—Será por la obsesión con la virginidad –respondió Jangmi, desinteresada del tema.

—Es cierto, hay una mezquina obsesión machista sobre la virginidad de las mujeres –murmuró él, asintiendo con la cabeza.

Las manos de él no buscaron las de ella durante la cena ni durante el viaje hasta su casa. Se limitó a hablar con seriedad sobre las características de las películas de terror. Parecía estar escribiendo una tesis sobre el tema.

Días después, cuando él propuso ir al cine otra vez, la película que eligió Jangmi fue de acción. La mano de él siguió sin traspasar el reposabrazos. Cenaron juntos; y más tarde, él la llevó a casa. Durante todo ese tiempo no se interesó por la mano de Jangmi, ocupado en hablar seriamente sobre las características de las películas de acción.

Cuando él la invitó de nuevo al cine, ella eligió una película romántica como si ya no esperase nada. Su mano seguía sin traspasar el reposabrazos.

—¿Qué te parece ir por una cerveza fría? –propuso él saliendo del cine.

Jangmi, quien estaba esperando una seria disertación sobre las comedias románticas, no pudo creer lo que acababa de escuchar. Era la primera vez que él la invitaba a tomar cerveza. Parecía la regla de oro de una comedia romántica: para lograr un acercamiento físico, lo que se necesita no es una película sino alcohol.

—¿A esta hora?

—Es temprano, ¿no?

—Conozco un buen lugar de pollo frito.

—Nada mejor que el pollo frito para acompañar una cerveza fría –dijo él, alegre.

El lugar a donde lo llevó Jangmi fue el restaurante de su padre. Al instante de entrar al local, intercambió miradas con su padre. Myungjae era la tercera persona que Jangmi llevaba allí. El primero había sido un chico que había conocido cuando estaba en la universidad, que alguien le había presentado. El segundo fue el empleado del banco con quien mantuvo una relación. La opinión de su padre era que a un hombre tenía que verlo otro hombre para hacer una apreciación correcta. Ella empezó a creer en las palabras de su padre después de separarse de su antiguo compañero de trabajo.

Aquella vez, la reacción de su padre sobre su exnovio había sido dudosa.

—No me parece un buen hombre para ti.

Las razones eran tres. Primero, como había pedido medio pollo frito y medio en salsa, era probable que le pusiera los cuernos. Segundo, su desinterés por el acertijo indicaba que no era honesto. Y tercero, como dejó mucha carne en los huesos, era propenso al despilfarro.

La apreciación de su padre era muy aguda. Su exnovio era un mujeriego y además gastaba de más.

Jangmi pensó que quizás ahora se estaba apresurando en llevarlo a él, pero tenía una certeza: según el acertijo de la consejera Nunca, él sería su compañero para toda la vida. Pero Jangmi no podía dejar de estar nerviosa mientras lo veía estudiando el menú.

—¿Qué se te antoja? –le preguntó él.

—Me da igual.

—El pollo frito simple parece bueno, pero también se me antoja con salsa.

Jangmi bebió un sorbo de agua.

Él observó con atención la tabla con el menú, como un estudiante que tiene delante algún problema difícil de resolver. Al final dijo:

—Con la cerveza, lo ideal es el pollo frito simple. Que sea un pollo frito y dos vasos de cerveza, por favor.

Jangmi respiró aliviada. Primera prueba superada. La segunda era el acertijo. Vendría escrito en un papel dentro de la cesta en la que se servía el pollo.

—¿Qué es esto?

Él desplegó el papel enrollado dentro de la cesta.

—¡Es un acertijo! –exclamó con voz exaltada, como si hubiera encontrado un tesoro–. Si acertamos con la respuesta, nos dan una cerveza gratis.

La alegría de él entusiasmó a Jangmi. La filosofía de su padre era que más que acertar la respuesta correcta, lo importante era la actitud. Decía que entre los amantes de los acertijos no hay malas personas.

—¿Qué dice? –le preguntó Jangmi.

—Tiene seis caras y veintiún ojos, ¿qué es?

Jangmi sabía la respuesta, pero aguardaba en silencio. Se limitaba a observar nerviosa al joven pensativo.

Él movió la cabeza dudando unas cuantas veces y al final dijo:

—¿Será un dado?

¡Correcto! También había pasado la segunda prueba.

Él, tras recibir su cerveza gratis, comía el pollo con una sonrisa de oreja a oreja. Ahora quedaba la última, la más complicada. La de no dejar nada de carne en los huesos.

—¿No comes? –le preguntó él, mientras engullía otro bocado.

—Voy a comer despacio. ¿Está bueno?

Él le mostró su dedo pulgar levantado.

En los huesos desechados no quedaba ni un gramo de carne. La cara de Jangmi se iluminó.

LO QUE SE *necesita* PARA UN BESO PERFECTO

Al entrar en el restaurante de pollo frito, a Myungjae lo atacó un hambre feroz. Es que había comido sólo unos fideos instantáneos a modo de desayuno y almuerzo antes de salir de casa. Se murió de hambre durante toda la película. Al percibir el apetitoso aroma del lugar, su desesperada barriga empezó a gemir. En un día normal, él pedía mitad pollo frito simple y mitad en salsa, pero esta vez lo pidió simple. Es que pensó que si pedía mitad y mitad, tardaría mucho más en llegar.

Cuando recibieron la comida, algo le pareció extraño. Un papel enrollado estaba en una esquina de la cesta. Al abrirlo vio que allí había un acertijo. Decía que si acertaba la respuesta, tendría un vaso de cerveza gratis. Qué restaurante más curioso. El acertijo era: Tiene seis caras y veintiún ojos, ¿qué es? Myungjae no estaba seguro de la respuesta. En ese momento, notó una tienda de pizzas que estaba en la calle de enfrente. Una cadena que usaba de logo un dado.

—¿Será un dado? –murmuró sin darse cuenta.

—¡Así es, un dado! –exclamó ella, alegre.

Al parecer estaba muy contenta de que podría tomar un vaso de cerveza gratis. Myungjae, más que por la cerveza, estaba contento de haber descifrado el acertijo.

Tomó una pata de pollo y comió sin dejar rastro de carne. Al sentirse lleno, el mundo tenía otro color. Estaba satisfecho como un filántropo que dona para una buena causa. Todo lo que veía le parecía hermoso. En especial, la joven sentada en silencio frente a él. En ese momento, todo el interés de Myungjae se centró en ella. El amor hacia el mundo que inundaba su corazón no era por el pollo del que sólo quedaban los huesos sino por ella.

Plotino, el filósofo, planteó su doctrina de *lo uno*. Algo así como que todos los seres nacen de una única existencia. Para Myungjae, ella era lo único que existía en el universo. Toda la luz nacía de ella. Lo que lo había conducido hasta ella después de seis años no era una casualidad menos probable que ganar la lotería, sino una luz brillante que emanaba de la persona que tenía enfrente.

Cuando salieron del restaurante, Myungjae la tomó de la mano. Como era una mano que ya había tomado antes, no dudó en hacerlo. Para ser precisos, ya lo había hecho dos veces antes. Ella tampoco la retiró. Myungjae empezó a caminar llevándola de la mano. No tenía ningún destino en mente. Sólo estaba feliz de poder caminar junto a ella. Tomado de su mano, sintió que podría caminar hasta el fin del mundo.

—¿A dónde vamos? –le preguntó ella.

—Al fin del mundo –dijo Myungjae con una sonrisa.

Cuando llegaron al mirador del monte Namsan, ya estaba oscureciendo. La luz tenue que no había podido seguir al sol, titilaba encima de una oreja de ella. Esa oreja parecía la hoja radiante en un árbol de hojas anchas. Su pabellón auricular era como un delicado capullo y hasta su lóbulo era carnoso. El corazón de Myungjae empezó a latir con fuerza. Allí estaba un mundo nuevo esperando a un explorador valiente. Un mechón de pelo le cubría una oreja. Ella lo corrió detrás sin apresurarse. Aquel acto no premeditado, más bien la indiferencia de ese acto, hizo latir más fuerte el corazón de Myungjae. Su corazón estaba tan encendido de pasión que quiso arrancarlo de su lugar. Ahora entendía por qué en tiempos antiguos cortaban las orejas de los enemigos muertos. La oreja es el corazón que está del lado de afuera. Myungjae pudo ver su corazón en la oreja de ella.

—¿Aquí es el fin del mundo?

—Yo venía aquí cada vez que me sentía tan mal que deseaba que el mundo se acabara. Cuando me quedaba aquí observando las estrellas, me daba cuenta de que más allá de mis penas, lo mejor era que el mundo siguiera su curso.

—Ah...

—Allí se ve una estrella –Myungjae señaló con el dedo el cielo, una parte de él que estaba tomando un tono púrpura, en donde se podía ver la luz de una estrella que se apresuró en aparecer.

—¿Cómo se llama esa estrella?

—Se llama Jangmi.

—Qué tonto.

—Una estrella puede recibir el nombre que le guste al que la encontró primero.

Bajaron del monte y caminaron a la par. Cuando Myungjae percibió que había pocas personas a su alrededor, tomó con las dos manos las mejillas de ella. Sabía muy bien lo que quería hacer. Ella no parecía desconocer sus intenciones. Myungjae quería besar su oreja, pero debía ir paso por paso. La miró a los ojos. Sus pupilas de color chocolate se habían dilatado, como si estuviera soñando. En todo el mundo reinaba el silencio. La cara de Myungjae estaba inclinada como el eje de rotación de la Tierra, acercándose a la cara que tenía delante. Los párpados de ella temblaron. Y Myungjae la besó en los labios. Parecían los pétalos de una flor. Entre los pétalos se deslizó su lengua. La lengua de ella dudó por un instante, pero lo recibió gustosa. Como si las dos lenguas estuvieran bailando un vals, se entrelazaron la una con la otra.

Gottfried Leibniz dijo que la Tierra era la mejor elección que había hecho Dios de entre todos los mundos posibles del universo. Una vez más, Myungjae estaba de acuerdo con Leibniz. A lo mejor ese filósofo dijo esta frase luego de darse un beso con su amada.

—La verdad es que no te reconocí cuando nos reencontramos –dijo Jangmi–. Recordaba tu cara llena de acné, pero ahora la tienes limpia.

—Desapareció cuando me hice adulto.

—También recuerdo que usabas lentes.

—Me hice la operación de láser.

Myungjae estaba seguro de que Leibniz no usaba lentes. No tiene que haber nada que estorbe la realización de un beso mágico, que cambie este mundo en un instante y lo convierta en un lugar perfecto. La medida exacta de alcohol, un lugar silencioso, ambiente romántico, una operación de la vista, la saliva adecuada, y por sobre todo, un fervoroso latido de corazón. La receta para un beso perfecto. Al acariciar la oreja ella, a Myungjae se le hizo agua la boca.

CAPERUCITA ROJA *y el* LOBO

Cuando él la invitó a su casa, Jangmi sintió que al final había llegado lo que tenía que llegar. Habían pasado treinta y tres días desde su reencuentro. Aunque sentía curiosidad por saber cómo era el lugar donde vivía él, no podía evitar los nervios. Y es que de seguro no la había invitado sólo para mostrarle cómo vivía. La crisis era también una oportunidad. Aunque él había pasado las tres pruebas, Jangmi aún no estaba segura de si él era la persona que el destino le tenía reservada. Se dice que si al abrir los ojos por la mañana lo primero que a uno se le viene a la cabeza es la otra persona, está enamorado. Jangmi estaba enamorada de él, pero también asustada. ¿Y si apareciera otro que con sólo verlo la hiciera palpitar el corazón? Por desgracia, todavía no había experimentado nada así. Jangmi estaba decidida a comprobar en esa ocasión si él en realidad podía ser su compañero para toda la vida.

Él había dicho que los fines de semana su casa quedaba vacía. Su padre iba a pescar durante dos días y su hermano sólo venía de vez en cuando, entre semana. Le propuso que cenaran juntos, con un buen vino. Jangmi sabía bien lo que significaba la presencia del vino. Comparado con el café, el vino era más atrevido. El café se sirve en una taza que no deja ver su contenido, mientras que el vino se sirve en una copa que lo deja todo al descubierto. Se reducen las ambigüedades. A diferencia del café, en el vino es importante el año de procedencia. La situación, en ese momento, tenía más de carnal que de espiritual. Y por sobre todo, el vino lleva la sangre a la cabeza. La cara de Jangmi se ensombreció. Recordó que lo que Caperucita Roja llevaba a la casa de su abuela era pastel y vino. No temía caer en la trampa del lobo ni de acostarse con él. El problema era ése, que no tenía miedo. Ya que no era su primera vez.

La primera vez había sido en el apartamento de su exnovio. Él dijo que no se sentía bien después de beber de más, por lo que compró una medicina para el estómago y *juk*. Su exnovio, quien siempre tenía un aspecto impecable, como salido de una revista de moda, en ese momento parecía cansado y demacrado. Sus ojos estaban hundidos y sus mejillas y mentón tenían una sombra de barba. Quizás por la barba crecida, Jangmi percibió en él más virilidad. Vestido con su camiseta y pantalón de dormir, lo encontró especialmente atractivo.

Mientras le servía *juk* calentado en el microondas, Jangmi sintió una felicidad que nunca había experimentado antes. Se imaginó estar cuidando todo el día a su novio enfermo. En ese momento, él era un joven inocente que sólo tenía ojos para ella y se había entregado plenamente. Antes de que él terminara el plato, los labios de ambos sintieron una atracción mutua. Cuando Jangmi estaba por abrir la boca, él se apartó y se metió al baño. Jangmi oyó de lejos el sonido del cepillado y el enjuague bucal. Su boca ahora olía a menta. "¿Está bien si...?", le preguntó él mientras le quitaba la pantaleta. Jangmi, acariciándole la barba del mentón, le dijo: "Es mi primera vez". La barba del mentón era más áspera de lo que pensaba. Su exnovio sonrió y entró de nuevo al baño.

Al salir, traía una toalla grande en la mano. Es que es una sábana nueva que compré hace poco, dijo el exnovio poniéndole a ella la toalla bajo el trasero. A Jangmi le preocupó todo el tiempo la posibilidad de manchar la sábana. Quizás por eso sólo sintió dolor, ningún placer. Después de terminado el acto, el exnovio se fue de nuevo al baño con la toalla. Los fluidos sobre las caras internas de los muslos estaban fríos. Jangmi limpió sus partes íntimas adoloridas con papel de baño y se apresuró en ponerse la ropa interior. Después de ducharse, el exnovio le dio una píldora anticonceptiva junto con las siguientes palabras: "Es que no me gusta usar condón".

Jangmi, que había aceptado la invitación a la casa de Myungjae sin problema, ahora estaba un tanto intranquila, justamente porque no era su primera vez. No sabía cómo reaccionaría él ante eso. Quiso pensar que era verdad lo que le había escuchado decir a la salida del cine aquella vez, que es una mezquindad esperar que la mujer sea virgen.

Antes de entrar a la cueva del lobo, se preparó bien. No tenía mucho tiempo para alisarse el cabello, pero se lo hizo. Es que odiaba que el pelo le quedara ondulado, aunque fuera levemente. El teñido de la última vez estaba durando mucho. Se lo haría de nuevo cuando sintiera que había perdido su efecto. Es que también odiaba que su pelo fuera rojo. El pelo ondulado y rojo, que ni su padre ni su madre tenían, le parecía raro y la avergonzaba. También se puso en modo de dieta intensa para quitarse unos kilos de más. Como estaba todo el día sentada, tenía unos rollitos en el abdomen. De cena comía sólo un camote y hacía cincuenta abdominales, pero la barriga seguía igual. Como medida extrema, se envolvió con un plástico film la parte baja del abdomen. Se sentía un boxeador que se esfuerza por perder peso antes de una pelea. Al revisar el armario, encontró su pantaleta de seda rosa, también el sostén que hacía juego. Era un atuendo que había preparado para la primera noche con su exnovio.

El día anterior a la cita, la parte inferior del abdomen le empezó a doler. Al parecer empezaría a menstruar, pero no podía cancelar la cita ahora. Él la llamaba a menudo y le preguntaba qué quería comer, qué quería beber y si tenía algún cambio de planes. Como él había deseado tanto esa cita, la decepción sería grande.

La mañana del día siguiente, Jangmi lo llamó por teléfono tan pronto llegó al trabajo:

—¿No necesitas nada esta noche?

—Sólo te necesito a ti.

La frase algo inexperta de él sonaba como las líneas de un actor novato. Como las palabras del lobo que se había disfrazado de la abuela de Caperucita Roja. Pero no era que a Jangmi le disgustaran esas palabras dulces. Él era extremadamente reservado en el uso de vocabulario romántico. Al pensar en comprar pastel de queso como postre, Jangmi de verdad se sintió como Caperucita.

La cueva del lobo era una casa de ladrillo ubicada en la cima de una colina, desde donde se podía ver el río Han. Era una vivienda con un jardín grande y un cantero lleno de flores. Él contó que así lo había diseñado su padre. La única flor que Jangmi reconoció fue un girasol.

—¿Ya florecieron los crisantemos? -preguntó Jangmi.

—Son estrellas de abeja, también llamadas estrellas de Goryeo -contestó él sonriendo.

—Parecen crisantemos.

—Son perennes como los crisantemos. Llevan el significado del recuerdo.

—¿Hasta eso sabes?

—Cuando era pequeño, me gustaba leer la enciclopedia ilustrada.

—Ya veo. ¿Y qué son éstas? -señaló unas flores anaranjadas.

—Uvas de gato. Significan la espera.

Cada vez que Jangmi señalaba una flor con el dedo, él decía su nombre y su significado sin titubear. Clavelina, onagra, celidonia. Frente a ese cantero se perdía la noción del tiempo. Inesperadamente, él tenía un costado romántico.

Le mostró también el interior de su casa. Jangmi, como si inspeccionara su futura vivienda, examinó cada rincón. A diferencia del exterior de la casa, que tenía un aspecto envejecido, por dentro era limpia y nueva. Él contó que tras el fallecimiento de su madre habían hecho una renovación total. En especial, lo que a Jangmi le llamó la atención fue la cocina. Le pareció que el fregadero estaba muy alto.

—Mi madre era una mujer alta. Media más de un metro setenta. Cuando era estudiante, era jugadora de voleibol. Como el fregadero anterior era muy bajo, siempre llevaba en la cintura un parche para aliviar el dolor. Dijo muchas veces que sería bueno que al menos subieran la altura del fregadero... –recordó con tristeza–. Gracias a ella, las tareas de la cocina están a mi cargo, es que soy el más alto de la casa. Espera un momento, te voy a servir el plato especial. Si quieres distraerte, toma una copa de vino –le dijo con tono alegre y cómplice.

Le sirvió una copa de vino, aunque Jangmi le había dicho que lo ayudaría a preparar la comida. También puso música. Billie Holiday. Con esa melodía como acompañante, ella bebió un sorbo de vino observándolo cocinar. Le pareció encantador su aspecto visto de espaldas, erguido frente al fregadero y con un delantal puesto. En un rincón del patio, mientras caía la noche, recibió en la cara una brisa que traía el aroma del verano tardío. Olió el perfume de las flores que significan recuerdo, reconciliación, espera, amor puro, amor sin palabras. El sonido de la tabla de picar, el sonido del aceite al freír, el sonido de las risas de los niños en el callejón, todo le parecía lejano al oído. También era lejano el dolor en la parte baja del abdomen. La cueva del lobo era un remanso de paz, como si fuera otro mundo. Sin quererlo, Jangmi se durmió.

Cuando él le movió un hombro, Jangmi automáticamente se limpió la boca con la mano. Al ver el reloj, se dio cuenta de que había dormido unos cuarenta minutos. Un sueño corto, pero profundo y dulce.

Él dispuso en la terraza la mesa para la cena. Una mesa que tenía un parasol de playa. El espagueti a la crema, con mariscos frescos como cangrejo y mejillón, tenía un sabor intenso. Como estaba comenzando el período de menstruación y también terminando su dieta, se sintió cautivada por ese sabor espeso y suave. Cuando él le dijo que había preparado la salsa por sí solo, Jangmi no pudo evitar maravillarse. Si se mudara con él, no necesitaría ir a restaurantes italianos. Por más que lo lamentara, dejó en el plato un poco de salsa para no parecer glotona. Le pareció que si él cocinaba tan bien, aceptaría abandonar sus expectativas de enamorarse locamente.

Él bajó las escaleras y volvió con el pastel de queso en un plato. Estaba frío. Dijo que lo había dejado por un rato en la hielera. Con ese toque helado, estaba más rico. Si la felicidad tiene sabor, seguro que será el de un pastel de queso frío que se degusta en una terraza, desde donde se ve el río, una profunda noche veraniega.

Cuando el vino estaba por terminarse, él bajó de nuevo las escaleras. Ya la oscuridad era total y una única luz dividía el cielo y la tierra. Era como si el cielo y la tierra fueran dos espejos que se reflejaban mutuamente. El fluir entre el cielo y la tierra era tan acogedor como un sueño de verano.

Él trajo un telescopio. Lo extendió lo más que pudo, era más largo que su brazo. Jangmi alzó el telescopio hacia el cielo y puso un ojo en él. Allí se podía ver una fiesta de cuerpos celestes que despedían luz por sí mismos. Esa hermosura que, en palabras simples, llamamos universo. Entre las estrellas, que brillaban como escarcha formada sobre una pila de carbón, se podía ver perfectamente un puñado de ellas formando una especie de aro.

—Veo algo extraño.

—¿Quieres que lo baje para ti?

Entonces apareció un dedo enorme desde un extremo del cielo y removió ese aro celestial. Lo que él tenía en la mano era un anillo. Aquél que su abuela le había legado a su madre. El anillo que su abuelo, y luego su padre, les habían puesto en el dedo a las mujeres que les habían robado el corazón. Cuando él le puso el anillo en el dedo, el corazón de Jangmi latió como el de un estudiante ante la hoja en blanco de un examen. En su dedo, el anillo entró a la perfección. Y entonces él la besó. Un beso suave, pero a la vez apasionado. A Caperucita Roja le gustaba el lobo. Hasta allí, todo en orden. Ahora quedaba la última prueba. Todo estaría bien si después de tener relaciones sin condón no le daba una píldora anticonceptiva. Jangmi bajó las escaleras tomada de la mano de él. Antes de entrar en su habitación, Jangmi dijo:

—¡Un segundo!

Y se metió a toda prisa al baño. Con su bolso en la mano.

EL LOBO *y* CAPERUCITA ROJA

Por qué será que las mujeres, cuando van al baño, llevan su bolso. Myungjae no podía ni imaginar lo que había dentro de él. Prendió la lámpara que tenía en la mesa de noche junto a la cabecera de la cama. La luz amarillenta iluminó suavemente la frazada verde. La lámpara de mesa y la frazada eran nuevas.

Para recibirla, Myungjae se había preparado minuciosamente. Primero, barrió y limpió cada rincón de la casa. Puso especial esmero en su habitación. Compró también un juego de frazadas. Eran de base verde, con motivos de hojas de árbol. Es que el verde era el color favorito de ella.

También compró una lámpara de mesa para su habitación, le parecía estar decorando el cuarto de bodas para unos recién casados. Consiguió además unos condones con fragancia a limón. Fue hasta el mercado de

Noryangjin para comprar mariscos frescos y no olvidó el vino de Burdeos, que a ella le gustaba. Para animar el ambiente, escogió la canción como música de fondo. Estaba dudando entre Billie Holiday y Julie London, y al final se decidió por la primera. La canción protagonista de aquella noche era *I Am Fool to Want You.*

Todo ese esfuerzo era sólo la introducción. La victoria o la derrota se decidiría en la cama. Myungjae nunca había unido su cuerpo con el de otra persona. Varias veces lo intentó, tres veces en concreto. En aquellas ocasiones, la persona elegida fue una estudiante con la que había establecido una relación al retomar los estudios universitarios después del servicio militar. Se habían conocido en una cita a ciegas. Las tres veces fueron a un motel. Cuando cruzaban la puerta iban tomados de la mano; pero cuando salían, ambos se esquivaban la mirada. Después de tres intentos fallidos de mantener relaciones, ella cortó toda comunicación con él. Cada vez que él la llamaba por teléfono, la chica no se encontraba en casa. Él quiso saber la razón de su separación, pero nunca lo logró. No era que no presintiera el motivo. Cuando falló el primer intento, ella dijo: "Parece que es tu primera vez". Cuando no hubo acción en el segundo, ella preguntó: "¿De verdad es tu primera vez?". Al tercer intento fallido, no dijo nada.

Aquella noche, para el evento principal, Myungjae consultó varios videos y mucha bibliografía. No había dejado pasar los pequeños cambios en ella, como por ejemplo, su estilo del pelo, su vestimenta, el esmalte de sus uñas, su perfume, sus accesorios. Myungjae siguió al pie de la letra todo lo que había leído. Cuando la elogió diciendo que el nuevo peinado le sentaba bien, las comisuras de los labios de ella se levantaron. Hasta el momento, todo iba bien. Llegado por fin el momento de la verdad, Myungjae dudó si quitarse la ropa o no. Si él la esperaba desnudo y ella aparecía vestida, se sentiría avergonzado. Y si fuera al revés, si ella apareciera desnuda estando él vestido, sería una falta de respeto. Luego de pensarlo bien, se quitó sólo la camisa. Era una especie de acuerdo flexible.

Ella llevaba ya largo rato en el baño. Había pasado mucho tiempo desde que dejara de oírse el ruido de la ducha, pero no había ningún movimiento. Cuando Myungjae se levantó para ir a tocar la puerta del baño, ella abrió con cuidado la puerta y salió. Estaba completamente vestida.

—¿No te duchas?

—Me bañé en la mañana –respondió Myungjae.

—Has sudado cuando cocinabas...

Myungjae se metió al baño a toda velocidad. Cuando terminó su ducha fugaz, ella estaba acostada en la cama, tapada con la frazada hasta el mentón. Myungjae se quitó el pantalón y se metió en la cama. Le besó la frente, la nariz y finalmente la boca. Una tenue luz amarilla se deslizaba siguiendo las facciones del dulce rostro de ella. Por fin llevó su boca a la oreja.

—Me haces cosquillas –se retorció ella, riendo.

Myungjae introdujo la lengua en su oreja, ese lugar que parecía un mapa donde estaba escrito el secreto de la vida. También era un laberinto de hadas. Ella no pudo aguantar la risa y su cuerpo se retorció completamente.

—Siento muchas cosquillas –estalló de risa.

Ante esa reacción inesperada, Myungjae no supo qué hacer. Ese escenario no estaba en el video de referencia que había visto. Le pareció revivir la pesadilla de los encuentros con aquella estudiante de la que tuvo que separarse porque no pudo concretar en la cama. No volvería a cometer el mismo error. Adoraba la oreja de ella, pero no tuvo más remedio que dejarla para otra ocasión. Resignado, se centró en los corchetes del sostén. Pero esa no era tarea sencilla.

—Espera un momento.

Myungjae se mordió los labios al verla quitarse el sostén en un abrir y cerrar de ojos llevando ambas manos hacia atrás. Para reparar su error, recorrió con sus dedos su espalda desnuda, como rindiéndole culto a su cuerpo. Era una sensación agradable, como acariciar un paño de seda blanca. Pensó que era una suerte que ella no tuviera experiencia en el tema. Cuando Myungjae vertió su cálido aliento sobre el cuerpo de ella, su cara adquirió la seriedad propia de un alquimista que amasa barro para forjar oro.

Después de retirarle la pantaleta, buscó el pantalón que se había quitado y sacó el condón del bolsillo. Duro, se puso el condón y volvió encima de ella, que estaba acostada bien recta sobre la cama. Le levantó levemente las rodillas y posó su entrepierna.

—Oye... –dijo ella, cuidando sus palabras.

—¿Sí?

—Ahí no es.

—Lo sé –respondió él, con seguridad y aire de suficiencia; pero le corrió un escalofrío por la espalda–. ¿Podrías levantarte un poco más?

Cuando le hizo a ella ese pedido, de su frente brotaban gotas de sudor. Le costó mucho esfuerzo entrar en su cuerpo. Una vez acabado el asunto, él la abrazó con cuidado y le acomodó el cabello desordenado. Siguió al pie de la letra los pasos indicados en el material de referencia. Para las mujeres, el acto sexual no era un objetivo en sí mismo sino un suplemento del amor. Para alcanzar el amor, el paso número uno era dedicar atención a la otra persona. El paso número dos era lo mismo. Y el noventa y nueve, también.

—¿Te molesta si fumo? –preguntó Myungjae.

—No.

Cuando consumó lo que tanto había esperado y preparado, Myungjae sintió un vacío enorme. Estaba confundido sobre lo que acababa de ocurrir. Además, tenía dudas de si lo había hecho bien.

—Huele a menta –dijo ella.

—Es que soy sensible al olor.

—Me gusta el aroma –declaró moviendo la nariz–. ¿Y qué es esto? –le preguntó acariciándole el abdomen.

—Es una cicatriz de cirugía. De apendicitis. Fue cuando tenía seis años, pero el médico hizo su trabajo borracho y me dejó una cicatriz grande.

—Si se te abre esa cicatriz, se escapará la abuelita.

—¿Qué?

—Nada.

Ella acarició la cicatriz de Myungjae y por su cara, parecía estar sumida en profundos pensamientos. Como si la cicatriz fueran signos de una lengua desaparecida.

—Mira, mi papá quiere conocerte. ¿Qué te parece? –le preguntó ella, midiendo sus palabras.

—Claro, tengo que presentarme –respondió Myungjae con voz resuelta. Aunque sentía el peso de la responsabilidad de presentarse ante el padre, por otro lado se sentía satisfecho. Le parecía que la relación de ambos iba tomando seriedad.

—Cierra los ojos –le pidió ella con pudor.

—¿Por qué?

—Es que quiero ir al baño.

Myungjae cerró los ojos. Al escucharla levantarse luego de recoger toda su ropa, él abrió de nuevo los ojos. En el lugar donde había estado acostada ella se veía una mancha de sangre. Era una gota roja oscura, como un tímido fruto oculto entre las hojas. Era seguro que esa vez sí había podido tener una verdadera relación íntima. Su corazón se llenó de gozo de nuevo por el amor que sentía hacia ella.

LAS PALABRAS QUE SE *intercambian* AL RECIBIR UN CINTURÓN DE HEBILLA DORADA

Jangmi se sintió aliviada cuando apareció su madre. Estaban en un restaurante tradicional del barrio de Insa-dong, una reunión para que se conocieran los padres de la pareja. Su madre, incluso esa misma mañana, le había dicho enfurecida que no la esperara. Al parecer, él no le caía bien. Se quejó de que no trabajara en una compañía respetable y que fuera de carácter taciturno, porque había sido criado sólo por su padre. Lo criticó en varios aspectos, pero Jangmi no cedió tan fácilmente.

—No es una multinacional, pero es una compañía prometedora. Y como su madre ha fallecido, no tendré una suegra que me haga la vida imposible.

—Sí que eres tonta.

—No te agrada la idea de que me case, ¿no? ¿Sabes por qué me apresuro en casarme así? Es porque quiero escaparme de ti lo antes posible.

Jangmi dejó salir las palabras que llevaba enterradas en lo profundo de su ser y rompió en llanto. Desde el principio no esperaba la bendición de su madre. Al pensar que ése sería el fin de las peleas con ella, en las que ambas terminaban con las caras rojas como brasas ardiendo, una parte de su corazón se sintió desolada. Aún bañada en lágrimas, dijo con voz resuelta:

—Si quieres impedir mi boda, ahora no sólo será suficiente que me cortes el cabello. Tendrás que cortarme los tobillos.

—Ese hombre... ¡La adivina dijo que está destinado a casarse tres veces! –gritó.

Cuando salió a la luz la verdadera razón por la que su madre estaba en contra de la boda, Jangmi, que se había mantenido firme en la contienda, de pronto vaciló. Era un argumento absurdo y supersticioso, pero por eso mismo le dolió más que cualquier motivo lógico y racional. ¿Mi decisión será la correcta?, se preguntó, víctima de un miedo repentino. Se estaba enfrentando a la pregunta esencial que había tratado de evadir. Y a la vez apareció un nuevo miedo: si ahora se rendía, nunca jamás podría escapar del hechizo de la reina de la nieve.

—Estoy embarazada.

Era mentira. Era el último farol que lanza un ajedrecista acorralado, un último recurso ingenioso para jaquear al rey. Su madre se puso azul y se quedó boquiabierta, incapaz de levantar la mandíbula. Sólo luego de ver los labios temblorosos de su madre, Jangmi se dio cuenta de lo que había hecho. Pero no había marcha atrás, los dados ya no estaban en sus manos.

Para venir al encuentro, su madre se había recogido el pelo y se había maquillado como debía. Llevaba un vestido púrpura que resaltaba aún más su tez blanca. Era todavía una mujer elegante. Su padre, que entró después de la mujer, al cruzar la mirada con Jangmi, le guiñó un ojo.

—Dijiste que no vendrías, pero hasta te arreglaste el cabello –le dijo Jangmi con una sonrisa.

—Ya es suficiente –respondió la mujer con voz gélida.

A la hora puntual de la cita, él y su padre entraron al recinto. Jangmi se levantó de un salto. Su padre también hizo lo mismo e incluso su madre, pero con demora.

—Ya estaban esperando, disculpen por haberlos hecho esperar –dijo él a modo de saludo.

—No te preocupes –dijo el padre de Jangmi, golpeando el hombro de Myungjae.

—Zes zun placer conocerlez –se presentó el suegro, bajando la cabeza como reverencia.

El padre de Jangmi dirigió la mirada a su hija.

—Mi padre es de Gyeongnam. Dice que es un placer conocerlos –intervino Myungjae.

—Señor, pues le encargo a mi hija.

—¿Zi tomamoz zasientoz? –propuso el suegro de Jangmi.

—Dijo que podríamos sentarnos –explicó Myungjae.

Todos se sentaron. Jangmi bebía sorbos de agua y miraba de reojo a su madre. Ésta seguía con gesto de desagrado.

—Escuché que usted es profesor de matemáticas –dijo el padre de Jangmi.

—Za me ze retiráu.

—Se jubiló hace dos años -señaló Myungjae.

Reinó el silencio por un momento.

—Ya pedimos el menú llamado "Tía materna". Me pareció que era mejor que el menú "Tía paterna" -dijo Myungjae cuidadosamente, en dirección a la madre de Jangmi, quien miraba la carta.

Sin decir palabra, la mujer dejó el menú a un lado. De nuevo, el silencio se apoderó del lugar. De la barriga de Jangmi se escapó un sonido que parecía indicar que tenía hambre. En realidad, no era una señal de apetito sino de nerviosismo, pero él llamó a la mesera y pidió que les sirvieran rápido la comida.

Tortitas de flor *hwajeon*, fideos *japchae*, pasteles de arroz en salsa de soya *gungjung-tteokbokki*, plato de nueve delicias *gujeolpan*, *kimchi* al agua, hamburguesa *tteokgalbi*, guiso real *sinseollo*... Todos eran manjares exquisitos, pero la madre de Jangmi ni siquiera levantaba los palillos de la mesa.

Cuando el padre de ella pidió licor de frambuesa, Jangmi se puso nerviosa. Cuando su padre bebía de más, no medía sus palabras. Jangmi se impacientó, ya que no podía decirle que no tomara y su madre no hacía nada para frenarlo. Así era su madre en todo. Como una vaca que mira sin interés a una gallina. Jangmi dudaba si el corazón de su madre se habría encendido de pasión por su padre alguna vez. Tener hijos sin amor. Quizás en el diccionario de su madre ése era el significado de la palabra "casamiento".

El padre de Jangmi le ofreció licor al padre de él. El acto de llenar y vaciar la copa se repetía sobre un mar de silencio. Parecía la escena de una pantomima con el título: "Presentación de familiares de una pareja comprometida".

—Ten, yerno.

El padre de Jangmi sacó un pequeño paquete de una bolsa de compras y lo puso frente al joven, que estaba tomando el té de jengibre y canela y dejó el pocillo sobre la mesa. Éste abrió el envoltorio y luego la caja. Sacó de allí un cinturón. Un cinturón de cuero cuya hebilla era dorada.

—Muchas gracias –dijo él con una reverencia.

Aunque Jangmi sabía que su padre tenía un lado excéntrico, no había imaginado que vendría con un regalo, y menos aún que sería un cinturón.

—El significado de esto es que me ate bien el cinto y trabaje duro, ¿verdad? –preguntó él, acariciando la hebilla de color dorado.

—No significa eso. Es para que cuides bien lo que llevas debajo de él –dijo el padre, sonriente.

El joven se puso rojo como un tomate. Ante el desubicado comentario de su padre, Jangmi dirigió su atención a la reacción del padre de él.

—Zay... –exclamó el hombre, rompiendo un largo silencio–. Zo no ze traídu zun regalo. Zestoy tan zapenáu...

El padre de Jangmi no apartó la vista de Myungjae, esperando la traducción.

—Dice que lamenta no haber traído ningún regalo.

—No tiene por qué preocuparse –dijo el padre de Jangmi, negando con las manos.

—No se sienta mal -intervino Jangmi, pero la cara del padre de él estaba petrificada.

En lugar de relajarse la situación, el movimiento de su mano vaciando la copa de licor se aceleró. La nueva botella de licor la había ordenado el padre del joven.

—¿Se encuentra bien? -le preguntó Jangmi, con cautela.

El hombre asintió levemente con la cabeza, pero seguía sin abrir la boca.

—¿Cómo piensa hacer con la casa en la que vivirán los chicos?

Era la primera intervención de la madre de Jangmi en la reunión.

Jangmi se mordió los labios.

—Zay... -el hombre no pudo completar la frase.

Muchas veces sintió Jangmi odio hacia su madre, pero nunca había tenido vergüenza. Ahora era la primera vez. Le dieron ganas de llorar.

—No podré zencargarme de zeso -se excusó, con voz apagada.

—No se preocupe -intervino el padre de Jangmi, sonriente.

La mujer perforó a su esposo con la mirada. El padre de él no pudo esconder su turbación y cerró definitivamente la boca. Pasó lo mismo con el hijo. Cuando los dos tenían sus labios sellados, parecían ser la misma persona.

UN *casamiento*
BAJO LA LEY DE MURPHY

Quienes lo han experimentado lo saben. Saben cuán complicado es llevar adelante un casamiento. Lo que evita los divorcios no son ni las terapias de pareja, ni la responsabilidad hacia la familia ni el qué dirán de la gente del entorno sino las complicaciones de los preparativos de la boda. Encontrar un lugar para vivir, reservar el salón para la ceremonia, comprar los anillos, elegir el vestuario, tomarse las fotos de bodas, preparar la luna de miel... Myungjae estaba agotado. Ambos acordaron realizar una boda lo más simple posible, pero lo mínimo indispensable ya era un dolor de cabeza. El problema era el dinero, Myungjae no tenía ahorros y lo que le había dado su padre era difícil que alcanzara. Con su hermano mayor era infinitamente generoso, pero con él era mezquino.

—Confórmate con zesto, tengo quez guardar pa' la clínica de tu zermano.

El padre parecía querer que se fueran a vivir con él a su casa, pero Myungjae no pudo decirle nada de eso a su prometida. Fue a causa de su suegra. Para reunir la importante suma para la fianza de un apartamento de dos cuartos, tuvo que pedir un préstamo al banco; pero aun así no alcanzaba. Ella le ofreció usar el dinero ahorrado desde que trabajaba, pero Myungjae lo rechazó de plano. Fue por orgullo. Se enojó consigo mismo por haber tenido que escuchar esa oferta de usar los ahorros.

A ella no le gustaban las formalidades banales, pero quería tener una grandiosa luna de miel a como diera lugar. Dijo que nunca había salido del país, por lo que en esa oportunidad deseaba viajar a Europa. Como su decisión era tan firme, Myungjae no pudo negarse. Para él también sería su primera vez en el extranjero. Myungjae no disfrutaba particularmente de viajar y le pesaba asumir el costo; pero luego de hablarlo entre los dos, eligieron un paquete turístico de una semana por algunas ciudades de Italia y Francia.

Cuando confirmaron el destino de la luna de miel, a Myungjae le latió fuerte el corazón, como si hubiera estado esperando algo así por mucho tiempo. En los momentos que se fatigaba mentalmente por todos los preparativos de boda, imaginaba las calles que pisaría en aquellos países lejanos y recargaba energías. Como parte de sus tiernas fantasías, Myungjae bebía una copa de vino en una góndola de Venecia, admiraba la línea rojiza del horizonte florentino desde la cuesta de Colombo y observaba París desde la Torre Eiffel. Aun cuando estaban muy ocupados con los preparativos de la boda, luego de salir del trabajo iban juntos a comprar lo que necesitarían para el viaje, desde la maleta para el vuelo hasta las guías de viaje de los lugares a visitar.

Los preparativos, sin embargo, no marchaban sobre ruedas. La ley de Murphy dice que si algo puede salir mal, saldrá mal. Por ese entonces, Myungjae todavía no imaginaba que el cambio del número de línea del autobús que llevaba hasta el salón de la boda sería sólo el anticipo de los problemas, ya que sobrevendrían muchos más, y aún peores. Incluso pasaba algo curioso: el nombre de su padre era exactamente igual al de la madre de la novia, y eso lo preocupó. Hasta el apellido era igual: Kim Jeongok.

Cuando se enteró de que los consuegros tenían el mismo nombre, se sorprendió y hasta pensó que sería un buen augurio; pero al ver la tarjeta de invitación a la boda, se inquietó. Los invitados naturalmente pensarían que era un error o una broma. No era que no hubiese manera de arreglarlo. Myungjae se fijó en cómo se escribían los nombres en caracteres chinos, y éstos por suerte eran diferentes, así que los incluyó en la tarjeta de invitación.

El día de la boda, cuando Myungjae estaba camino al salón, recibió dos llamadas. Una, de un antiguo compañero de la preparatoria; y la otra, del empleado de la agencia de viajes. Su excompañero, que debía llevar a los novios al aeropuerto tras la boda, le dijo que tendría que ir de urgencia a otra ciudad, porque había fallecido la madre de su jefe. El amigo le explicó que debía ayudar en el funeral, que no tenía otra opción. Myungjae le respondió que lo entendía, que lo ocurrido no era culpa suya. Además, ni que fueran a desaparecer los taxis para trasladarse al aeropuerto. Es más, tuvo que consolar a su amigo, que se sentía apenado por la situación.

Cuando recibió la segunda llamada, Myungjae no pudo consolar también al empleado de la agencia de viajes. Le cayó como un cubo de agua fría oír la noticia de que la agencia había quebrado, por lo que todos los viajes programados quedaban cancelados. El empleado le dijo que había tratado de salvar el paquete de la luna de miel hasta último momento, pero que también se canceló. Y por eso se comunicaba recién ese día, que lo sentía mucho. Aun cuando los grandes conglomerados estaban yéndose a la quiebra y se rumoreaba que se estaba vaciando el país, Myungjae pensaba que era difícil que eso lo afectara a él. La crisis económica, al final, no le era ajena.

Myungjae no sabía qué hacer. Incluso mientras recibía a los invitados, no conseguía sacar de su cabeza la luna de miel a la que no podría ir. Cada vez que trataba de sonreír, el gesto se le endurecía como si se le hubiera secado una capa de barro en la cara. Los invitados eran de dos tipos. Los que seguiría viendo por mucho tiempo y los que no. Los que sus nombres le eran conocidos y los que no. Había algunos de cuyo nombre no se acordaba, pero que sus rostros sí tenía grabados en la memoria: los miembros del club Alarido. Al parecer, ella los había invitado.

Al antiguo líder del club lo reconoció a primera vista. Seguía con sus gruesas patillas. A Myungjae no se le venía su nombre a la cabeza, pero recordó que en la universidad todo el mundo lo llamaba "Patillas".

—¡Cuánto tiempo! –exclamó Patillas, extendiéndole la mano.

—No has cambiado en nada.

—Tú, por el contrario, eres otra persona.

—¿Sí?

—La rana que al final se convirtió en príncipe.

—Qué cosas dices.

Patillas le entregó su tarjeta personal diciendo que lo llamara en cualquier momento, pero el dinero del regalo de boda lo consignó por el lado de la novia.

También aparecieron las gemelas. Daba la impresión de que lo único que las dos habían hecho en todo ese tiempo era parecerse más. Antes, la mayor tenía doble pliegue en un solo ojo mientras que la menor lo tenía en ambos; pero ahora, las dos tenían sus ojos con doble pliegue y era difícil diferenciarlas.

Myungjae les dijo que había escuchado historias sobre ellas de boca de su prometida, pero no les detalló qué clase de historias. Por suerte no tuvo que oír en ningún momento la palabra "rana". Las gemelas también entregaron el sobre con dinero por el lado de la novia.

—¡Felicidades!

Un hombre alto que llevaba un traje azul a rayas lo saludó extendiéndole la mano. El antiguo estudiante de odontología todavía era buen mozo. En su encanto maduro aún se podía percibir un aire juvenil de tiempos pasados.

—¿Seo Jeongu?

—Creí que eras otra persona. Si te hubiera visto en la calle, no te habría reconocido.

—¿Qué haces por aquí?

—¿No puedo venir?

—No, no quise decir eso...

Myungjae, incapaz de terminar la frase, frunció el ceño. No le había caído bien la aparición de Jeongu. Para ocultar sus sentimientos, se esforzó por sonreír; pero no le salió bien. Jeongu dejó el dinero de regalo en ambos lados.

En comparación con los arduos preparativos, la ceremonia en sí fue tan simple que hizo parecer inútil tanto esfuerzo. Pero no todo marchaba a las mil maravillas. Los ojos de la novia entrando del brazo de su padre estaban sensiblemente irritados. La cabeza de Myungjae se quedaba en blanco cada vez que la veía llorar. Él no había llorado en toda su vida. Incluso al fallecer su madre, las lágrimas le habían dado la espalda. No era que no estuviera triste; la tristeza le calaba hasta los huesos, pero las lágrimas simplemente no salían de sus ojos. El espacio donde su alma se desmoronaba no era ocupado por las lágrimas sino por un viento arenoso. Sentía que cuando abría la boca, se derramaba arena. Si no podía escupir las lágrimas, tenía que tragarlas. Siempre había sido así. Y es que su padre aborrecía a las personas que hacían las cosas sólo de palabra.

Incluso cuando recibió la mano de la novia, la cabeza de Myungjae seguía en un torbellino de preguntas sin respuesta. ¿Por qué llora en un día como hoy? ¿Cuándo convendrá contarle que no podemos irnos de luna de miel? De lo único que estaba seguro era que sería un día muy largo.

동화
처럼

TERCERA
PARTE

LAS *mañanas* SON AZULES EN JEJU

Todo el tiempo que pasó en la sala de la novia, Jangmi estuvo inquieta. Le dolía el vientre. Su período menstrual estaba empezando una semana antes de lo previsto y le disgustaba no haberse puesto una toalla higiénica. De repente, le vino a la memoria un recuerdo de la escuela secundaria. Estando en el baño, se asustó al descubrir una mancha carmesí en la parte trasera de su falda. Para economizar las toallas higiénicas, no se había puesto el reemplazo a su debido tiempo. Cuando terminó la clase, no se levantó de su asiento y recién pudo irse a casa después de que se hiciera de noche. Al contarle a su madre la razón de su llegada tarde, ésta le dijo enojada: “Lávate tú la ropa”.

Jangmi levantó la falda de su vestido de novia y con pasos cuidadosos se dirigió al baño.

—¿Otra vez? –le preguntó su madre, afinando la vista mientras recibía a los invitados con actitud firme, digna de una reina.

—Es que me duele la panza.

—Pero si no has comido nada desde anteayer diciendo que estás a dieta, ¿qué dolor? –volvió a preguntarle con aire de sospecha.

Jangmi se metió al baño como una fugitiva antes de ser descubierta. Revisó su pantaleta, pero por suerte todavía no había ninguna mancha. Regresó a la sala de la novia y todo su interés seguía centrado en la parte inferior de su cuerpo. Pasó lo mismo cuando Seo Jeongu apareció en la sala. Como había dejado de participar en el club de canto cuando ingresó al curso regular de su carrera, Jangmi ahora lo veía después de cuatro años. Jeongu le contó que tenía un trabajo en sanidad pública en algún lugar de la provincia de Gangwon. Sus dedos seguían siendo blancos y largos.

—¿Qué haces aquí?

—¿Cómo podría faltar? Es tu boda –respondió Jeongu, sonriente. Sus palabras seguían siendo amables y suaves.

Jangmi forzó una sonrisa. No esperaba ese reencuentro. Al verlo y escuchar su voz, se abalanzaron sobre ella los recuerdos y sentimientos del pasado.

Reinó el silencio por un momento.

—No sabía que eras tan cercana a Rana, ¿o era Sapo? –dijo Jeongu, sin que se le borrara la sonrisa de la cara.

—No era Rana sino príncipe Rana. Y no éramos cercanos cuando estábamos en la universidad, sino que nos reencontramos por casualidad este año y empezamos a salir.

Jeongu la miró detenidamente. Ella se arrepintió de haber hablado de más.

—Nos vemos luego en la ceremonia –se despidió al salir del lugar.

Ella no pudo apartar la vista de la imagen de Jeongu de espaldas. A veces pensaba en él. En todas las ocasiones le surgía la misma pregunta: ¿Qué habría pasado si hubiesen participado juntos en el concurso de canto?

Su madre apareció de repente y le extendió una bolsa de plástico negro.

—¡Me asustaste! Si te acercas con tanto sigilo, voy a perder al bebé.

—¿Te has vuelto loca?

—Así es. Por tu culpa.

—Eres una malcriada. ¿Tanto querías casarte?

Su madre la perforó con la mirada y le dejó la bolsa plástica antes de salir de la sala. Dentro de la bolsa había dos toallas higiénicas, una común y otra para uso nocturno. También había unos analgésicos. Jangmi sintió cosquillas en la nariz y no tardó en romper en llanto.

Al llegar a la sala de ceremonias, se enteró de que había un gran problema con la luna de miel. Primero pensó que se trataba de una broma, pero la expresión en la cara del novio era seria. Cuando él explicó que la agencia de viajes había quebrado, su entrecejo dejó ver unas profundas arrugas.

—¿Y qué hacemos ahora? –la voz de Jangmi se elevó dentro del recinto y la cara de él se endureció.

Las malas noticias se extienden con más rapidez que las buenas. No pasó mucho hasta que se oyeran lamentaciones por aquí y por allá. "¿Qué? ¿Cómo es posible?". "¿Cómo se llama la agencia?". "¿Y dónde pasarán hoy la noche?".

—¿Cuándo lo supiste?

—Cuando estaba viniendo para aquí.

—Pero, ¿por qué me lo cuentas ahora?

—Es que no encontré otro momento.

—¿Y qué piensas hacer?

—Ya es tarde para averiguar en otra agencia. Además, mañana es domingo y están cerradas.

—Es por eso que te dije que averigüemos en una agencia grande.

—¿Es culpa mía que la agencia haya quebrado?

—Si vienes a comunicarme que no puedo irme de luna de miel, la única que tendré en toda mi vida, también deberías tener algún plan alternativo.

Él se llevó a la boca un cigarrillo, y la cerilla no prendió con facilidad. Alguien que estaba a su lado le ofreció un encendedor, pero él se aferró a las cerillas. Jangmi se puso nerviosa. Un viaje al exterior se podía posponer; pero una luna de miel, no.

—¿Qué les parece ir a Jeju? –propuso Jeongu, que estaba sentado cerca.

—No será fácil conseguir una habitación de hotel libre –dijo Jangmi.

—Tengo un amigo que gerencia un hotel allí, podría darme una mano.

—¿Oíste? –dijo Jangmi señalando al novio.

Éste exhaló despacio el humo del cigarrillo y dijo:

—¿Y los billetes de avión? –se palpaba el desinterés en el tono de su voz.

—Pueden ir en barco. Hay un ferri que parte del puerto de Incheon esta noche y llega a Jeju mañana por la mañana. Como ya no hay billetes de avión, yo también estaba pensando en irme en barco.

—¿Para qué vas tú a Jeju? –le preguntó el novio, como pidiendo explicaciones.

—Allí viven sus padres –intervino Jangmi.

La cara de él se endureció de nuevo.

Los tres fueron al puerto de Incheon en el coche de Jeongu y la cara del novio seguía petrificada. Tan pronto entraron en el camarote, él se tiró en la cama y cerró los ojos. No se movió de allí incluso después de que el barco zarpara. Jangmi, observando cómo se alejaban las luces del puerto atrapadas en la ventanilla, sintió que estaba viajando clandestinamente a un lugar del que no podría volver y la invadió una profunda tristeza.

A la mañana siguiente, después de levantarse, Jangmi salió a la proa del barco para tomar aire fresco. Allí estaba parado Jeongu, con el fondo de un silencio azul, que no se podía distinguir si era el cielo o el mar.

—¿Desde cuándo estás aquí?

—Desde hace un buen rato.

Se hizo un largo silencio. Sólo se oía el sonido que hacía el agua al chocar con el barco.

—Tengo una duda... -el que rompió el hielo fue Jeongu-. ¿Cuál fue la verdadera razón por la que no quisiste participar en el concurso de canto?

Ésa era la pregunta que él tendría que haber hecho seis años atrás, cuando la llamó por teléfono a su casa. Jangmi era la que siempre había querido saber por qué nunca le hizo esa pregunta, por qué se resignó tan fácilmente. Al pensar en el pasado, el tener veinte años era como escuchar una lengua extranjera, llena de ambigüedades y cosas difíciles de entender. Algo era seguro: que ahora ya era demasiado tarde, que había verdades que era mejor desconocer. En el horizonte infinito se divisó un punto negro. Era Jeju. Hacía frío en el aire y Jangmi se cerró el abrigo.

LAS *noches* SON AZULES EN JEJU

Cuando abrió los ojos por una sed sofocante, Myungjae se sorprendió de estar acostado en el camarote. Ella no se encontraba allí. Sintió náuseas, por lo que corrió al baño y llevó la cara al inodoro para evacuar todo lo que tenía en el estómago. Se enjuagó la boca y encendió un cigarrillo, recién entonces su entorno empezó a adquirir forma. Salió del camarote para tomar aire fresco. El cielo sobre el mar era por momentos violeta, verde o negro; o a lo mejor una mezcla de esos tres colores.

Mientras miraba a su alrededor, de pronto tuvo ante sus ojos la imagen de espaldas de su mujer, de pie al lado de Jeongu. Arrojó al mar el cigarrillo del que poco había inhalado y se metió de nuevo al camarote.

Cuando ella regresó, Myungjae no le preguntó dónde había estado. Pero la observó detenidamente como si quisiera leer algo escrito en su cuerpo. Ella le preguntó si se acababa de levantar y Myungjae no pudo más que asentir con la cabeza. Ella también se quedó mirándolo, como si tuviera algo que decirle.

—Ya llegamos, recojamos las maletas –anunció ella, adoptando a propósito un tono jovial.

Myungjae quiso saber qué había querido decir en realidad, pero no se lo preguntó.

El hotel que les había conseguido Jeongu estaba en la cima de una colina desde donde se podía ver el mar, un edificio blanco de tres pisos. Más que un hotel, parecía una finca. Ella hizo aspavientos diciendo que el lugar era hermoso, pero Myungjae se veía descontento.

—Parece ser que ustedes son buenos amigos de Jeongu –dijo el gerente del hotel, mostrándoles el cuarto desde donde se veía el mar–. Nunca me ha pedido un favor así.

—Esteeee, sí –balbuceó Myungjae.

Mientras ella estaba en el baño, él deshizo las maletas. Colgó la ropa y puso encima de la mesa de noche los cosméticos y los artículos de tocador. Allí dejó también los fideos instantáneos envasados que habían planeado compartir en la cima del monte Jungfrau. Ella los había comprado diciendo que en Europa los vendían a un precio excesivo. Había salsa picante *gochujang*, que también había traído ella. Myungjae puso la salsa en la nevera y metió los fideos instantáneos de nuevo en la maleta. Ella también había traído un par de zapatos rojos, diciendo que no podría caminar por los Campos Elíseos con pantalón de mezclilla y zapatillas deportivas. Teniendo tantas cosas que debían llevar, incluir un par de zapatos para un mediodía en París era de una vanidad inexplicable. Myungjae sintió que la quiebra de la agencia de viajes y la cancelación de la luna de miel en Europa eran culpa de esos zapatos rojos. Eran un objeto extraño que llamaba a la mala suerte, un símbolo escandaloso que ahuyentaba las buenas vibraciones.

Comieron en el restaurante del hotel y alquilaron un coche para recorrer los lugares turísticos. Siguiendo la ruta costera, se dirigieron al este de la isla. El día estaba claro. El cielo de Jeju a principios del invierno era sereno y adquiría un tono cobrizo. Dieron una vuelta por el jardín botánico Yeomiji, pasaron por el Museo Folclórico y terminaron en Seongsanpo. Cada vez que el paisaje cambiaba, ella lanzaba una exclamación y gatillaba su cámara fotográfica. En Seongsanpo, ella hasta se montó a caballo. Myungjae se limitó a observarla.

En un restaurante cercano ordenaron pez sable asado, que su esposa había elegido. Ella vació su plato, pero Myungjae sólo comió lo mínimo y dejó su cuchara sobre la mesa.

—¿No tienes hambre?

—Me duele el estómago.

Le dolía continuamente tras el mareo del barco. Pero su malestar emocional era todavía peor. Se le venía a la mente la imagen de ella en la proa del barco al lado de Jeongu. Sentía curiosidad acerca de la relación entre ambos. Lo que de verdad quería saber era hasta dónde había llegado dicha relación. Si no había preguntado antes era por miedo a escuchar una mentira. O quizás por miedo a escuchar la verdad.

Tomaron la cena en el restaurante del hotel, un bufé. Allí había muchas parejas de recién casados. A diferencia de su mujer, que a cada rato lanzaba exclamaciones sobre lo rica que estaba la comida, Myungjae apenas prestaba atención a su plato y miraba de reojo a su alrededor. La pareja de al lado estaba vestida de gala. Sólo tenían un plato delante de cada uno y conversaban tranquilamente bebiendo una botella de vino que habían pedido aparte. Parecía que habían sido presentados por un tercero y luego de verse tres o cuatro veces, decidieron casarse. Otra pareja que estaba al lado de ésta vestía camisetas y los dos se levantaban de su asiento muchas veces para traerse comida. No conversaban. Lo más seguro era que después de mantener una relación de años ya no hubieran tenido otra cosa que hacer más que casarse. En ese restaurante, el número de platos en los que se traía la comida no era proporcional al apetito sino al tiempo invertido en la relación. Y era proporcionalmente inverso al interés hacia la otra persona.

—¿Quieres vino? -preguntó Myungjae.

—¿Te parece bien?

—Puedo pedir una botella.

—Es que dijiste que te dolía el estómago.

—Estoy bien.

—Pero si no has comido nada.

Cuando Myungjae dejó sobre la mesa su tenedor de forma algo irritada, ella se asustó.

—Si quieres tomar, pide. Te pregunté si te parecía bien sólo porque hemos venido a un bufé caro y no has comido nada, no me siento bien por eso.

—Ya, déjalo así.

Myungjae tomó un sorbo de agua y se preguntó ¿qué relación tenían ella y Jeongu?

Antes de dormir, mientras se cepillaba los dientes, esa pregunta seguía rondando en su cabeza. Salió del baño y se acostó en la cama. Como si tuviera algo que comprobar, posó su mano sobre un pecho de ella.

—Hoy no podemos.

—¿Por qué?

—Estoy en mi período.

—¿De verdad?

—¿Insinúas que miento? -dijo ella acostándose de lado y mirando hacia la pared.

Era la primera vez que Myungjae veía su espalda en la cama. Suspiró y apagó la lámpara de la mesa de noche.

Unas horas después, prendió de nuevo la lámpara por una razón: tenía hambre. Se levantó de la cama y puso agua a calentar en la cafetera. Sacó despacio el envase de fideos instantáneos que estaba en la maleta y luego de verter agua hirviendo en el recipiente, se lo llevó al baño.

Se sentó en el inodoro y esperó a que los fideos se cocieran. Cuando se dio cuenta de que no tenía palillos descartables, unas arrugas se dibujaron en su frente. Puso los fideos encima del lavabo y salió del baño. Revisó la maleta minuciosamente, pero no pudo encontrar los palillos. Al ver que ella se movía en la cama, volvió al baño en silencio. Se sentó de nuevo en el inodoro y mientras contemplaba su situación, su vista se detuvo en los cepillos de dientes. Trató de alzar los fideos con la parte trasera de los cepillos, pero no era fácil. Cuando por fin se llevó unos fideos a la boca y los masticó, un sentimiento de furia nació dentro de él. Dejó el recipiente con los fideos en el lavabo, salió del baño y prendió la luz del cuarto. Como ella no reaccionaba, corrió la cortina de la ventana y la abrió de par en par. Afuera todavía estaba oscuro.

—¿Qué hora es? –preguntó ella con tono molesto, mientras se frotaba los ojos.

—Tengo algo que preguntarte.

—¿Qué?

—¿No has traído los palillos descartables?

La cara de ella se puso azul, más azul que las noches en Jeju.

ME *duelen* LOS OÍDOS

Cuando él la despertó a las tres de la madrugada preguntando dónde estaban los palillos descartables, Jangmi pudo saber la razón por la que en tantos cuentos de hadas la historia termina cuando los protagonistas se casan. De pequeña siempre había sentido curiosidad. ¿Cómo fue la vida de Cenicienta en el castillo? ¿Cuán feliz fue Blancanieves con el príncipe? En los cuentos sólo se decía vagamente: "Y vivieron felices para siempre". Jangmi no podía saber cómo habían sido sus vidas conyugales, pero estaba segura de que el hombre nunca habría despertado a la mujer a las tres de la madrugada preguntando dónde estaban los palillos descartables.

Se tragó la bronca que sentía y lo perforó con la mirada. Él parecía no saber cuán grave era el delito que había cometido. Eso la hizo enfurecer aún más.

—No sé.

Jangmi soltó esa respuesta como si escupiera una comida en mal estado, y acto seguido se acostó tapándose con la frazada hasta la cabeza. Sabía que había traído palillos y que estaban en el bolsillo exterior de la maleta, pero la insolencia de él le molestó. Ya la tenía alterada el gesto endurecido que su esposo no borraba de su cara desde antes de la llegada a Jeju. Se sentía mal porque se había cancelado el viaje a Europa que tanto anhelaba, pero había tratado de pasarlo bien en la única luna de miel que tendría en su vida. Ésos eran los fideos que ella hubiera querido disfrutar ante las nieves eternas del Jungfrau... Cerró con fuerza los ojos, esperando volver al cuento de hadas de su sueño al abrirlos de nuevo.

A la mañana siguiente, cuando despertó, confirmó que no estaba en un mundo de fantasía sino en la vida real. Dos eran las evidencias. La primera, el dolor en el vientre. En el mundo de los cuentos no existían cosas como el dolor menstrual. Y la otra evidencia era la presencia de su esposo, que estaba fumando en la terraza. Jangmi nunca había oído ni leído en ningún cuento que saliera un príncipe que fumaba. Fue al baño con pesadez en su cuerpo y su cabeza. Sabía cuál era la razón. El problema era que la sabía demasiado bien. Era Jeongu. No, en realidad el problema era su esposo. Cada vez que trataba de alejar de su mente los pensamientos sobre Jeongu, los defectos de su esposo se hacían más evidentes. Bajo la ducha, Jangmi observó las gotas de agua que se estrellaban contra su piel. Esas gotas le parecieron una triste metáfora de su corazón partido en mil pedazos.

Al salir del restaurante luego del desayuno, ambos se toparon con el gerente.

—¿Ya han visitado la casa de Jeongu?

—¿Cómo dice?

—Es que su padre lleva una finca.

—¡Vaya!

—Sería bueno que lo visiten. ¿Les dibujo un mapa de cómo llegar?

—No es necesario –intervino Myungjae.

—Tiene unos caballos bellísimos. Hasta se los compran como caballos de carrera...

—Es que tenemos muchos otros lugares que ver –dijo Myungjae, casi interrumpiéndolo.

Volvieron al cuarto y Jangmi se limitó a mirar a su esposo que caminaba de aquí para allá, entrando y saliendo del baño mientras se cambiaba de ropa.

—¿Dónde están mis gafas de sol? –preguntó él revisando la maleta.

Jangmi no contestó.

—¿No los has visto?

Ante esa segunda pregunta, ella tampoco dijo nada.

—Si te hacen una pregunta, ¿no deberías contestar?

Cuando Jangmi por fin abrió la boca, fue para decirle:

—¿Cómo puedes actuar así?

—¿De qué hablas?

—Sabes que me gustan los caballos.

—A mí no.

—Más bien será que no te gusta Jeongu. O que su familia tenga una finca grande.

—No busques problemas donde no los hay.

—Es que no has dicho una palabra desde que tomamos el coche para ir al puerto. ¿No sabes lo avergonzada que he estado?

—¿Eso significa que lo que él piense te preocupa más que yo?

—Ahora puedo ver tus verdaderos sentimientos.

—Soy yo el que tiene que decir eso. ¿Cuál es la relación entre ustedes dos?

—¿Qué? -chispearon los ojos de Jangmi.

—Lo que quiero decir es: ¿qué relación tienes con ese tipo?

—¿Te has golpeado la cabeza o qué?

Eso fue lo único que Jangmi atinó a decir, porque encontró la situación completamente ridícula. Mejor dicho, no había razón de contestar a su pregunta. Dolida y enojada, sus ojos se llenaron de lágrimas. Pero se esforzó por contener el llanto.

Mientras metía sus cosas en la maleta, empezó a repetir la tabla de multiplicar desde atrás. Al ver el par de zapatos rojos que había traído para ponerse en París, sus ojos se humedecieron de nuevo. Estaba disgustada por el soñado viaje a Europa frustrado de la manera más absurda; por la luna de miel hecha un completo desastre, y por la vida conyugal complicada desde el primer momento. Tiró a un costado el par de zapatos rojos, que eran de un charol barato. Durante todo el tiempo que Jangmi empacó sus cosas y se cambió su ropa, él se quedó mirándola con el gesto serio.

—¿Qué estás haciendo?

—¿No lo ves?

Empujando su maleta, Jangmi salió de la habitación. Ya no podía ni detenerse ni volver atrás. No era que no hubiese nada que pudiera detener la rueda del destino que giraba a toda velocidad hacia la catástrofe, porque algo lo habría impedido: una disculpa por parte de él. De hecho, ni siquiera era necesaria tal disculpa, tan solo el intento de retenerla habría sido suficiente; pero ni siquiera hubo indicios de ello. De pronto, Jangmi tuvo ante sus ojos la puerta de entrada al hotel. Si la atravesaba, sería el fin de verdad. Al salir del hotel, tembló de indignación por los sentimientos de odio y traición que la dominaban.

Sentada en la sala de abordaje del aeropuerto de Jeju, miraba a menudo hacia la puerta de entrada. También revisaba continuamente su celular, pero éste seguía en silencio. Sólo cuando el avión empezó a moverse, Jangmi apagó su teléfono.

Cuarenta minutos después, casi llegando al aeropuerto de Gimpo, Jangmi rompió en llanto. En ese momento, ni siquiera le sirvió la tabla de multiplicar.

—¿Le duele algo? –le preguntó la azafata.

—Me duelen los oídos –contestó Jangmi a duras penas.

Una mentira. Era mentira porque lo que le dolía era pensar que la cruel acusación de su esposo, de si ella lamentaba no haber tenido una relación con Jeongu, quizás se acercaba a la verdad. Pero su respuesta a la azafata no había sido una mentira en su totalidad: al recordar los buenos momentos que había compartido con su esposo, le dolieron los oídos. Esa parte de su cuerpo que a él tanto le gustaba.

LO QUE HAY QUE *hacer* ANTES QUE SE ENFRÍE EL AGUA DE LA BAÑERA

Ella ya estaba empacando sus cosas y murmurando frases inentendibles, mientras Myungjae seguía sin estar seguro de lo que pasaría. Incluso cuando ella salió de la habitación empujando su maleta, él se puso a contar números para sus adentros, sin moverse de su sitio. Pensó que ella volvería antes de que contara hasta diez, pero ya llegaba al veinte y no había señales de que eso fuera a suceder. Revisó en su bolsillo buscando un cigarrillo. Estaba perplejo. No imaginaba que de verdad se iría. Para poder darse cuenta de lo ocurrido necesitó dos cigarrillos. Cuando vio en el suelo las gafas de sol que ella había arrojado, lo asaltó un arranque de ira. Es que la persona que tendría que haberse enfadado y salido de la habitación con su maleta debió haber sido él.

Cerró de un golpe la puerta del cuarto, como si le clavara una estaca a la duda de si tenía que salir tras ella.

Llenó la bañera de agua tibia y se metió. Cuando era jugador de béisbol, al recibir un castigo grupal sin que fuera culpa suya, tenía el ferviente deseo de darle un puñetazo a alguien en la cara; pero elegía ir al sauna público. Sentado en la piscina de agua caliente, su furia se desvanecía como por arte de magia. Cuando regresaba a casa, se quedaba dormido por más o menos una hora. Luego de confiar su cuerpo y alma al sueño profundo, hasta el recuerdo de su enojo era borroso. Esta vez el sueño llegó hasta la bañera, ya que durante la noche no había podido dormir bien.

Cuando abrió los ojos, el agua estaba fría. Quizás por esa razón se había despertado. Vació el agua de la bañera y se dio una ducha tibia. Se lavó también el cabello. En una parte de la bañera vio una bola de pelos enmarañados. Eran de ella. Al juntarlos y arrojarlos al basurero, descubrió allí una toalla higiénica usada. Era verdad lo que le había dicho sobre su período.

Mientras se afeitaba, se cortó sin querer la barbilla y la inquietud de que ella quizás nunca volvería a su lado le recorrió el pecho como una gota de sangre. Al terminar de afeitarse, puso pasta a su cepillo de dientes. Dirigió su vista al cepillo de ella. Eso no era lo único, había muchos otros enseres de ella sobre el lavabo. Su gorra de baño, su champú, su acondicionador de cabello, su peine de madera, su loción corporal, su secador de pelo. Era todo lo que había traído para economizar, previendo que en los hoteles que habían reservado en Europa faltarían muchas cosas.

Mientras se enjuagaba la boca, Myungjae sintió algo raro. Se dio cuenta de que se había cepillado de nuevo los dientes, lo mismo que afeitarse la barbilla. Es que luego del desayuno ya se había lavado los dientes, afeitado y hasta lavado el cabello. Se observó detenidamente al espejo. En él vio reflejado a un joven de cara enojada. Se dio cuenta de que su enojo no estaba dirigido a su mujer sino al joven del espejo.

Salió del baño y revisó el bolsillo de su abrigo. No encontró allí su teléfono celular. Miró por toda la habitación, pero no estaba. Recordó que lo había dejado encima de la mesa de noche, sobre la que además había muchas otras cosas: el cargador del teléfono, el *walkman*, la cámara de fotos, el mapa turístico de Jeju, vitaminas, digestivos, aspirinas y pañuelos descartables. Ahora no había nada. Al parecer, ella había barrido todo lo que estaba encima de la mesa y lo había metido en su maleta.

Myungjae se apresuró en levantar el tubo del teléfono del cuarto, pero no se acordaba de los números finales del teléfono de ella, por lo que marcó los de su propio teléfono. Sonaba, pero nadie contestaba. Llamó dos veces más, pero igual nadie atendió. Dejó el tubo del teléfono en su lugar y miró el reloj. Ya había pasado una hora desde su partida. Se apresuró para empacar la maleta. También recogió el par de zapatos rojos que habían quedado tirados en el suelo. Salió del hotel y tomó un taxi a toda prisa.

Se acordó del número de teléfono de ella casi al llegar al aeropuerto. Le pidió prestado el celular al conductor del taxi para llamarla, pero el de ella estaba apagado. Se bajó del taxi y corrió desesperadamente hasta la puerta de abordaje. Un guardia de seguridad lo reprendió, pero él no hizo caso y llegó hasta la sala desde la que se veían los aviones. Uno de ellos ya estaba en el aire, alejándose de la pista del aeropuerto. Myungjae estuvo seguro de que ése era el vuelo a Gimpo. Sus malos presentimientos nunca se equivocaban. De pie en la sala de espera, sintió que las fuerzas lo abandonaban. A su lado encontró un pañuelo que le era familiar. Un pañuelo rosado, de ella.

Al llegar al aeropuerto de Gimpo, buscó un teléfono público y marcó el número del celular de ella, pero éste seguía apagado. Marcó el suyo y sonaba, pero nadie contestaba. Se dirigió a su casa. No se le ocurría otro lugar al que ir; y además, tenía la esperanza de encontrarla allí. Pero los que recibieron a Myungjae fueron los muebles nuevos que ella había comprado. Revisó entre las notas y encontró el número de la casa de sus padres. El que atendió la llamada fue su suegro. Cuando éste le preguntó qué tal había estado el tiempo en Jeju, Myungjae le contestó que bueno. Cuando el hombre quiso saber cómo estaba su hija, Myungjae dijo que bien y no dio más detalles. Se apresuró en cortar la llamada, preocupado de que pidiera hablar con ella.

Él era torpe para mentir. Cuando tenía que hacerlo, prefería quedarse callado. Hasta cuando tenía que decir la verdad solía quedarse callado. Y es que lo que para él era la verdad, para otra persona podía ser una mentira.

Cuando tenía que decir unas palabras de cortesía, también se escondía detrás de la muralla del silencio. Las palabras eran cosas molestas y sucias. Lo que le gustaba de cuando era jugador de béisbol era que no necesitaba hablar.

No podía siquiera imaginar dónde podría estar su mujer. Se quedó dos horas pensando en su casa y salió de allí sin rumbo fijo. Llevaba en su mano, agarrado con fuerza, el pañuelo rosado. También había puesto el par de zapatos rojos en una bolsa de compras. Pensó que podrían ser útiles para serenar los ánimos espinosos de su mujer, ya que en esos momentos estaría arrepentida de haber dejado los zapatos nuevos en el hotel.

Cada vez que Myungjae encontraba un teléfono público, paraba para llamar, pero no había caso. Cuando empezaron a dolerle las piernas y sintió que no podría dar un paso más, se subió a un autobús. Mientras cruzaba el río Han, vino a su memoria la noche que tomaron el barco en el puerto de Incheon y se sintió molesto. No podía saber desde qué momento las cosas habían empezado a salir mal. Le parecía que todo lo ocurrido hasta ese entonces era la razón de su mala suerte: la quiebra de la agencia de viajes, subirse al barco que iba a Jeju, salir a tomar aire a la proa. Hubo una excepción: Seo Jeongu. En su lista de infortunios no figuraba ese nombre. Lo había borrado intencionalmente para salvar su orgullo.

Myungjae se bajó en Euljiro-ipgu. En realidad, recién cuando salió del autobús se dio cuenta de que estaba allí. Es que había visto a una mujer empujando su maleta, por lo que se bajó a toda prisa del autobús. Pero ya en la calle se percató de que eran más de diez hombres y mujeres los que empujaban sus maletas caminando detrás de una persona que en la mano llevaba el banderín de una agencia de viajes.

En dirección a Myeong-dong, cada vez que se topaba con un teléfono público, entraba para llamar. A la décima vez que salió sin ningún resultado, se olvidó de la razón por la que se había peleado con ella. Y a la decimosegunda vez, ya no sabía si se había peleado con ella o no. Sólo sabía que tenía que encontrarla. Ella había sido raptada por un dragón llamado infortunio. Para rescatarla, lo primero era averiguar dónde estaba la cueva del dragón.

Cuando la oscuridad invocada por el dragón se apoderó del lugar, también el viento se hizo más fuerte. Mientras Myungjae se acomodaba el abrigo, el pañuelo rosado se escapó de su mano y se fue volando con el viento. Él lo persiguió colándose entre la multitud, pensando que si lo perdía, nunca más podría encontrarla a ella.

El pañuelo, que parecía dispuesto a volar hasta el fin del mundo, se estampó contra el cartel de un restaurante chino que quedaba en un segundo piso. "Palacio del dragón". ¿Por qué se habría detenido justo sobre ese cartel? Cuando Myungjae miró hacia arriba, en dirección al pañuelo, en sus ojos se reflejó una torre enorme que se levantaba a lo lejos. La Torre Namsan.

Se subió a un taxi y le indicó al conductor que lo llevara a toda prisa a la torre donde habitaba el dragón. Su presentimiento era cierto. En el mirador de Namsan estaba ella, y sus ojos se veían irritados.

—¿Por qué tardaste tanto?

—Es que había mucho tráfico.

—Hoy no se pueden ver las estrellas.

—Abajo hay muchas.

—Ésas sólo son luces de viviendas.

—Para algunos son estrellas, también está la nuestra.

—¿Dejaste la luz prendida?

—Es que no me gusta entrar a una casa con la luz apagada.

—¿Qué traes ahí?

—Tus zapatos.

—¡Ah!

—Póntelos.

—¿Ahora?

Myungjae apoyó una rodilla en el suelo y sobre la otra rodilla colocó uno de los zapatos rojos. Ella extendió su pie y se lo calzó. Tenía el pie pequeño, por lo que el zapato le entró a la perfección.

—Qué bien te queda.

—¿De verdad?

Myungjae asintió sonriente con la cabeza. Le ofreció su brazo y salieron juntos del mirador.

—¿Y tu maleta?

—Alquilé un cuarto de hotel cerca de aquí.

—¿No pensabas volver a casa?

—No antes de que vinieras a buscarme.

Ella sonrió y Myungjae sintió que se elevaba al cielo. De allí en más, que el infortunio ni se atreviera a asomar la cabeza.

LO QUE HAY QUE *revisar* ANTES DE LLENAR CON AGUA LA BAÑERA

La advertencia que hizo Shakespeare de que el matrimonio es la tumba de una relación amorosa no vale hoy en día. En la época en la que vivió ese dramaturgo inglés no había cines multiplex, ni restaurantes familiares, ni tiendas de conveniencia que abren las veinticuatro horas, ni hipermercados. Ahora es posible mantener una relación aun estando acostado dentro de una tumba matrimonial. La única diferencia es que ambos vuelven a la misma casa luego de dar un paseo. Y Jangmi, al haberse alejado de su madre, se sentía libre como un pájaro. A momentos le parecía que se había escondido dentro de un armario, lejos de la mirada de su madre, en compañía del chico que le gustaba.

Dicen que cuando se produce el choque con la familia del marido, la mujer cae en la cuenta de lo que es estar casada; pero eso no formaba parte del mundo de Jangmi.

No tenía suegra, su cuñado siempre estaba ocupado, las dos tías de su esposo apenas se veían con la familia y su suegro era indiferente. Su madre se burlaba de ella considerándola una esposa floja, porque se había casado con un hombre de familia desunida.

Él no mencionó que quisiera invitar a parientes o amigos a conocer la nueva casa. Jangmi se lo preguntó un día con mucho cuidado, y él le dijo que no había necesidad de traerlos a la casa, que bastaba con invitarlos a comer afuera. Era el tipo de persona que detesta el bullicio. El alivio de Jangmi fue como sonarse la nariz sin siquiera mover un dedo. Pero seguía preocupada de que no invitar a los compañeros de trabajo repercutiera en el entorno laboral de su esposo, así que se lo preguntó de nuevo.

—Ya te dije que no hace falta. ¿Por qué me haces repetir lo mismo una y otra vez?

A ella le sorprendió lo exagerado de su reacción; pero como temía que cambiara de opinión, ya no volvió a tocar el tema.

Alguien dijo que el teléfono casi sin sonar y la casilla de correo electrónico vacía le recuerdan a uno que está casado, pero eso tampoco tenía relación con la vida de Jangmi. Incluso después del casamiento, su teléfono seguía sonando sin parar y su casilla de correo electrónico estaba a reventar. Eran personas diciéndole que lamentaban no haber podido ir a la boda o proponiéndole verse algún día para cenar. Y también estaba su antiguo novio, enviándole mensajes de texto varias veces al día, a los que Jangmi no les daba importancia; porque sabía que los hombres son los seres más atentos del mundo antes de quitarle la ropa a una mujer. Eso se lo había enseñado justamente su exnovio.

Los días que Jangmi se daba cuenta de que se había casado eran los domingos. Antes disfrutaba de los domingos, ya que podía descansar de ir a la universidad o al trabajo; pero después de casarse no le apetecía demasiado quedarse en casa, ya que tenía que ocuparse de los quehaceres domésticos. Había dividido las tareas con su esposo. Lavar la ropa era trabajo de Jangmi y limpiar la casa, de él. Cuando él terminaba de limpiar, pedía pollo frito o pizza y se sentaba a ver algún partido de fútbol o alguna película. Cuando ella le decía que quería salir a dar una vuelta, él le contestaba que estaba cansado y bostezaba. Y a momentos hasta dormitaba. Cuando algún domingo iban a la casa de la familia de él, su esposo se sentaba al lado de su padre en el sofá y veían juntos la televisión. La única diferencia con estar en su propia casa era que, en lugar de fútbol, veían béisbol.

Los domingos después de casarse ya no eran los de antes. Las luces de su época de noviazgo se habían atenuado tras las nubes de polvo que se levantaban cada vez que Jangmi desenrollaba los calcetines usados. Su esposo era prolijo en cuanto al orden doméstico, pero tenía la mala costumbre de quitarse los calcetines enrollándolos de arriba a abajo y dejándolos por cualquier lugar de la casa. Si ella quería lavarlos, tenía que revisar cada rincón para ver dónde podían estar. Hasta los encontraba en los cajones del escritorio. Le parecía que lo que estaba enrollado no eran los calcetines sino los buenos tiempos pasados, la edad dorada de la juventud. Caía en saco roto cualquier sermón que le diera al respecto.

Cuanto más se alargaban las quejas de Jangmi sobre los calcetines enrollados, más se acortaban las respuestas de él. En la primavera del segundo año de casados, llegó a no responder. Tampoco le respondió el domingo que Jangmi encontró una entrada a un parque de diversiones en el bolsillo del pantalón que estaba en la cesta para lavar.

—¿No escuchas lo que te digo? –la voz de Jangmi subió de tono cuando le preguntó por segunda vez.

Por aquellos días, ella estaba con los nervios de punta por el anuncio de reestructuración del banco en el que trabajaba. Se había establecido un número de empleados a despedir para cada sucursal. Si no había suficientes retiros voluntarios, el gerente sacaría la tijera para recortar el personal. Los empleados levantaban tímidamente la cabeza, en estado de alerta. Jangmi se encontraba en una situación delicada, porque su esposo trabajaba y no tenían hijos. Ella pensó que sería oportuno renunciar. Desde el comienzo había entrado a ese puesto por decisión de su madre. Quién sabe dónde lo habría escuchado, pero la mujer no dejaba de molestar a su hija diciendo que debía trabajar en un lugar donde se usara uniforme para que su vida fuera por la buena senda. Jangmi era la clase de persona que atiende lo que le dice la gente de su entorno; y además, no tenía clara su vocación. Pero, sobre todo, temía el momento de decidir qué rumbo debía tomar su vida. Su carrera universitaria también había sido una elección de su madre, quien había dicho que Jangmi estaba destinada a aprender una lengua extranjera.

—¿Qué? –dijo él, con la mirada puesta en la televisión.

Su esposo hablaba cada vez menos. Lo común era verlo sentado en silencio con la mirada perdida.

—¿Qué te pasa últimamente? –le preguntó Jangmi.

—¿Qué dices? –su vista seguía dirigida a la pantalla. Un partido de fútbol, como siempre.

Cuando Jangmi apagó el televisor, él la miró como si fuera un niño al que le han quitado su juguete preferido.

—¿Por qué fuiste a un parque de diversiones el viernes a la tarde?

Jangmi le plantó ante sus ojos la entrada que había encontrado en el pantalón. En la frente de él se formaron unas arrugas y empezó a temblar con la mirada.

—Es que... –era incapaz de contestar, pero Jangmi esperó en silencio a que él continuara–. Fui a ver el lugar donde se va a filmar una película en la que hemos invertido.

—¿No habrás ido a divertirte con otra mujer?

—¿A esa hora? Y sabes que no puedo subirme a ninguna atracción mecánica.

Antes de casarse, hubo una vez en la que fueron juntos a un parque de diversiones. Por más que Jangmi le suplicase, él ni siquiera se acercó a las atracciones mecánicas, diciendo que no entendía por qué la gente pagaba por gritar de aquella manera y se quedó en el área del zoológico. Si la engañaba, el Gran Parque de Seúl sería el último lugar al que iría.

Jangmi llenó la bañera con agua tibia y se metió. Las tardes que su esposo caía en las garras de la televisión, ella tomaba un baño, se ponía a leer o salía a dar un paseo.

En esos momentos, se sumergía en una lánguida soledad. Había creído que la vida matrimonial consistía en hacer todo juntos. Ésa era la razón por la que se forzaba a sentarse a ver los partidos con su esposo, aun cuando ni siquiera sabía las reglas del juego. Pero sentía que veintidós hombres robustos corriendo detrás de un balón por noventa minutos era monótono y primitivo, así que se moría de aburrimiento. Tampoco era fácil ver películas juntos. Aunque él veía toda clase de películas, no era el caso de las comedias románticas. Decía que el argumento solía ser demasiado soso y que no le gustaban los diálogos cursis, así que rehuía de ellas. Jangmi lamentaba su actitud sin decir nada, acordándose de las veces que habían ido juntos a ver ese tipo de películas cuando eran novios.

En un día cualquiera, ella estaría tarareando una canción de ABBA; pero ese día Jangmi tenía la boca rígida. Más bien, la rigidez no estaba en su boca, sino en su pecho. En algún rincón de su corazón estaba intranquila. Aunque la explicación de su esposo sobre la visita al parque de diversiones sonaba convincente, le sorprendió enterarse recién entonces que él se encargaba incluso de los sitios de rodaje. No podía evitar la sensación de que él estaba ocultándole algo. Esa entrada al parque una tarde de un día laborable podría llevarla al mundo secreto de su esposo. Como la llave del sótano de Barba Azul.

Jangmi tenía su propio secreto. Haberle escrito un correo electrónico a Jeongu había sido sólo una muestra de agradecimiento por su amabilidad el día de la boda. Gracias por habernos llevado hasta el puerto de

Incheon. "Gracias por haber encontrado una habitación de hotel para nosotros. Gracias a ti, lo pasamos bien en nuestra luna de miel". Jeongu le respondió de inmediato. "Hice lo que tenía que hacer. Me encantó haber sido de ayuda. Es un alivio que se hayan divertido en su luna de miel". Simples frases de cortesía. Pero luego de eso, el intercambio de correos nunca se interrumpió, siguió de cuando en cuando. Jangmi era de las que sólo le preguntaba cómo estaba; pero cuando abría el correo para leer su respuesta, la expectativa le hacía latir fuerte el corazón. Sin embargo, Jeongu sólo escribía sobre el estado del tiempo. Cuando llovía, le contaba que llovía; cuando nevaba, que nevaba; cuando hacía buen sol, que hacía buen sol. Parecía el informe meteorológico de la provincia de Gangwon. Jangmi se desilusionaba con esas respuestas. Y le asustaba sentirse desilusionada. No percibía en él ninguna clase de remordimiento. Si lo hubiese percibido, nunca le habría escrito en primer lugar. Esas frases de que llovía, nevaba o hacía buen sol no tenían nada que ver con algún tipo de remordimiento. La lluvia, la nieve y el sol no tienen la culpa de nada. La culpa la tienen las personas, que usan a la lluvia, la nieve o el sol como pretexto; que dicen que extrañan a alguien porque llueve, que están confundidas porque nieva o que están melancólicas porque hace buen sol. Las noticias de Jeongu llegaban cada vez que ella estaba a punto de olvidarlo. Que ese día había llovido, que había nevado o que había hecho buen sol. Jangmi no borró los correos leídos. En su bandeja de entrada iban acumulándose la lluvia, la nieve y el sol.

Los días que le escribía un correo a Jeongu, Jangmi mantenía relaciones con su esposo por largo rato. Al día siguiente, se despertaba un poco antes de lo normal y observaba detenidamente la imagen de él durmiendo en la oscuridad de la madrugada. Éste tenía la boca bien cerrada, como un corredor que ya ha hecho treinta y ocho kilómetros en una maratón. Jangmi le hacía cosquillas en la planta del pie y él movía la boca, abriéndola levemente, como si fuera un bebé que acaba de ser amamantado. Era la llegada a la meta de su solitaria carrera, tras una ardua y larga noche.

Jangmi salió de la bañera y le escribió un correo a Jeongu. Y esa noche no tuvo relaciones con su esposo.

EL FUERA DE *juego* DEL DESTINO

A Myungjae no le gustaban los domingos, más aun tras la muerte de su madre, porque su padre se iba de pesca y su hermano vivía atado al hospital; por lo que lo normal era que él se quedara al cuidado de la casa. Los quehaceres domésticos esperaban ser atendidos únicamente por las manos de Myungjae. Lavar la ropa era un martirio. Las prendas sucias acumuladas por tres hombres no eran poca cosa. La ropa que estaba bien arreglada era la de su padre. Hasta los calcetines los ponía con su par correspondiente. Su padre, cuando su esposa vivía, había sido un hombre que se sacaba los calcetines enrollándolos y tirándolos en cualquier lado. Lo que cambió esa mala costumbre, que no se correspondía con su carácter minucioso, fue la muerte de su esposa.

Luego de terminar los quehaceres de la casa, Myungjae pedía pizza o pollo frito y veía alguna película o transmisión deportiva. Le gustaban toda clase de películas, a excepción de las comedias románticas; el deporte era, por lo general, fútbol. Le gustaba la simplicidad de ese juego. Hasta hay una teoría, la de la navaja Ockham, que dice que la explicación más sencilla es la más probable. A Myungjae le gustaban en especial cosas como el pase cruzado de David Beckham, que cortaba el campo como una navaja afilada. El fútbol se destaca por su simplicidad, pero la magia del pase cruzado de Beckham había alcanzado la cúspide de la belleza. La única razón por la que Myungjae había jugado al béisbol era para atraer el interés de su padre, un aficionado a ese deporte.

Él había decidido casarse con ella también un domingo por la tarde, mientras miraba un partido de fútbol, tres semanas después de su reencuentro. Era un partido aburrido sin goles y sólo se pasaban el balón entre los del mismo equipo. Myungjae, bostezando, de repente pensó que le gustaría tener a alguien a su lado con quien ver la transmisión. En ese momento, se le dibujó la cara de ella.

Ya habían pasado muchos domingos desde el casamiento; pero el domingo que él había esperado era un sueño únicamente suyo. Ella no sabía nada de fútbol. Para ver un partido juntos, primero tuvo que enseñarle las reglas básicas como el fuera de juego.

—El delantero no puede recibir un pase estando más cerca del arco que un defensor, ni siquiera un paso adelantado.

—¿Por qué? –preguntó ella con expresión inocente.

—Es que si espera justo frente al arco oponente y recibe un pase, sería demasiado fácil convertir un gol.

—¿No es divertido que metan muchos goles?

—Imagínate que los delanteros estuvieran siempre frente al arco oponente. Entonces los defensores también tendrían que quedarse allí para evitar que les anotaran. Habría demasiados jugadores amontonados frente al arco.

—¿Y qué hay de malo en eso?

—¿Crees en los extraterrestres?

—¿Por qué de repente hablas de extraterrestres?

—Existen, sin lugar a dudas.

—¿Cómo puedes estar seguro?

—Si sólo la Tierra tuviera vida, no habría necesidad de que el universo sea tan grande.

—¿Y eso qué tiene que ver con el fuera de juego?

—A buen entendedor, pocas palabras. Es el principio del razonamiento por analogía. Si los jugadores sólo estuvieran amontonados frente al arco, no habría necesidad de que el campo sea tan grande, ¿no?

Myungjae chasqueó la lengua a modo de desaprobación.

Esa noche, cuando le acarició los pechos, ella lo rechazó diciendo:

—Fuera de juego.

—¿Qué?

—Te has olvidado del beso –contestó, frunciendo los labios.

No era que Myungjae hubiera omitido el beso a propósito. Sólo que no sintió la necesidad de hacerlo. Aquello no tenía relación con el gol y no era diferente a los pases inútiles que se hacen los jugadores del mismo equipo. Era como dar pases atrás.

—¿No lo podemos omitir?

—¿Intentas jugar un partido sin calentar antes el cuerpo?

—Se calienta cuando uno ya está corriendo en el campo.

—¿Así lo hacías cuando jugabas al béisbol?

—¿Por qué de repente hablas de béisbol?

—A buen entendedor, pocas palabras. Razonamiento por analogía.

Después de contestar con tono agresivo, ella se acostó de lado. El que su mujer le mostrara la espalda en la cama era como recibir una tarjeta amarilla.

Un domingo del año siguiente al de la boda, cuando ella le plantó delante de la cara la entrada al parque de diversiones, para Myungjae también fue como una tarjeta amarilla. Como la diosa del destino ya se la había mostrado un par de veces antes, para ese entonces le parecía familiar.

El día que había vuelto al trabajo después de la luna de miel estaban esperándolo dos noticias: una, que el país tendría que pedir ayuda al Fondo Monetario Internacional, ya que las reservas de divisas del Banco Central estaban agotadas; y la otra, que la compañía en la que trabajaba había quebrado. La diosa del destino había pitado de nuevo. Cada vez que él estaba a punto de sacudir el arco rival con un gol, escuchaba ese estallido cruel. Que estaba fuera de juego, que había querido encontrar la felicidad demasiado fácil, que la vida no era tan sencilla. Eran advertencias con tarjetas amarillas de la diosa del destino. Así le sucedió la vez que peleaba el pase a la final del torneo nacional de béisbol juvenil, la vez que no pudo entrar a la carrera de medicina por segunda ocasión y la vez que tuvo su primer amor.

Los jugadores, cuando reciben el fuera de juego, reaccionan de manera diferente. Algunos protestan ante el árbitro, otros culpan a los demás jugadores y otros se culpan a sí mismos. Myungjae era de esos que buscaba la opinión del entrenador. Cada vez que recibía una advertencia de parte de la diosa del destino, su padre le planteaba una nueva estrategia. Cuando arruinó el partido decisivo del torneo de béisbol, su padre le entregó un libro de matemáticas. Cuando su primer amor se hizo trizas como la bomba Molotov contra el asfalto, le entregó la notificación de enlistamiento militar. Ahora fue diferente. El entrenador no podría escuchar el pitido del destino. El problema era ella. Myungjae tenía miedo de enfrentar la decepción de su mujer. Por fin se dio cuenta de por qué en el momento decisivo no había podido lanzar un *strike*, tirando la bola al suelo. Por miedo. Miedo a decepcionar a su padre. Un miedo tan profundo como su anhelo de ser aceptado.

Para rellenar las arcas de la nación, la gente abrió las puertas de sus armarios sacando el oro que con tanto sacrificio había atesorado; pero las compañías cerraron con candado las puertas del mundo laboral. Los puestos vacantes que aparecían como brotes verdes en plena sequía congregaban a una multitud de candidatos. Myungjae entregó su currículum miles de veces, pero le era difícil llegar a la etapa de entrevista. Tan difícil como encontrar trabajo era actuar como si lo tuviera. No podía contarle la verdad a su mujer. Aquéllos fueron para Myungjae días de mucha confusión, sentía que nada podía hacer.

La diosa del destino detestaba a los hombres indecisos. Sí, la que gobernaba el destino era una mujer. No era mucho lo que Myungjae podía hacer, ya que había perdido la confianza de la diosa; pero era mucho lo que debía hacer. Lo que más le costaba era encontrar la forma de matar el tiempo. Para mantener en secreto su condición de desempleado, tenía que estar fuera de casa desde la mañana hasta la noche. No había muchos lugares donde quedarse si se estaba escaso de dinero. Además, tenía que esconderse de las personas que lo conocían. El parque de diversiones fue uno de esos lugares.

—Fui a ver donde se va a filmar la película en la que hemos invertido.

Lo perturbó imaginar cuántas mentiras más tendría que inventar para cubrir esa mentira inicial, pero tenía que apagar ese principio de incendio.

—¿No te habrás ido con otra mujer a pasar el rato?

Myungjae respiró aliviado. Su mentira improvisada había dado resultado. Pero también se sintió miserable y patético. Quizás por eso, el deseo sexual que tenía apagado alzó la cabeza de golpe como una cobra venenosa. Myungjae succionó los labios de su mujer, casi mordiéndolos.

—Tengo que lavar la ropa –dijo ella, sacándoselo de encima.

—Lo haces luego –Myungjae la acostó en el sofá.

Su respiración, mientras acariciaba los pechos de ella, se volvió áspera. Agitado, encaró con el balón hacia el arco rival sin vacilar, como Maradona en los octavos de final de la Copa de México 86. Retorció suavemente sus pezones, se infiltró entre sus pechos, derribó su ombligo, se precipitó sobre su pubis y arremetió con una fuerza invencible. Hasta que la red del arco rival se sacudió. Detrás de la red, Myungjae pudo ver el paraíso.

—Te amo –le dijo al oído.

El momento que más amor sentía hacia ella era cuando la tenía delante de sí con su capullo abierto, después del sexo.

—¿Qué dices?

—Que te amo.

—Qué bruto eres, ¿hiciste todo mirando el partido?

—...

—No tienes ningún compromiso el jueves próximo para la cena, ¿no?

—¿Por qué?

—Te dije que es el cumpleaños de papá.

—¿Ah, sí?

—¿Por qué eres así? Yo me acuerdo del cumpleaños de tu papá. Y hasta del de tu hermano.

Myungjae se llevó un cigarrillo a la boca y lo encendió.

—Yo voy a comprar el regalo, tú paga la cena –dijo ella–. Quiero que sea en un lugar elegante, ya que es su primer cumpleaños desde que nos casamos. ¿Te parece bien?

—Sí.

En ese momento, Myungjae sintió una opresión en el pecho. La preocupación que se había esfumado por un momento volvió a reclamar su lugar. Nada es gratis en este mundo. Era momento de pagar el viaje al paraíso. Era un billete de tren de ida y vuelta, y se pagaba al regreso.

LO QUE BARBA AZUL *ocultaba* EN EL SÓTANO

Antes de casarse, Jangmi había llegado a una serie de acuerdos con él. La mayoría era sobre dinero. Cada uno administraría su salario, los gastos de la casa los compartirían proporcionalmente, ahorrarían juntos; y antes de que tuvieran su propia casa, no traerían hijos al mundo. Todas, a excepción de la última, habían sido propuestas de Jangmi y él las aceptó. Pero lo de posponer tener hijos la tomó por sorpresa, ella los quería lo antes posible. Aunque no dijo nada, no podía dejar de experimentar cierto vacío.

De pequeña, sentía orgullo cada vez que su madre venía a la escuela, ya que era la más joven de las madres de la clase. Cuando Jangmi estaba en la primaria, le preguntaron si la mujer que venía a buscarla era una tía joven; y cuando estaba en la secundaria y en la preparatoria, hasta le preguntaron si su madre era su hermana mayor. Quién sabe cuál habría sido su apuro, pero su madre la había tenido con tan solo dieciocho años. Como Jangmi ocupó tan rápido un lugar en su vientre, la mujer tuvo que dejar de estudiar. Quizás por eso su madre se quejaba de que su vida se había liado por culpa de Jangmi. Ésta no sabía cómo reaccionar, sentía que era castigada por un crimen que no había cometido.

Jangmi estaba segura de que sería una buena madre. Es que sólo necesitaba hacer todo lo contrario a lo que había hecho la suya.

Después de regresar del cumpleaños de su padre, se acostó cuidadosamente al lado de su esposo, quien ya estaba en la cama, y le preguntó:

—¿Qué te parece si dejo el trabajo?

—Si lo dejas, ¿qué vas a hacer?

—Criaré a nuestros hijos.

—Eso no –respondió él con firmeza.

—¿Por qué?

—Porque hemos acordado no tener hijos hasta que consigamos nuestra propia casa.

—Si piensas que esos acuerdos son tan importantes, ¿por qué aún no he recibido tu parte de los gastos compartidos?

—Te la daré la semana que viene.

—¿Pasa algo en la compañía?

—¿Por qué de repente hablas de la compañía?

—Es que en toda la cena estuviste con una cara como si hubieras masticado una roca.

—¿Quién? ¿Yo?

—¿Qué te pasa estos días? ¿Estás preocupado por algo?

—No.

—Entonces, ¿por qué fumas tanto?

—Frente a tu padre no he fumado.

—Toda tu ropa está siempre impregnada de olor a cigarrillo.

—Antes decías que era como un perfume.

Él se acostó de lado, mostrándole la espalda. Su espalda parecía una enorme muralla. Jangmi no había sacado el tema para pelear; pero a medida que hablaba, su voz había ido subiendo de volumen. Eso era frecuente en los últimos días. No sabía cuál era el problema. Estaba molesta y triste. Le molestaba tener que vivir preocupándose por el dinero y la entristecía que él no estuviera al tanto de cómo se sentía. Cuando Jangmi le insinuó que quería dejar el trabajo, lo que buscaba no era su opinión sino su consuelo. Unas palabras tiernas que le mostraran empatía. Pero su esposo sólo era afectuoso inmediatamente después de tener relaciones íntimas.

A él le apetecía hacerlo incluso cuando miraba partidos de fútbol, pero el cuerpo de Jangmi sólo se abría cuando sentía amor hacia él. Más concretamente, cuando sentía que él la amaba. Para que su delicado capullo pudiera abrirse, tenía que emocionarse con la idea de que él estaba en su equipo sin condiciones, como un arquero cuando estalla de felicidad al ver que su equipo anota un gol. Un día, mientras Jangmi miraba un partido, le surgió la duda de qué sentiría un arquero que ha dejado que un jugador de su propio equipo le meta un gol en contra.

La respuesta a esa pregunta llegó poco tiempo después gracias a una llamada telefónica de un antiguo conocido de la universidad, Patillas.

—¿Qué está haciendo Myungjae estos días? Dijo que lo pensaría, pero no he tenido noticias de él y no me contesta las llamadas.

—Llámalo a la compañía.

—¿Ha encontrado trabajo?

—¿Qué?

—¿No lo sabías, Jangmi? Uy, creo que he metido la pata...

Jangmi sintió que le habían propinado un golpe en la nuca. Después de calmarse, apenas pudo decir:

—Lo sé todo. Un amigo le consiguió un puesto y está trabajando ahí temporalmente.

Jangmi se apresuró en cortar la llamada. Le parecía que su corazón tenía un agujero del tamaño de un balón de fútbol. Enseguida llamó a su esposo, pero él no contestó. Al cuarto intento, por fin pudo oír su voz. Había un fuerte barullo de fondo.

—¿Por qué hay tanto ruido?

—Estoy trabajando en la calle. ¿Llamaste para que cenemos juntos afuera?

—Comamos en casa hoy.

—¿Te sucede algo?

—Nada, sólo quiero comer en casa.

Al salir del banco, Jangmi pasó por un supermercado cerca de su casa y compró ingredientes para preparar un pulpo salteado y una sopa de mariscos. Aunque no era buena cocinera, preparó la cena con todo su esmero, invirtiendo tiempo y esfuerzo. Pero él no hizo un solo comentario sobre la comida.

—Últimamente no tienen cenas de la empresa, ¿no? -preguntó Jangmi cuidadosamente.

—Así es -respondió él, revolviendo el pulpo en su plato.

—¿En qué película están invirtiendo?

—De todo tipo -dijo con la mirada dirigida a la televisión.

—¿Qué te ha parecido el pulpo? Hacía mucho que no cocinaba, así que no recordaba bien cómo condimentarlo. Está demasiado salado, ¿no?

—Sí -respondió él, sin prestar atención.

—¿Al punto de no poder tragarlo?

—Ajá.

Jangmi dejó su cuchara sobre la mesa haciendo ruido, pero él ni se inmutó. Entonces se levantó llevándose todo el pulpo consigo, fue a la cocina y lo tiró en el basurero. Sólo entonces él la miró.

—¿Qué haces?

—Dijiste que no podías comerlo porque estaba muy salado.

—¿Cuándo dije eso?

—Recién. Estás con la cabeza en otro planeta, ¿cómo puede entrarte en los oídos lo que te digo?

—Pero tirar lo que estoy comiendo... ¿No te parece mucho?

—¿Sabes cuánto me costó preparar eso?

Las lágrimas cubrieron los ojos de Jangmi, lágrimas nacidas de un sentimiento de traición. Podía soportar que él hubiera perdido el empleo, pero no sus mentiras. Cuando se derrumba la confianza en la otra persona, el defensor que le mete un autogol a su propio equipo no es diferente a un delantero rival.

—A partir del mes que viene tendré que aumentar los gastos compartidos, lo de ahora no alcanza –dijo Jangmi, secándose las lágrimas con un pañuelo de papel.

EL *pasado* ES EL FUTURO DEL PRESENTE

Cuando su esposa le recriminó si sabía cuánto le había costado preparar el pulpo salteado, lo que Myungjae quiso decir fue otra cosa: Perdóname. Su corazón era un lodazal de culpa, pero lo que salió de su boca fue un puñado de arena seca. Él era completamente incapaz de expresar sus sentimientos. Le costaba decir "te amo"; y decir "perdón", aún más. Es que de niño nunca había escuchado esas palabras. Su padre nunca le dijo una sola línea que mostrara sus sentimientos hacia él. Era un hombre de pocas palabras, o ninguna. Si Myungjae hubiera grabado los diálogos mantenidos con su padre hasta el día presente, bastaría un solo lado del casete. Era evidente que el silencio había tenido descendencia en casa de sus padres.

Myungjae estaba acostumbrado al silencio y no confiaba en las palabras. Alguien dijo una vez que el hombre creó la palabra no para decir la verdad sino para ocultarla.

Ese dicho sí le parecía verdad. Él tampoco confiaba en las lágrimas. Eran aborrecibles y frívolas, porque no conducen a la verdad sino al mundo de las emociones. Pero sin saber desde cuándo, él empezó a lamentar no poder llorar como su esposa. Si se encogía cada vez que ella lloraba era porque su silencio, en comparación, importaba poco.

Cuando ella se secó las lágrimas y dijo que aumentaría el monto de los gastos compartidos, él cerró la boca para ocultar su pena. Y su cabeza empezó a pensar cómo conseguir el dinero. Con lo que estaba ganando ahora en el cibercafé no alcanzaba. Si hasta ese momento había podido afrontar los gastos fue gracias a la tarjeta de crédito. Y para cubrir la deuda financiera, necesitaría una tarjeta nueva. Nunca imaginó que tendría que mantener el secreto por tanto tiempo. Las mentiras se iban acumulando bajo su nariz; y cuanto más tiempo pasaba, más le costaba abrir la boca.

No es que fuera imposible conseguir trabajo. Un día, Patillas lo había llamado por teléfono, quién sabe cómo se había enterado de su situación. Dijo que estaba pensando montar una compañía de videojuegos en línea, sobre béisbol, y quería que Myungjae lo ayudara. Aunque todavía fuera pequeña, su potencial era inmenso. Myungjae le respondió que lo pensaría, pero no estaba convencido. Lo consumía la ansiedad, como un jugador compulsivo teniendo los bolsillos vacíos. Con la paga prometida por Patillas no podría batear ni una sola vez. Y si se involucraba en el negocio, la lealtad a su amigo no le permitiría salirse fácilmente si las cosas se ponían feas. Si todavía no había llamado a Patillas para darle una respuesta era por miedo a decirle que rechazaba su propuesta.

En esa época, Myungjae le tenía miedo a muchas cosas. A los cumpleaños de los familiares de su esposa, al aniversario de bodas, al día de liquidación de su tarjeta de crédito... Quería olvidarse de todo ello, por miedo. Y de verdad se olvidaba. Se olvidó también una mañana de junio, cuando su mujer le preguntó si tenía algún compromiso esa noche.

—Tengo una cena con los compañeros del trabajo.

Como había prometido reunirse con un excompañero de preparatoria que dirigía una academia de matemáticas en el barrio de Daechi-dong, su respuesta no era una mentira en su totalidad. Myungjae fue quien lo llamó para que cenaran juntos. Si la paga era buena, estaba listo hasta para enseñar en una academia.

—Ya veo.

La mirada de su esposa se apagó. Quedó completamente negra, como un leño quemado por el fuego.

Todo el tiempo que estuvo sentado en el mostrador del cibercafé, Myungjae pensó en la mirada de su mujer esa mañana. Esa mirada fue la que por fin le hizo acordar que ese día era el cumpleaños de ella. Le pidió al joven que trabajaría después de su turno que viniera un poco antes para poder salir temprano. Tras cancelar el encuentro con su excompañero, se dirigió a Gwanghwamun. Por el camino, compró un ramo de flores. Rosas blancas. La misma cantidad que la edad de ella.

Ya no podía continuar con el engaño. El problema no eran las mentiras pasadas sino las futuras. De seguir así, no podía adivinar cuántas más tendría que decir en los tiempos venideros. Esa incertidumbre lo torturaba. Para cosas turbias, su futuro ya era suficiente. Debía despejar la niebla que tenía enfrente. Pero las sospechas siempre aparecen justo cuando uno decide actuar. Esa vez no fue la excepción. Su esposa no se encontraba en su puesto. Le dijeron que ella no se sentía bien, por lo que había pedido salir antes.

Myungjae la llamó por teléfono.

—¿Tienes algún compromiso hoy? –le preguntó, haciéndose el desentendido.

—Como me dijiste que tenías una cena con gente del trabajo, quedé para encontrarme con alguien. Llegaré tarde a casa.

La pregunta "¿quién?" se quedó atorada en la garganta de Myungjae. Le dijo: "Sí, entiendo", y cortó la llamada. Quizás lo turbio no sólo era el futuro sino también el presente. Se sintió perdido en una densa niebla.

Compró un pastel de queso y una botella de vino y la esperó, pero ella no volvió a casa aún pasada la medianoche. Tampoco se comunicó. Cada vez que él la llamaba al celular, lo único que escuchaba era que el usuario no estaba disponible en ese momento. Fantasías siniestras se sucedían una detrás de otra. Justo era el día de la apertura de la Copa Mundial de Francia, por lo que no durmió esa noche viendo la ceremonia y el partido inaugural. Ganó Brasil, por la mínima diferencia. Escocia, habiéndose topado con el campeón defensor de la Copa, mostró un buen juego; pero le regaló la victoria al rival con un autogol. Como era de esperarse. El fútbol es un deporte en el que Brasil siempre gana e Italia nunca pierde.

Ni la Copa Mundial consiguió tranquilizar a Myungjae. No pudo pegar un ojo. Su esposa lo llamó después del amanecer. Le explicó que se había quedado bebiendo y que se puso tan ebria que durmió en casa ajena. Le dijo, con toda la tranquilidad del mundo, que se iría directo al banco. Para Myungjae, semejante desconsideración fue más grande que cualquier alivio que pudiera sentir de que nada le había ocurrido, y tuvo que morderse los labios para no hacerle más preguntas. Si se pusiera a interrogarla, seguramente escucharía más mentiras. Temía saber la verdad, pero también temía seguir escuchando mentiras. Pensaba que si se enteraba de la verdad, sentiría odio hacia sí mismo; pero si escuchaba más mentiras, el odio sería hacia ella.

Esa noche en casa, su esposa le preguntó:

—¿No tienes nada que decirme?

Y entonces Myungjae tuvo la sensación que ya no tenía margen para retroceder. Lo que ella quería escuchar era la verdad. La verdad, como una muestra de amor. Ansiaba verificar si el amor seguía allí. Myungjae todavía la amaba, y ése era el problema: por culpa de ese amor, creció en él la necesidad de saber si su esposa también lo amaba. Al final, Myungjae dijo:

—Ayer fui a buscarte al trabajo.

El rostro de ella se endureció como si fuera una máscara mortuoria.

—Fui a tomar aire frente al mar –dijo ella–. Sentía que me asfixiaba.

—¿Por qué me mentiste?

—Yo no te he mentido.

Myungjae lo presentía. Ese alguien vivía cerca del mar, era el recuerdo de una noche íntima producto de una larga relación natural, y era un nombre que Myungjae no deseaba pronunciar. El descaro de su esposa hizo que él rechinara los dientes de indignación.

—Mentir es tu especialidad –gritó ella con tristeza en la voz, mientras los párpados le temblaban–. ¿Crees que merezco enterarme de que mi esposo está sin trabajo por un amigo de la universidad?

El cargo de conciencia que había oprimido el pecho de Myungjae y no lo había dejado respirar se hizo pedazos al chocar contra la mentira de su esposa. El lugar que había dejado vacante el sentimiento de culpa pasó a ocuparlo el odio. Odio que no se debía a que ella hubiera fingido que no sabía nada de su desempleo u ocultado su viaje a la costa, sino hacia la persona que había visitado allí. Myungjae lamentó estar apenado por lo que le había estado ocultando a su mujer. Su orgullo había sido herido. Vino a su memoria la escena que había visto en la proa del barco que iba a Jeju. Quizás ellos dos habían seguido viéndose después de ese encuentro. Lo turbio no era ni el futuro ni el presente sino el pasado. Todo estaba predestinado desde aquel momento. Eso era lo que él no podía soportar: que desde un principio no había nada que pudiera cambiar. Lo único que podía hacer para defender su orgullo era no mencionar el nombre de Jeongu.

¿Qué pasará cuando se enfrentan el equipo de fútbol que siempre gana y el equipo que nunca pierde? Todos los antecedentes de encuentros entre Brasil e Italia eran cinco victorias, dos empates y cinco derrotas. Empate. El peor enemigo del fútbol no es el béisbol ni el baloncesto, sino el empate. Al público no le gusta ese resultado, porque ya lo experimenta una y otra vez en su vida diaria. Myungjae no podía preguntar más sobre lo ocurrido la noche que ella no había vuelto a dormir a casa. Y es que para exigir la verdad, antes tendría que disculparse por sus propias mentiras.

Se necesitaron dos días más que el tiempo que le tomó a Dios crear el mundo para que la ira de Myungjae cediera. Cuando su odio se hizo a un lado, fue la sed de venganza la que lo tomó del cuello como un hierro helado. Ese día Myungjae pensaba ver un partido del Mundial. Era la madrugada de un domingo y el rival era Países Bajos. El seleccionado surcoreano recibió cinco goles en su arco y no pudo anotar ni uno solo. Cuando llegó el quinto gol, Myungjae sufrió una desilusión que le perforó el alma. Su mundo se había derrumbado y no cabía la esperanza de crear otro. El fútbol era un deporte en el que Brasil siempre ganaba e Italia nunca perdía, y Corea debía calcular qué probabilidades tenía. Myungjae ya había calculado sus probabilidades aquella única vez, cuando se reencontró con ella; y ahora lo único que podía hacer era aceptar su derrota. Porque no deseaba ser una carga para ella.

EL *presente* ES EL PASADO DEL FUTURO

Cuando él le propuso separarse, Jangmi no pudo ocultar su decepción. Él decía que no deseaba ser una carga. No tenía sentido. ¿Al final eras sólo esto?, le gritó. Cuando su esposo le dijo que como no habían hecho el registro de matrimonio, el trámite no sería complicado, Jangmi hasta sintió pena por él. Y esa pena la decepcionó. Lo que quería no era a un pobre siervo sino a un príncipe seguro de sí mismo. Antes pensaba que la rana había reaparecido convertida en príncipe, pero ahora volvía a ser una rana. Quizás desde un principio no había sido más que una rana.

Como ese deseo de no ser una carga parecía verosímil, Jangmi empezó a sospechar si habría una verdadera razón detrás. No era que no lo hubiera presentido. Él trató de no tocar el tema de la vez que Jangmi no había dormido en casa y actuaba como si no hubiese pasado nada, por lo que ella se sentía aún más incómoda. Pensó que habría sido mejor que la acribillara a preguntas y hasta que se enojara, ya que lo contrario del amor no es el odio sino la indiferencia. Pero ella no quería dar explicaciones si él no se las pedía.

Para que Jangmi quisiera de pronto ir a ver el mar habían tenido que pasar dos cosas al mismo tiempo. La mentira de él y el correo de Jeongu. Su esposo no se acordó de su cumpleaños y encima, estando sin trabajo, le inventó que tendría una cena con colegas. Jangmi podía soportar su desinterés, pero no su cinismo. Ese día fue al banco envuelta en un manto de tristeza y, como siempre, lo primero que hizo fue revisar su correo electrónico. Jeongu le había escrito. Jangmi pensó que sería un mensaje felicitándola por su cumpleaños, pero él sólo le hablaba de cuestiones meteorológicas y le preguntaba cómo estaba. Sin embargo, no era completamente igual a los correos anteriores.

> Cuando quieras ver el mar, no dudes en venir aquí.
> Ésta es la mejor época del róbalo.

Como quería estar sola, Jangmi fue a un restaurante de comida rápida y compró unos rollos de arroz. Durante todo el almuerzo estuvo pensando en el correo de Jeongu. Recordar la última frase provocaba que un rincón de su corazón se estremeciera levemente. Esos temblores fueron dibujando círculos que se extendieron hasta llegar a su alma. Los rollos de arroz estaban un poco sosos. Cuando se dio cuenta de que le faltaba el rábano encurtido, de pronto quiso ver el mar. Recogió el resto del rollo, del que quedaba más de la mitad, y lo tiró a la basura. Y eso no fue lo único, también tiró sus dudas. Pidió salir antes del trabajo y se subió a un autobús expreso a la ciudad de Samcheok, en la costa oriental. Para encontrarse con Jeongu, tendría que hacer trasbordo allí. No planeaba quedarse a dormir, su intención era volver a Seúl esa misma noche, aunque llegara de madrugada.

Jeongu recibió su llamada telefónica y se acercó a buscarla a la parada de autobuses. Se veía muy diferente a como Jangmi vagamente lo recordaba. Su cabello, peinado hacia atrás, era brillante y su barbilla afeitada era lisa como la piel de un bebé. Llevaba una camisa de seda blanca y un traje azul oscuro. No parecía el médico comunal de un pueblo costero perdido, sino un cirujano de Seúl que acaba de terminar su jornada. Jeongu le dedicó una gran sonrisa. Ese simple gesto sirvió para que Jangmi borrara todo rastro de preocupación por el impulso desmedido que la había llevado hasta allí. Durante el viaje en autobús, la sensación de arrepentimiento no había dejado de asfixiarla. Cuando caminaron a la par por un sendero boscoso al abrigo del viento, hasta se alegró de haber ido. El mar azul, iluminado por los rayos del sol poniente, brillaba entre los pinos como trozos de porcelana rota.

Cada vez que recibía una atención de parte de Jeongu, renacía en Jangmi el enfado que sentía hacia su esposo. En el restaurante de pescado crudo frente al mar, Jeongu tomó la cuchara y los palillos que estaban frente a ella y los limpió con una servilleta antes de devolvérselos. Algo que su esposo jamás habría hecho.

Desde su llegada allí, Jangmi estaba más molesta por el desinterés de su esposo que por sus mentiras. Podía perdonarle todo, menos que hubiera olvidado su cumpleaños. ¿No era acaso su primer cumpleaños desde la boda? ¿Podía ella estar segura que él lo recordaría en los años venideros? A partir del presente se puede predecir el futuro. A Jangmi le entristeció pensar en los muchos cumpleaños que llegarían y que no serían recordados. No era que pretendiera una celebración o un regalo en particular. Lo único que anhelaba era atención de parte de su marido.

Al estar a solas con Jeongu, sintió que había vuelto al pasado, a sus días de universidad. Que todo seguía como antes. Jeongu, siendo prolijo y amable; su nerviosismo, dificultándole soltar hasta las palabras más triviales; la brisa pura, como saliendo de un filtro de aire.

—¿Te acuerdas de que una vez dijiste que entrarías en Médicos Sin Fronteras?

—No se admiten odontólogos. Si fueran Odontólogos Sin Fronteras...

Jangmi se rio. Las palabras de Jeongu la hacían dudar, ya que parecían verdad y a la vez broma. Por el contrario, las palabras de su esposo eran diferentes: la verdad parecía verdad y las bromas también parecían verdad. Hasta en el mar, al que había llegado sorteando tantas dificultades, seguir pensando en su esposo la hizo odiarse a sí misma, por lo que se puso a beber sin parar.

Jeongu casi no tocó el plato de róbalo crudo.

—¿No comes?

—No me gusta el pescado crudo.

—Quizás porque lo has comido hasta el hartazgo cuando eras pequeño en Jeju, ¿no?

—De niño tampoco lo comía.

—¿Por qué?

—No sé. Detesto todo lo que viene del mar.

—Pero entonces, ¿por qué pediste trabajar en un centro de salud de un pueblo costero?

—No lo pedí, me lo asignaron.

Jangmi vació su copa sin decir palabra. ¿Por qué habría creído que él naturalmente había solicitado ir allí? Eso de que su sueño era entrar en los Médicos Sin Fronteras, si no era una técnica de seducción, ¿habría sido una tontería juvenil? Dejaron en el suelo la segunda botella de *soju*, y Jeongu seguía sin preguntarle sobre su vida conyugal o sobre su esposo. Jangmi no sabía si era por consideración o por desinterés. Jeongu parecía curioso sobre la vida de ella, pero a la vez lo que más hacía era quejarse largamente de lo aburrida que era su propia vida. Jangmi pensaba que lo conocía y, a la vez, que no lo conocía. Parecía ser abierto y sincero, pero no se podía saber lo que llevaba adentro. Por el contrario, su esposo era callado y desatento, pero con sólo verlo a la cara se podía saber lo que pensaba. Jangmi tuvo la sensación de que se había precipitado en ir hasta allí sólo por unas palabras de cortesía en un correo electrónico y empezó a sentirse incómoda. Lo único capaz de enfrentar esa incomodidad, que arremetía contra ella como un ejército de las fuerzas oscuras, fue el alcohol. Su brazo levantando la copa una y otra vez parecía una catapulta traída a una batalla perdida.

Lo que la bebida derribó, más que la sensación de incomodidad, fue a ella misma. Cuando la oscuridad llegó hasta sus pies, Jangmi estaba tan ebria que cerró sus oídos al grito de la razón que la instaba a averiguar a qué hora partía el último autobús a Seúl. Dispuestos a salir, descargó todo el peso de su existencia sobre el pecho de Jeongu, quien la sostenía. Su lucidez se prendía y se apagaba, como si en su cabeza tuviera instaladas las luces estroboscópicas de las discotecas. Bajo esa iluminación titilante, todo su mundo bailaba en un continuo tic-tac, tic-tac. En el tic, Jeongu estaba pagando la cuenta; en el tac, la oscuridad era completa; en el tic, el cocinero le entregaba a Jeongu una bolsa negra de plástico con la comida sobrante; en el tac, todo estaba oscuro de nuevo. Un hombre decía que había puesto en la bolsa algunos ingredientes extra para preparar una sopa para la resaca al día siguiente. Otro hombre, recibiendo la bolsa, respondía que no era necesario. El primero agradecía que le hubiera quitado la muela de juicio. Y el segundo decía que sólo había hecho lo que debía. Y aparte de ellos dos, había una mujer que posaba su cabeza sobre el pecho duro de su primer amor y miraba la escena como si fuera una ilusión. Una mujer embriagada por un aroma fatal resultante de la precisa combinación de un perfume cítrico y un olor masculino que emanaban los poros de un hombre joven. Una mujer casada que lanzó su vigesimoséptimo cumpleaños más allá del lúgubre horizonte marino.

Cuando Jangmi se descubrió acostada a solas en un cuarto ajeno, lo primero que hizo fue revisar sus prendas. Su falda sólo estaba un poco arrugada, todo el resto de su ropa seguía intacta como la noche anterior. Observó el espacio a su alrededor. Al parecer era la casa de Jeongu, pero lo único que había era una mesa de patas cortas y un armario portátil. Al lado del armario había una maleta pequeña, parecía la morada de alguien que se alojaría por un corto tiempo. Encima de la mesa había una nota y una bebida para la resaca. Jangmi empezó a leer lo que estaba escrito. "Como dormías profundamente, no te desperté. Me hubieraa gustado despedirte antes de tu partida, pero tengo un paciente de urgencia. Perdón." Era la prolija letra de Jeongu.

Jangmi llevó una mano a su frente adolorida y trató de traer a la memoria la noche anterior. No se acordaba bien de qué había pasado después de que salieron del restaurante. Le pareció que había bebido más *soju* debajo de un pino, que había mojado los pies en el mar y que había bailado en la playa. De lo único que estaba segura era del sonido de las olas meciéndose en la oscuridad. También tuvo la sensación de que ella y Jeongu se habían besado. Su rostro, mientras acariciaba sus labios, se ensombreció. No fue por la resaca que le perforaba las sienes, sino porque por primera vez en su vida no se acordaba de lo ocurrido tras beber de más, porque su compañero de copas había sido Jeongu y porque tenía la mente en blanco, no se acordaba de nada. Trató de calmarse y de pensar, pero no resultó. Su atención sólo se dirigía a las arrugas de su falda.

Miró de nuevo la nota de Jeongu con más calma. La última palabra, que al principio no le llamó la atención, ahora la hizo pensar. Estaba claro que él lamentaba no poder despedirla personalmente, pero Jangmi tuvo la sensación de que también significaba otra cosa. El dolor de cabeza se hizo más intenso. Revisó su teléfono. Vio que no tenía cobertura de celular en esa zona. Se puso su bolso al hombro y se apresuró en salir de la casa. En la cocina algo olía a podrido. En el basurero estaba la bolsa negra que les había dado el cocinero del restaurante, con pescado crudo echándose a perder.

Tan pronto llegó a la terminal de Sokcho, llamó al banco. Estuvo a punto de llamar también a su esposo, pero desistió. Le atormentaba la idea de mentirle. La cara de él, quien seguramente estaría preocupado, no se le borró a Jangmi de la mente incluso después de subirse al autobús. Tras muchas dudas, lo llamó. Le dijo que de tanto tomar se había puesto muy ebria y se quedó a dormir allí, y que ahora estaba de camino al trabajo. Era verdad, pero estaba muy lejos de la verdad. Su esposo dijo que lo entendía y cortó la llamada. A Jangmi le desilusionó esa reacción, porque hasta ese momento se había preocupado por cómo contestar a la pregunta de con quién había estado bebiendo. En el trabajo, no pudo concentrarse y su cabeza sólo pensaba en la mentira que inventaría a modo de excusa. Esa misma noche, aunque lo tuvo frente a frente, él no tocó el tema de la noche anterior. Jangmi sintió que su silencio era una dura reprimenda por lo que había hecho.

—Ayer fui a buscarte a tu trabajo.

Ésas fueron las palabras que él usó para romper el interminable silencio. Quizás era la última oportunidad de saber lo que él verdaderamente sentía. Intercambiaron unas frases punzantes, pero la sed de verdad seguía intacta. Jangmi deseó que su esposo apelara a palabras firmes que sujetaran el corazón que se sacudía dentro de su pecho. Pero éste se sumergió de nuevo en el profundo y oscuro silencio. Ella percibió en su mirada apagada la paz forzada de quien ha renunciado a todo y la resolución fría de quien ha tomado una determinación. Por eso se preocupó aún más.

Su esposo no renunció a su silencio. De madrugada, cuando Jangmi abría los ojos, la mayoría de las veces no tenía a nadie a su lado en la cama. Cuando salía del cuarto haciendo como que iba al baño, lo encontraba sentado en el sofá, con la mirada pedida en dirección al televisor prendido sin volumen. Le apenaba que él no pudiera dormir, le parecía que sólo existía un remedio para tratar el temor a la separación: separarse. Cuando descubrió unos calcetines de él bien alisados, sin que estuvieran enrollados descuidadamente, tomó la decisión.

Esa misma noche, Jangmi le pidió a su esposo que se vieran en el café frente a la sucursal donde trabajaba. No quiso hablar de la separación en su casa. Era el mismo café al que habían ido cuando él llegó a buscarla bañado en sudor. El lugar donde había comenzado todo.

AUNQUE EL TIEMPO SEA *fuerte*

Cuando su mujer aceptó que se separaran, Myungjae sintió pena, pero también alivio. No esperaba estar aliviado. Al día siguiente, cuando llegó a casa y abrió la puerta, le dio la impresión de que el lugar estaba vacío. Y de verdad lo estaba. Ella había hecho enviar los muebles a la casa de sus padres. Se llevó todos los que había comprado al casarse, a excepción del armario. Ella no había pretendido tener muebles finos, a excepción del armario, que insistió que debía ser el mejor. Era una especie de lujo que no se correspondía con su carácter. Myungjae se preguntó por qué ella había dejado en la casa ese mueble que tanto apreciaba. Quizás para que él la recordara. Como venganza de que él le hubiera pedido separarse. Semajante al caballo de madera de los griegos que venció a Troya. Myungjae abrió el armario con cuidado. Éste también estaba vacío. Recién entonces sintió en lo más profundo de su ser la falta de ella, algo que no había experimentado ni siquiera cuando entró en la casa vacía. Quiso vender el armario, pero no reunió el valor necesario. Se acordaba una y otra vez del par de zapatos rojos que ella había dejado atrás en el hotel durante su viaje de luna de miel. A Myungjae le pareció que nunca volvería a verla si el armario desaparecía. Ahora, ese mueble vacío sólo guardaba arrepentimiento.

Para escapar de todo ello, Myungjae se sumergió en su nueva rutina. Se mudó de la casa que habían alquilado después de la boda y al recuperar la fianza, pagó las deudas más urgentes. Volvió a vivir con su padre, quien ya necesitaba a alguien a su lado, porque tras el retiro había envejecido mucho. Al igual que cuando le dijo que se casaría, esta vez su padre tampoco le preguntó nada.

Myungjae también empezó a trabajar. Se sumó a la compañía de Patillas y se dedicó íntegramente a sus nuevas labores. Si podía alejarse de las ideas que revolvían cruelmente su sensación de arrepentimiento, sería capaz de hacer cualquier cosa. Se quedaba a trabajar hasta tarde, enfocado en la creación de un nuevo videojuego de béisbol. Pero ese exceso de trabajo, que era como una tortura a sí mismo, nada podía hacer frente a los recuerdos que tenían las personas de su entorno. Éstas compartían el pasado que a él lo había hundido en la desgracia y eran como una bomba de relojería. Patillas era una de ellas.

Una noche se quedó a solas en la oficina con él. Después de echar agua caliente a los envases de fideos instantáneos, su antiguo amigo de la universidad le dijo:

—Tengo una duda desde hace tiempo. ¿Por qué tiraste al suelo aquella vez la bomba Molotov?

—Es que sentí que esa botella era una bola de béisbol.

—¿Significa que también tirabas las bolas al suelo? ¿Cuando eras lanzador?

—Por eso dejé de jugar.

—¿Y por qué lo hiciste en primer lugar?

—Mi padre estaba viéndome en el campo, por primera vez.

—Entonces tendrías que haberlo hecho bien.

—Tenía miedo de fallar.

Patillas asintió con la cabeza y se sumergió en profundos pensamientos. Luego dijo en voz baja:

—Si la bola de béisbol fuera una bomba Molotov...

—¿Cómo dices?

—...El bateador, vestido de policía antidisturbios, en vez del bate usaría un garrote. Y el lanzador usaría una máscara –las palabras de Patillas se aceleraron.

—¿Piensas hacer un videojuego así? ¿En serio?

—¿Parece que bromeo?

Patillas quitó la tapa del envase y revolvió los fideos con los palillos. Después de terminar la comida, mientras se echaba un cigarrillo, le preguntó a Myungjae distraídamente:

—¿Hablas con ella todavía?

De vez en cuando Patillas le contaba novedades. A Myungjae le dolía enterarse de cosas de ella a través de un tercero. Su nombre era un cuchillo filoso que, con sólo rozarle el corazón, le hacía sangrar. Pero antes de que la herida cicatrizara, él quería saber cómo estaba. Por eso, cuando Patillas le hablaba de ella, Myungjae prestaba la máxima atención.

—¿A quién te refieres?

—¿Cómo que a quién? A tu ex.

Escuchar ese "ex" le dolió.

—No, no estamos en contacto.

Era verdad. Había cortado toda comunicación con ella. El tiempo es fuerte y había borrado muchas cosas. Lo que quedó hasta el final fue su perfume. La fragancia que ella usaba se había impregnado con terquedad en su cabeza. Cada vez que Myungjae quería sacarlo, se adhería más, como una goma de mascar embarrada en la suela de un zapato. Cuando deseaba verla, al punto de no poder contenerse, la llamaba por teléfono, así que era mentira que no se comunicara. Pero como cortaba el teléfono sin decir palabra, no era una mentira del todo.

De parte de ella no había intentos de contactarlo. A decir verdad, lo llamó sólo una vez. La noche de su segundo aniversario de bodas. Le dijo que estaba bajando de la Torre Namsan. Myungjae estaba tan contento de recibir esa llamada que no podía explicárselo ni a sí mismo. Pero ella sólo le preguntó brevemente cómo estaba. Myungjae no pudo decir absolutamente nada. El problema era que tenía demasiadas cosas para decir.

Cuando escuchaba la voz de ella, hasta lo más profundo de su corazón se volvía un mar de penumbra. Más que su perfume, lo que extrañaba era su voz. Aquella que le regañaba diciendo que no dejara los calcetines enrollados descuidadamente por ahí, la voz que se quejaba de que no podía pegar un ojo por sus ronquidos, la voz que le pedía que dejara de ver tanto fútbol. Y la voz que interpretaba tan bien las canciones de ABBA. Tras la separación, Myungjae evitaba escuchar la música de ese grupo sueco, dejó de ver fútbol y ya no roncaba. Además, alisaba bien sus calcetines después de quitárselos.

Un domingo, mientras alisaba unos calcetines que se había sacado enrollándolos sin pensar, le dieron ganas de llorar. Pero las lágrimas no le salieron. Ella había lamentado muchas veces ser la única que lloraba, por lo que deseaba verlo llorar a él alguna vez. Cuando escuchaba eso, Myungjae decía: "No lloré ni cuando nací".

—Dejó su trabajo en el banco –le contó Patillas.

Myungjae inhaló el humo de su cigarrillo sin decir palabra.

Un día, cuando encontró la invitación a la boda de Jeongu en el escritorio de Patillas, echó un vistazo a su alrededor, como si estuviera recogiendo algo siniestro. No había nadie. Todos estaban en la sala de reuniones tratando temas del trabajo. Discutían sobre una edición mejorada del juego "Diamante en llamas". Las ventas del nuevo videojuego de béisbol en línea no iban mal. Quizás por la incertidumbre del fin de siglo, lo grotesco estaba de moda. Esa característica del juego hizo que se popularizara. Tuvo una cálida recepción entre los treintañeros. Para captar a los adolescentes, quienes habían reaccionado tibiamente, se estaba preparando una nueva versión del juego potenciando su lado grotesco.

La invitación a la boda de Jeongu derrochaba elegancia. En la parte posterior estaba impreso a color el dibujo de un carruaje dorado que llevaba a un príncipe y una princesa. Myungjae tomó la invitación con las manos temblorosas. No podía ser posible. Tragó saliva y abrió la invitación. Sólo luego de comprobar el nombre de la novia, suspiró de alivio.

—¿No has recibido la invitación? –le preguntó Patillas.

—Sí la recibí.

—Dicen que la novia es la hija única de un famoso director de hospital. Qué tipo... Era así de astuto desde que lo conocí en la universidad.

—¿Cuándo es la boda?

—Dijiste que también recibiste la invitación...

Myungjae cerró la boca. No cualquiera puede mentir bien.

Esperó con ansias la ceremonia. Tenía la esperanza de poder verla a ella. Después de tanto tiempo, por fin deseaba algo. Hasta un día antes de su propia boda, él había dormido bien; pero el día anterior del casamiento de Jeongu, no pudo pegar un ojo. Aunque trató de dormir, terminó levantándose de la cama. Necesitaba con urgencia un cigarrillo. No obstante, la cajetilla estaba vacía. Entró al cuarto de su padre, quien estaba de viaje de pesca. Revisó cada rincón, incluso los cajones del escritorio, pero fue en vano. En su lugar, encontró una agenda, de la época en la que su padre era profesor. La abrió y vio que los datos personales estaban escritos con letras pequeñas. Luego se detallaba, día por día, lo que había enseñado en cada clase. Y debajo del programa de la materia, había muchas anotaciones extrañas.

> Un anciano y una anciana orinan en la calle. Un policía los multa. El anciano, diez mil wones. La anciana, cinco mil. El anciano pregunta: "¿Por qué el doble?". El policía responde: "Porque se lo ha sacudido". El anciano y la anciana orinan en la calle. El policía los multa. El anciano, cinco mil wones. La anciana, diez mil. El anciano pregunta: "¿Por qué la mitad?". El policía responde: "Porque está de pie".

Cada cajón estaba lleno de agendas del mismo tamaño y forma. En todas ellas, no había una sola hoja en blanco.

Myungjae fue a la sala y tomó un whisky Jack Daniel's que estaba abierto, y se sirvió varias copas seguidas. Del mismo modo que su padre nunca le había dicho que lo quería, él tampoco se lo había dicho. Y es que lo único que Myungjae tomaba en cuenta era el cariño que no había recibido. En temas de amor, siempre había decidido ser la víctima. Porque así estaba cómodo. Ese descubrimiento trajo otro descubrimiento. Había creído que su decisión de separarse de ella fue para no resultar una carga, pero eso era mentira. Más bien, había sentido que la carga era ella y por eso decidió separarse. Eso explicaba su sensación de alivio. Se vio a sí mismo como un ser despreciable, que sólo daba vergüenza.

Autoengañarse, eso era lo único que había hecho hasta ese momento. Y lamentó haberse dado cuenta tan tarde de esa realidad. No hay recuerdos eternos. Porque el tiempo es fuerte. Pero aunque el último recuerdo se hunda en la oscuridad, la luz del entendimiento en algún momento llega. Porque el amor también es fuerte.

THE MORE *We* TRY

Cuando el amor la dejó, la herida en su corazón no nació del acto mismo del abandono sino de la idea de que había sido abandonada. Los malos pensamientos llamaban a otros malos pensamientos. Cada vez que se acostaba a dormir, le venían a la mente toda clase de ideas negativas. ¿Qué habría pasado si hubiera actuado de otra manera en tal situación? ¿Y si lo hubiera hecho de esta otra manera? Eran los despojos de emociones enfermizas que no podían cambiar el pasado.

Los muebles que había comprado con él incitaron esos malos pensamientos. La cama, la mesa de maquillaje, la televisión, el audio y todos los otros que llenaban su casa. Como eran muebles adquiridos con los ahorros, no podía simplemente tirarlos. No tenía dónde poner el armario, por lo que a pesar suyo decidió dejarlo en la casa. Una mañana, al despertarse de un sueño ligero, le pareció raro encontrar un lado de la cama vacío. Cuando se quedaba sentada sin más entre aquellos muebles tan familiares, sentía como si él se hubiera ido de viaje de trabajo a un lugar lejano. El televisor que le había robado a su esposo tantas tardes de domingo no se prendió ni una sola vez.

Lo más difícil no era lidiar con los malos pensamientos sino con la indiferencia de su madre. Mientras su padre se comportaba con ella como antes de la separación, su madre era aún más fría. No le dirigía la palabra, y cuando Jangmi le hablaba, era normal que la mujer no respondiera. Tampoco se miraban a los ojos. Cuando la mujer ponía la mesa, no incluía los cubiertos de Jangmi y actuaba como si no la viera, aun estando a su lado. Para su madre, Jangmi era una persona que no estaba presente. Ella sentía que se había vuelto invisible. Por la antipatía a su madre, actuaba como si no le pasara nada, haciéndose la fuerte; pero cuanto más se esforzaba, más miserable se veía.

Para alejarse de los malos pensamientos y de su madre, Jangmi se juntaba más a menudo con otras personas. A diferencia de antes, no faltaba a cenas con compañeros del trabajo o a reuniones sociales de todo tipo y se quedaba hasta el final. Llamaba a las personas con las que no se había comunicado muy seguido y quedaban en verse. Sin embargo, dos personas eran la excepción: su ex marido y Jeongu. Las razones eran diferentes para ambos. Con su ex había cortado todo contacto, para hacerlo sufrir. Con Jeongu, por otro lado, era para no hacerse sufrir a sí misma.

Los dos habían tratado de comunicarse. Jangmi recibía llamadas telefónicas de tanto en tanto, que se cortaban sin que se oyera una sola palabra. Sabía desde un principio que eran de su ex. Ese silencio le era familiar. Un silencio parecido a la densa sombra de árboles frondosos en pleno verano. Jangmi tampoco decía nada. Ojo por ojo, silencio por silencio.

Quizás porque estaba apenado de no haber recordado el primer cumpleaños de ella desde la boda, él le envió un telegrama de felicitación al año siguiente de la separación. Felicidades en tu día. Parecía una frase elegida por un empleado del correo. También recibió de su parte una transferencia telegráfica de cien mil wones, una suma que expresaba su pena por no poder felicitarla personalmente. Mandar dinero, de no creer. Como Jangmi quiso gastar rápido el dinero que había recibido de él, ese mismo día se dirigió a una academia de lenguas extranjeras en Jongno y se apuntó en una clase de conversación de inglés.

En su época universitaria, justo antes de graduarse, Han Seoyoung se preparaba para irse a estudiar en el extranjero y Jangmi la envidiaba. Una mente libre para hacer a su antojo y dinero en abundancia, dos cosas de las que Jangmi no había tenido la suerte de gozar. Así, la suma que gastó para apuntarse al curso de inglés fue como una habichuela mágica. Jangmi se preguntó qué nuevo mundo le revelaría ese árbol que crecería fuerte y se elevaría hasta las nubes. Quiso aferrarse al menos a la sombra de la esperanza, porque no hay peor crimen que vivir sin esperanza.

Jeongu le mandó un correo electrónico, al parecer se había enterado de su separación. También le insinuó que se vieran. Le dijo que tenía un asunto que atender en Seúl, por lo que si ella disponía de tiempo, podrían verse. Y también le preguntó, como al pasar, si a ella no le apetecía volver a ver el mar. Dijo que el lenguado y el sábalo estaban en su mejor época. Jangmi no le respondió. Todavía le preocupaba lo que había sucedido aquella noche que el alcohol le borró la memoria. Pero sobre todo, no sabía qué sentía Jeongu. Y más que eso, no sabía qué sentía ella misma. Se había mantenido lejos de Jeongu por culpa de su marido. Y aunque ahora odiaba a su ex, justamente por eso no podía verse con Jeongu; porque de hacerlo, su ex habría estado en lo correcto y no existiría razón para odiarlo en primer lugar.

Los encuentros con otras personas para olvidarse de alguien le dejaban un gran vacío. Era todavía más difícil soportar el silencio de la noche cuando llegaba a la casa de sus padres, luego de hacer barullo como si fuera una universitaria de primer año en alguna reunión con bebidas. Los encuentros que ella proponía se fueron haciendo menos frecuentes. Pero eso no fue lo único que se hizo menos frecuente.

Después de la separación, Jangmi lloraba todas las noches. Para que su madre no la descubriera, lo hacía en silencio. Sólo podía dormir de lo exhausta que quedaba de derramar tantas lágrimas. En lugar de dormir después de llorar, parecía que lloraba para poder dormir. Pero con el paso del tiempo, la tristeza fue desapareciendo. Las lágrimas se hicieron menos frecuentes.

En su segundo aniversario de bodas, sólo lloró por culpa de una canción en particular. En la vida hay días en los que uno escucha por casualidad una misma canción varias veces. Ése fue uno de esos días. Escuchó *The More We Try*, de Kenneth Loggins, tres veces. La primera fue en la clase de conversación de inglés. El profesor les hizo escuchar la canción y transcribir la letra.

Intentaste hacerme el chico de tus sueños,
los sueños que nunca pudiste encontrar,
creíste haber visto tu cara en la mía.
Cuanto más lo intentamos, más solos nos sentimos,
aunque me hayas mostrado cómo lo que dices es cierto
Las lecciones aprendidas no tendrán valor
Si ni siquiera me conoces
La necesidad de amor es todo
lo que realmente aprendí de ti.

¿Cuándo nos llega el entendimiento? En realidad, no es que nos llegue. Al igual que la luz, el entendimiento está dentro de nosotros. Cuando estamos en plena oscuridad, la mirada que dirigíamos hacia afuera se vuelca hacia nuestro interior y sólo entonces descubrimos el entendimiento. Siempre había estado allí. Unos lo descubren cuando están acostados en la camilla antes de una cirugía; otros, cuando tienen frente a sus ojos la cima de una montaña; y otros, transcribiendo la letra de una canción pop pasada de moda. Ella había anhelado recibir el cariño de su ser amado y compartir la felicidad con esa persona, porque ésta así se lo había prometido. Pero en su corto matrimonio, cuanto más trataba de llevarse bien con él, más sola se sentía. Si en la cara de tu pareja sólo buscas tu propio rostro, por más que estén frente a frente, mejor dicho, cuanto más tiempo estén frente a frente, más solo te sentirás. Cuando Jangmi dijo que anhelaba ver llorar a su esposo, quizás lo que buscaba en la cara de él no era otra cosa que su propia cara.

La noche de su segundo aniversario, sus pies la llevaron al fin del mundo. Al lugar que su ex le había dicho que visitaba cada vez que su corazón estaba sumido en la oscuridad. Así se sentía ahora el corazón de Jangmi. Pero estando ya frente a la Torre Namsan, la asaltaron las dudas. Temía que él no estuviera en el mirador. Pero más temía que sí estuviera. La preocupación que la atormentaba en los momentos decisivos acudió sin falta a la cita. Desistió de subir al mirador y emprendió el camino de regreso a casa.

A bordo del autobús, escuchó de nuevo la misma canción. La había puesto una estación de radio. Esta vez no lloró. Sólo le pareció curiosa la casualidad. Por un momento se arrepintió de no haber subido a la Torre.

Esa noche, Jangmi no podía dormir y al final marcó el número de teléfono de él. En lugar de una señal monótona, se escuchó la canción como tono de espera. Tan solo ese día era la tercera vez. Era una coincidencia difícil de creer. Con sólo escuchar su voz, a Jangmi se le llenaron los ojos de lágrimas.

—Soy yo.

—Sí.

—¿Te encuentras bien?

—Sí.

—Qué suerte.

—¿Y tú? ¿Te encuentras bien?

—Sí.

—Qué suerte.

Jangmi le dijo que esperaba que le fuera bien y cortó el teléfono con prisa. Se mordió los labios, arrepentida de haber llamado. La voz de él estaba serena. Le decepcionó que él de verdad pareciera estar bien. Lamentó ser la única que sufría una soledad que la consumía hasta los huesos.

Su corazón estaba ardiendo, pero su cabeza estaba fría. No podía ya seguir luchando en el pantanal del pasado. Tenía que olvidar y seguir adelante. Como cuando uno quiere patear bien fuerte el suelo para salir volando, Jangmi saltó de la cama y se sentó frente a la mesa de maquillaje. No tenía ningún plan en especial. Al igual que no es plan de nadie sentir una soledad que carcome las entrañas, lo que se necesita para mitigar la soledad no es un plan sino la voluntad de hacerla desaparecer. Siguiendo los dictados de su corazón, puso a un lado el maquillaje y sacó del cajón su diario íntimo y tomó un bolígrafo. Antes de que su cuerpo se convirtiera en cenizas, tenía que vomitar todo el fuego del infierno.

Después de un rato, se dio cuenta de que estaba escribiendo. Mientras escribía, se sentía en paz. Al igual que cuando estaba encerrada en el armario de pequeña y pensaba en los cuentos de hadas que había leído. Y de hecho, lo que ahora estaba escribiendo en su diario parecía realmente un cuento. Era la historia de una niña a la que habían apodado reina de las lágrimas, porque lloraba en cualquier situación. Una niña que lloraba porque se sentía sola, y por eso aumentaba su soledad. El único momento en el que Jangmi no se sentía sola era cuando escribía sobre esa niña solitaria.

Desde aquella noche, Jangmi continuó la historia antes de irse a dormir. Sólo cuando escribía podía sentirse plenamente viva. Tres días después, entregó su carta de renuncia al banco. Fue un dictado de su corazón. Que le había dicho: "Haz el trabajo que tú quieres, no lo que te indican los demás. Haz lo que deseas y no lo que tengas que hacer". Para Jangmi, dejar el trabajo no era su meta final. Lo que de verdad deseaba era otra cosa. Ella guardaba en su cabeza miles de historias que se había imaginado mientras estaba encerrada en el armario de su infancia. Estaba dispuesta a sacarlas de ahí.

Todo es difícil al principio. Después de tomar la primera decisión, lo que vino luego ya fue más fácil. Así ocurrió cuando decidió irse a vivir sola, cuando decidió vender los muebles comprados en su matrimonio y también cuando recibió la invitación a la boda de Jeongu. En el pasado la habría mortificado la indecisión incluso estando parada frente al salón de bodas, pero ahora no fue así. Sin vacilar, entró en el salón. Tenía curiosidad por saber con qué clase de mujer se casaría Jeongu. Y quizás también podría encontrar al hombre que no había vuelto a ver desde su separación.

EL *amor* TAMBIÉN ES FUERTE

Aunque Myungjae esperaba la boda de Jeongu con ansia, cuando llegó a la sala de ceremonias se quedó en un rincón del corredor entre personas desconocidas, sin saber qué hacer. Era natural, ya que no había sido invitado. Sólo alcanzó a ver de lejos a Jeongu saludándose con ella. Se veía muy cambiada. Serena, y a la vez llena de confianza en sí misma.

—¿Qué haces que no entras? –le dijo Patillas, golpeándole la espalda.

—Estaba por entrar.

Patillas lo agarró del brazo y lo llevó hacia adentro.

Jeongu puso cara de sorpresa ante la aparición de Myungjae.

—¡Oh!

El gesto de ella se endureció.

—Estaba dudando ahí afuera, yo lo traje –dijo Patillas, sonriente–. Permiso, yo voy a entrar primero.

—Cuánto tiempo –dijo Myungjae.

No se sabía a cuál de los dos estaba dirigida la frase.

—Sí, de verdad hace mucho tiempo. La última vez que nos vimos fue... en la boda de ustedes dos, ¿no? –dijo Jeongu riendo.

Myungjae trató de sonreír, pero no le salió bien. Mientras se daba un apretón de manos con Jeongu, ella se fue.

Cuando Myungjae entró al salón de la ceremonia, Patillas ya estaba sentado y alzó una mano para que lo viera. A su lado estaba ella. Myungjae se acercó y Patillas de pronto se levantó de su asiento.

—Siéntate aquí. Allá hay alguien con quien tengo que hablar largo y tendido –dijo Patillas, guiñando un ojo.

Myungjae tosió seco y se sentó. Aunque sentía curiosidad por cómo se encontraba ella, no dijo una palabra ni siquiera cuando llegó el plato principal. Ella también estaba callada.

—Escuché que dejaste el banco –dijo Myungjae, mientras cortaba el filete.

—Así es.

Ante esa breve respuesta de ella, Myungjae sintió que las fuerzas lo abandonaban. Reinó el silencio nuevamente. De pronto, en el lado opuesto de la mesa, notó a una persona conocida y ésta le dijo:

—¿No serás...?

—¿Han Seoyoung?

—¿Kim Myungjae?

Él asintió con la cabeza. Cuando Seoyoung sonrió tapándose la boca con una mano, Myungjae también esbozó una sonrisa. Estaba más rellenita, pero seguía siendo bella.

—No se te reconoce –dijo Seoyoung, con cara sonriente.

Myungjae estaba contento de verla, pero como tenía a su ex al lado, no pudo expresarlo.

—Tu corbata está un poco torcida –le dijo su ex.

Con una sonrisa forzada, Myungjae se retocó el nudo de su corbata.

Más tarde, cuando los invitados se trasladaron a otro recinto, Myungjae siguió revisándose el nudo en su cuello. Allí, su ex se sentó del otro lado de la mesa y empezó a conversar con las gemelas. Myungjae estaba pendiente de ella al tiempo que escuchaba lo que le contaba Seoyoung, sentada al lado suyo. De tanto en tanto, su ex lo miraba de reojo; pero estaba muy metida en la charla con sus antiguas amigas. Ellas le contaron que habían dejado de estudiar para rendir el examen de funcionariado y que también estaban atendiendo a una academia de panadería. Aunque Myungjae escuchaba a Seoyoung, su interés estaba dirigido a lo que decía su ex.

Seoyoung le contó que había venido a Seúl sólo por un corto tiempo. Dejé la casa de mis padres y estoy viviendo sola. Seoyoung estaba segura de que el año siguiente obtendría su título de doctorado. Estoy enseñando en una academia de inglés. Dijo que tan pronto volvió de estudiar en el extranjero se casó, pero luego se divorció. No quiero estudiar en el extranjero. Seoyoung, que no había probado una gota de alcohol diciendo que tenía que conducir, se levantó de golpe y explicó que había dejado a su hija de tres años al cuidado de otra persona.

—Nos vemos.

Al despedirse, Seoyoung sostenía en la mano la tarjeta personal de Myungjae.

—¿Qué te parece ir a tomar algo? –le preguntó él a su ex cuando salieron de la boda.

Myungjae no paraba de retocarse el nudo de la corbata, que estaba impecable, mientras esperaba con ansia la respuesta. Ella lo miró detenidamente. Él también la miró a los ojos. Los de ella parecían más luminosos y profundos que antes. Finalmente, su ex asintió con la cabeza.

Entraron a un bar japonés, los dos solos, y Myungjae seguía sin poder soltar las palabras atoradas en su garganta. El sake y la sopa *eomuktang* estaban enfriándose en silencio.

—Escuché que dejaste de vivir en casa de tus padres.

Myungjae fue el primero en romper el hielo.

—¿Cómo te enteraste?

—Se lo contaste a la menor de las gemelas. O tal vez a la mayor.

—¿Escuchabas mi conversación? Si te estabas babeando por Seoyoung...

—Ella no paraba de hablarme...

—Alquilé un apartamento en Gwacheon.

—¿Y qué tal te va?

—Estoy sin hacer nada, leo y escucho música, también voy seguido al Gran Parque de Seúl, que está cerca.

Como no me gusta el bullicio, suelo ir por las tardes de los días laborables. Como alguien que conozco.

Ella hizo una breve pausa y continuó:

—Veo a los animales y me subo a las atracciones mecánicas. También me subí sola a la montaña rusa, me senté en el último asiento a propósito, porque quería sentir la alegría de estar sola. Canté con todas mis fuerzas durante toda la vuelta a la montaña rusa. Cuando el carro se detuvo, las personas que estaban sentadas adelante de mí se dieron la vuelta y me aplaudieron. Estoy segura de que cuando me subí no había nadie más. Y ninguna de esas personas tenía boca.

Myungjae, mientras escuchaba en silencio lo que decía ella, vació su copa de un trago y se puso a tomar la sopa con la cuchara. Cuando sintió el picor del chile que había mordido sin darse cuenta, su boca se prendió fuego y se le nubló la vista. Las lágrimas llenaron sus ojos de repente y cayeron a borbotones por sus mejillas. Se apresuró para tomar agua, pero no había nada que hacer. El sabor del picante era igual al dolor de un fracaso amoroso. Tenía que sufrir lo necesario y dejar que el tiempo lo curara todo. Éste no es el único punto en el que coincidían el picante y el fracaso amoroso. Aunque ambos nos hagan sufrir, no podemos evitar salir de nuevo en su busca; y cuanto más nos hacen sufrir, más nos atraen. Pero también había una diferencia entre los dos tipos de sufrimiento. El del fracaso amoroso se puede soportar sin llorar, pero con el picante nadie puede resistirse a derramar unas lágrimas. Incluso un hombre que no ha llorado ni cuando nació.

A los ojos de Myungjae, la cara de ella sentada en frente estaba borrosa; pero cuando el dolor cedió, la vio de nuevo claramente. Ella parecía sorprendida, como si se hubiera topado con un ser de otro planeta.

LAS LÁGRIMAS SON LA SEMILLA DEL *amor*

Jangmi tenía tres deseos: no romper en llanto ante cualquier situación, ver a su madre sonreír y verlo a él llorar. Cuando su último deseo, el que pensaba que nunca se haría realidad, se presentó ante sus ojos, no pudo creerlo. Él no había llorado ni en su nacimiento, ni cuando murió su madre. Ese hombre, que tenía el corazón de piedra, derramó lágrimas al escuchar el sueño insignificante que ella le estaba contando. Así es, lo que Jangmi le contaba era sólo un sueño, no la realidad. El haberse subido a la montaña rusa sola y haber cantado era verdad, pero lo que venía después sólo había sido un sueño. Uno que había tenido la noche siguiente a subirse sola a la montaña rusa. Ella no tenía pensando hablar de eso. Había llegado sin querer a incluir el sueño en su relato. Había sido uno muy vívido. Los de esa época eran casi todos así. Le ocurría desde hacía un tiempo, quizás desde que se mudara fuera de la casa de sus padres. Era la primera vez en su vida que vivía sola. Las tardes solitarias podía soportarlas, pero las noches silentes le pesaban. Tenía que tener prendida la lámpara de su mesa de noche para al menos poder dormir; y en esas noches, los sueños extraños no dejaban de asaltar su cabeza. Aunque abriera los ojos cada mañana, los sueños de la noche anterior no se desvanecían; sino todo lo contrario, se hacían más nítidos. El de la montaña rusa había sido uno de esos. En él, había personas sin boca; y como no tenían boca, no podían cantar ni llorar o sollozar.

Su ex parecía muy cambiado, como alguien que se hubiera recuperado de una enfermedad terminal. Por fuera se veía pálido, pero por dentro estaba entero. Jangmi no tenía dudas de que había echado raíces en él la semilla del cambio, aunque no sabía de qué especie. Las lágrimas eran la flor que había nacido a partir de dicha semilla. Jangmi empezó a verlo con otros ojos. Por fin entendió por qué Jeongu, cuando estaba de pie al lado de él en la boda, parecía su hermano menor.

Al recibir la invitación a la boda de Jeongu, Jangmi se había sentido traicionada. Pero al conocer a la novia, una joven de cabello suave, se tranquilizó. Era absurdo estar celosa. Pero lo estuvo. En realidad, se murió de celos al ver cómo Seoyoung miraba a su ex con brillo en los ojos. En ese momento, la pesadilla de ocho años atrás volvió a estallar delante de su cara, como cuando espió a Seoyoung y a Jeongu en la tienda de conveniencia mirándose y riendo, con una partitura musical de por medio.

Tras la ruptura de la pareja de Seoyoung y Jeongu, circularon muchos rumores sobre quién había cortado primero; pero ambos mantuvieron un silencio sepulcral, como si hubieran prometido jamás hablar de ello. Ese viejo misterio se resolvió el día de la boda de Jeongu, en la sala de espera. La joven novia se parecía mucho a Seoyoung; más exactamente, a la Seoyoung de su época universitaria.

Todo indicaba que el estudio en el extranjero y la vida matrimonial no le habían sentado bien a Seoyoung, porque su belleza había perdido brillo. En las comisuras de sus ojos y en su cuello se percibían unas finas arrugas, y tenía los párpados caídos. Su cabello ya no era tan lustroso como antes. Aun así, la seguridad en sí misma seguía incólume. Seoyoung era esa clase de persona que tenía que conseguir lo que quería para estar satisfecha. El tipo de estudiante que al recibir una A y no A+ va al despacho del profesor para preguntarle por qué no obtuvo una A+ y a final logra que le cambie la nota. Los celos hacían que todo el cuerpo de Jangmi temblara. Estaba confundida. ¿Por qué se sentía así si ya había terminado la relación con su ex?

Jangmi venía perturbada por esos celos inesperados que la atacaron durante el banquete de bodas; pero cuando vio las lágrimas de su ex corriendo por sus mejillas, todo estuvo claro. No había podido olvidarlo. Lo que Jangmi había borrado de su mente no era a él, sino aquello que esperaba de él. Esas lágrimas repentinas revivieron una esperanza que se creía muerta. La esperanza de que él era capaz de cambiar.

Quince días más tarde, su ex le mandó una carta. Decía que como no era bueno para hablar, prefería escribir lo que sentía. Se disculpaba por haber dejado los calcetines enrollados descuidadamente, por haber estado pensando en cualquier cosa frente a la comida que ella le había preparado con tanto esmero y por haberse olvidado de su cumpleaños. Pero sobre todo, se disculpaba por haber dejado que ella se enterara de su situación de desempleo a través de un tercero.

Jangmi leyó la carta una y otra vez. Era como un pan de centeno, que a la primera mordida es seco y desabrido; pero a medida que uno lo mastica, se revela su sabor profundo, que se hace cada vez más intenso. No había ninguna intención oculta ni un plan fríamente calculado, la carta contenía el valor necesario para no huir de la verdad. Luego de esa primera carta, recibió unas cuantas más. Aunque ella escribió dos respuestas, nunca las envió. Fracasar una vez ya era suficiente.

La quinta carta de él tuvo un aire diferente. Quizás por las palabras escritas casi al final.

> Creo que lo que yo deseaba no era tenerte a ti sino tener tu amor. Del mismo modo, lo que ahora deseo de todo corazón no es a ti sino tu felicidad. Que encuentres la felicidad en algún zoológico desolado o en la montaña rusa de algún parque de diversiones.

Parecía que de verdad deseaba su felicidad, pero a la vez se rendía. Jangmi la leyó una y otra vez, pero no pudo sacar nada en claro. Encontraría la respuesta a sus dudas en la siguiente carta. Cada vez que Jangmi metía la mano para revisar el buzón, sentía que se le encogía el corazón; y cuando regresaba con las manos vacías, suspiraba decepcionada. Y entonces se dio cuenta de que después de la primera carta, lo único que esperaba era recibir la siguiente.

Pasados quince días sin novedades, Jangmi alcanzó el límite de su resistencia. Tuvo que levantar el tubo del teléfono y dejarlo en su lugar más de diez veces hasta que por fin lo llamó.

—¿Dónde estás?

—En el hospital.

—¿Te pasa algo?

—Operaron a mi padre, de hemorroides. Es algo sencillo, pero él es un exagerado.

—Será porque es su primera operación.

—La segunda. Se le inflamó el lugar que le operaron hace poco.

La cara de Jangmi se iluminó. Ya sabía por qué la carta se había hecho esperar.

—¿Qué haces pasado mañana por la noche? –le preguntó él.

—¿Pasado mañana?

—Es el último día del siglo XX.

Lo que quería decir era que cenaran juntos, si ella no tenía otros planes. Tras un breve silencio, Jangmi aceptó la propuesta. Le pareció que todo comenzaba de nuevo. La expectativa, como el primer rayo del alba, le acarició gentilmente la frente. Sí, Jangmi sintió que podía comenzar todo de nuevo. Si el mundo no colapsaba por culpa del Y2K.

Con el primer amanecer del siglo XXI, el mundo continuaba existiendo y Jangmi sintió que había vuelto a nacer. Había dormido profundamente después de mucho tiempo, quizás por el vino de la noche anterior. O quizás por el reencuentro íntimo con él. Por primera vez en su vida había alcanzado el éxtasis. Esa intensa sensación de fundirse en un único ser. Algo que nunca había experimentado ni en su primer matrimonio. ¿Esto será sentir un orgasmo? Fue como si el cuerpo de él fuera de ella; y el de ella, de él. Como si hubiera descubierto un mundo que se mantenía oculto. Jangmi estaba fascinada con él, porque cada movimiento y cada respiración suyas emanaban amor.

Su ex estaba preparando algo en la cocina.

—¿Qué haces? –le preguntó Jangmi, estirándose y disfrutando de su buen humor.

—Te felicito. Has recibido el nuevo milenio sin problema alguno –le respondió él, dándose la vuelta y sonriéndole.

Lo que estaba preparando era una sopa de brotes de soya con arroz. La comida que solía hacerle para la resaca, a la mañana siguiente de cuando Jangmi volvía a casa después de beber. La sopa, que todavía hervía en su cuenco de barro, lucía apetitosa. Jangmi tomó una cucharada y tras soplar un poco, la probó. El sabor picoso y reconfortante no había cambiado. Era la sopa más rica del mundo. Al masticar los brotes de soya, cocidos en su punto justo, se dio cuenta de cuánto había extrañado su comida. Su nariz enrojeció y se le humedecieron los ojos. Era la primera vez que lloraba de felicidad. Esa mañana estaba experimentando muchas cosas por primera vez.

—¿Pica? No le puse chile a propósito, pero...

Jangmi negó con la cabeza.

—Lloro porque estoy contenta de compartir esta comida contigo.

Él dijo "yo también" y asintió con la cabeza. Jangmi saboreó la sopa sin decir nada más, temiendo que si invocaba a la felicidad en voz alta, ésta se asustaría y saldría corriendo.

—¿Desde cuándo escribes? -le preguntó él, con un brillo de admiración en la mirada.

—¿Cómo lo sabes?

—Esta mañana, cuando me levanté, por casualidad vi un manuscrito tuyo encima de la mesa.

—No es nada, apenas estoy empezando.

—Lo leí todo de corrido. Es entretenido -y una gran sonrisa se dibujó en sus labios.

—¿De verdad?

Jangmi no le había mostrado su historia a nadie. Él se había convertido en algo así como su primer lector.

Cuando terminaron el desayuno, él de pronto dijo:

—¿Qué tal si nos subimos a la montaña rusa?

Pero Jangmi lo escuchó así: ¿Qué tal si empezamos de nuevo?

동화
처럼

CUARTA PARTE

LA SEGUNDA *esposa* DEL PRÍNCIPE RANA

El día que Myungjae le hizo la segunda propuesta de matrimonio fue el que ella cumplía veintiocho años. Estaban cenando en el restaurante giratorio de la Torre Namsan. Ella estaba contenta por haber terminado su primer cuento. Trataba de una niña que cuando su madre la retaba, se escondía en el armario y lloraba. Un día se metió en un armario abandonado y al dormirse dentro de él, fue llevada al reino de las lágrimas. Y como ella era una niña que lloraba sin parar, se convirtió en la soberana de ese reino. Para celebrar la culminación de la obra, Myungjae pidió una botella de vino.

—Felicitaciones, escritora Baek Jangmi –le dijo sonriendo.

Se sentía orgulloso de que ella escribiera y al mismo tiempo envidiaba que pudiera dedicarse a algo que realmente disfrutaba.

—Qué escritora ni ocho cuartos.

La cara de ella enrojeció. Después de probar el vino, le dijo:

—La verdad es que es todo gracias a ti.

—¿Y eso qué significa?

—Empecé a escribir el día que escuché la canción de Kenneth Loggins tres veces por casualidad. Y las tres veces fueron gracias a ti.

—¿Las tres veces?

—La primera fue en la clase de conversación de la academia de inglés, a la que me apunté con el dinero de la transferencia telegráfica, tu regalo de cumpleaños.

—¿Transferencia telegráfica?

—Los cien mil wones que me enviaste, con el telegrama de felicitación.

—Ah, sí.

Myungjae no tenía idea de qué estaba hablando, pero fingió lo contrario. Si no hubiera planeado hacerle la propuesta de matrimonio, le habría dicho la verdad; pero sintió que no hacía falta espantar la buena suerte antes de tiempo. ¿Quién le habría mandado ese dinero? Esa duda rondaba en su cabeza.

—¿Y la segunda vez?

—Ese día era nuestro aniversario, y cuando volvía en autobús después de venir a este mismo lugar, escuché la canción.

—Yo también vine aquí ese día.

—¿En serio? –sorprendida, abrió bien los ojos.

—La tercera vez fue cuando me llamaste por teléfono, ¿no?

Myungjae se acordaba de ese día con lujo de detalles. Para que ella pudiera escuchar tres veces la canción de Kenneth Loggins, había sido necesario que el empleado de la tienda de celulares le diera gratis un tono de espera que era una canción de su agrado. Y para obtener gratis el tono de espera, había sido necesario comprar un nuevo celular. Y para comprar un nuevo celular, había sido necesario que el anterior se cayera a la calle y una motocicleta que pasaba por allí lo aplastara. Y para que su celular se cayera, había sido necesario recibir una llamada de Patillas. Y para recibir una llamada de Patillas, había sido necesario llegar tarde al trabajo. Y para llegar tarde al trabajo, había sido necesario beber de más la noche anterior.

—Sorprendente. Una cadena de coincidencias de no creer –exclamó ella después de escuchar todo el relato.

—Era inevitable.

—¿Por qué inevitable?

—Para que yo bebiera en exceso, fue necesario recordar que el día siguiente era nuestro aniversario. Y si me apresuré en comprar un celular nuevo, fue porque ese día era nuestro aniversario.

—¿Te apresuraste en comprarlo porque era nuestro aniversario?

—Por si tú me llamabas.

Ella lo tomó de la mano. Myungjae sintió que las palabras estaban de más, como aquella vez que se habían tomado de la mano estando cabeza abajo en el coche dando vuelta. Sacó del bolsillo de su pantalón el anillo y se lo puso a ella en el dedo. Era el anillo de plata que su abuela le había dado a su padre, diciéndole que se lo pusiera a la persona con la que compartiría su vida. El anillo regresaba así a manos de su dueña, dos años después. Era el destino de ese anillo. Pero incluso mientras se lo colocaba, Myungjae se preguntó quién habría jugado a su favor enviando ese dinero y un mensaje de felicitación por su cumpleaños.

Ella no estaba contenta con la idea de celebrar nuevamente la boda, porque se moría de vergüenza; pero Myungjae pensaba distinto. No podía dejar pasar la ocasión así sin más. Aunque no fuera una ceremonia a gran escala, quería al menos una cena con las personas cercanas a ellos que estaban enteradas de su divorcio. Sentía que de esa manera estaría más tranquilo. Y al final, ella cedió en su negativa. El día lo decidió Myungjae. La razón de haber elegido justo el día de su aniversario era que había aprendido la lección del pasado, aquella época horrible que sobrevino tras haber olvidado su cumpleaños. Aunque él le dijo a su prometida que quería que tuvieran un nuevo comienzo, en realidad había pensado que lo mejor era reducir al mínimo los días que debería recordar en el futuro. El lugar lo decidió ella. Reservaron en exclusiva el restaurante de la Torre Namsan. Ese sitio ya no era el fin del universo. Era donde Myungjae le había dado a ella el primer beso, donde le había abierto el camino de la creación literaria y donde le había hecho la segunda propuesta de matrimonio. Ahora ese lugar no era el fin del universo sino el principio de un nuevo universo que crearían juntos.

Como planeaban invitar sólo a las personas más cercanas, no encargaron nuevas tarjetas de invitación. Decidieron usar las que sobraron de la primera boda. La idea fue de Myungjae. Era cómico que se casara de nuevo con la mujer de la que se había divorciado. Por eso quería anunciarlo como si fuera una broma. Como la novia era la misma y también el día era el mismo, no eran necesarios muchos cambios. Se sentó con ella para hablar de las invitaciones. Sólo había una condición, que ambos estuvieran de acuerdo sobre cada uno de los invitados.

—¿Seo Jeongu? –preguntó Myungjae.

—Debe estar muy ocupado en el hospital, no creo que pueda venir. Además, es una cena en día laborable.

—Aunque esté ocupado, seguro que algo cenará, ¿no?

—Él no es de nuestro círculo más cercano.

Myungjae cerró la boca y por un momento se hizo un incómodo silencio.

—¿Han Seoyoung? –preguntó ella, rompiendo la tensión.

—Está en Estados Unidos, andará ocupada con su tesis –respondió Myungjae sin pensar.

—¿Cómo lo sabes? –preguntó con mirada de sospecha.

Myungjae se dio cuenta de que había metido la pata.

—Me lo contó Patillas. Ya lo conoces, sabe vida y obra de todo el mundo.

La verdad era que Myungjae lo había escuchado de la propia Seoyoung. Desde su reencuentro en la boda de Jeongu, ambos se intercambiaban correos. Ella era la que le había escrito primero. Aunque Myungjae le había dado su tarjeta personal, no esperaba que ella se comunicara. Las noticias que llegaron cruzando el Pacífico lo sorprendieron y lo alegraron. Los correos preguntándose cómo estaban surcaban el gran océano de tanto en tanto. Ella le dijo que planeaba terminar su tesis ese mismo año, luego de hacer un largo viaje por todo el país. Visitaría las Cataratas del Niágara, los Grandes Lagos, la Florida y finalmente la costa noroccidental. Cambiaba sus planes con frecuencia. Como parte de esos planes que variaban a menudo, en un momento ella pisaba descalza la nieve de Alaska, en otro momento sacaba fotos de una puesta de sol en el Gran Cañón; y en otro, recorría los montes Apalaches. Ella le hablaba también a menudo de las pinturas de Edward Hopper.

Myungjae buscó las obras que Seoyoung mencionaba y al final compró un libro de arte sobre él. Los protagonistas de los cuadros de ese pintor estadounidense, que también era ilustrador, estaban siempre solos, fuera en un bar de madrugada, en un cuarto de hotel una noche o en el camarote de un tren nocturno. Aunque hubiera otras personas a su lado, los personajes parecían solitarios, como un tornillo clavado en un lugar absurdo. La noche anterior a su segunda boda, Myungjae se quedó mirando por largo rato una pintura de Edward Hopper. Una joven, vestida sólo con sus prendas interiores y sentada en una cama de hotel, leía un libro grueso. En un rincón de la habitación estaba su maleta abierta y se veían su ropa, sus zapatos y otras pertenencias que parecían símbolos de su vida pasada, como si en aquella ciudad no hubiera una sola persona que conociera. Hasta ese momento Myungjae no le había contado a Seoyoung que se iba a casar de nuevo con la misma mujer, porque no solía hablar de sí mismo. Y porque le daba cierta vergüenza. Pero no podía estar seguro de que sólo fuera por esas dos razones.

LA *boda*, EL CANDADO DE AMOR Y LA RANA DORADA

La noche anterior a su segunda boda, Jangmi tuvo un sueño extraño. En el sueño, ella estaba volando con una rana, la rana estaba vestida de esmoquin y ella tenía un vestido de novia. Ambos montaban una enorme gallina voladora. A lo lejos, Jangmi divisó una torre tan alta que perforaba las nubes. La rana dijo que estaba mareada. Cuando Jangmi la tomó de la mano, la rana le susurró: "Gracias". Llegaron volando un asno y un ángel, que se pusieron a la par de la gallina. El asno tocaba el violín y el ángel cantaba. La gallina se detuvo en la cima de la torre y puso un huevo tras otro. Un montón de huevos rodaron hacia abajo desde la torre y se estrellaron contra el suelo. De los huevos rotos, que derramaban sangre, salieron ranas. Eran ranas doradas.

Una gallina gigante, una pareja de recién casados, un ángel y un asno. Todas eran imágenes familiares. Jangmi no necesitó mucho tiempo para acordarse de Marc

Chagall, su pintor favorito. Su sueño se parecía a la pintura *Los recién casados de la Torre Eiffel*, con la excepción de que el novio era una rana y la gallina ponía huevos. Como era una pintura que a ella le gustaba, no era raro que se le apareciera en un sueño; pero su madre tenía una explicación diferente:

—Parece ser un sueño que anuncia la llegada de un bebé.

Jangmi dirigió de repente la mirada a su vientre.

—¿Qué sueño tuviste cuando quedaste embarazada de mí?

—Que arrancaba varias rosas de un jardín. Rosas muy rojas. Por eso te puse ese nombre.

Sin embargo, le dijo que el nombre de Jangmi, que significa rosa, no se correspondía del todo con su sueño; porque el apellido, Baek, no significa rojo sino blanco. La mujer sacó de un cofre donde guardaba cartas un candado que tenía puesta la llave y se lo entregó a Jangmi. En el candado estaba escrito el nombre de Jangmi y el de su esposo en caracteres chinos. "Cuando termine la boda, en algún lugar cerca de allí cierra el candado y arroja la llave hacia el este. Si el candado no se abre, ustedes no se separarán. Recuerda hacerlo hacia el este. El destino de ustedes dos es no tener hijos; pero si tiras la llave en la dirección del sol naciente, podrás concebir". Su madre hablaba como si fuera una adivina.

—¿Cuánto gastaste en esto?

—Si serás tonta.

Su madre no estaba contenta de que se casara de nuevo con él. Dijo que como era alguien de quien ya se había separado, sería fácil volver a separarse. Sin embargo, daba la impresión de que hacía esfuerzos para que su única hija no se separara por segunda vez. Jangmi también visitaba de vez en cuando a una adivina, pero nunca había pagado por un amuleto. Aunque ella creía en el destino, no pensaba que pudiera cambiarlo. Porque si un destino se puede cambiar, no es el verdadero destino. Pero si ella desobedeciera a su madre, sobrevendrían los problemas, y al menos ese día no quería pelear. Con desgano, aceptó el candado.

Al parecer, la suerte no estaba de su parte desde temprano, porque ya en la peluquería las cosas empezaron a salir mal. La empleada del lugar, cuando les trajo un café, lo derramó sin querer sobre la camisa del novio; y perdieron mucho tiempo comprando una camisa nueva. Además, había mucho tráfico. Cuando Jangmi estaba al borde de un ataque de nervios, pudo por fin ver a lo lejos el teleférico del monte Namsan descendiendo suavemente. Tomó de la mano a su prometido y se bajaron del taxi. Ambos se subieron al teleférico y cuando se inició la marcha, él se puso pálido. Jangmi le sujetó la mano y tras cierto esfuerzo logró calmarlo.

Aunque llegaron un poco más tarde de la hora acordada, en el recinto se podían ver muchos lugares vacíos. Todo indicaba que sólo había aparecido la mitad de los invitados. Como no podían esperar más, comenzaron la ceremonia. Se intercambiaron los saludos de boda y tras prometerse amor eterno se escuchó *Un coro de ángeles*, la canción de celebración. Un conocido del novio tomó el violín. Patillas, quien oficiaba la ceremonia, le pidió al novio que cantara; pero a éste se le petrificó la cara y negó con la cabeza. En su lugar, fue Jangmi la que tomó las riendas del asunto. Empezó a cantar una canción de ABBA, *I Have a Dream.* Aunque la había interpretado más de diez mil veces, no se acordó la parte del medio de la letra. Sin saber qué hacer, se puso roja como un tomate. Balbuceó sólo la parte que se acordaba y le devolvió el micrófono a Patillas. El episodio no terminó allí. Les sirvieron un menú que ellos no habían pedido. Lo que habían encargado era filetes, pero en su lugar recibieron hamburguesas. El novio se quejó con el gerente, pero a esa altura no había nada que hacer. Jangmi, al ver el huevo frito encima de la hamburguesa, se acordó del sueño de la noche anterior. Le asombró que todo coincidiera. La única excepción era el asno. Pero al mirar de nuevo al hombre que había tocado el violín, su cara le recordó a la de un asno.

—¿En qué piensas? –le preguntó él.

—En nada importante.

Bajaron de la torre y Jangmi quiso acomodarse el vestido. Le pidió a su esposo que le sostuviera el monedero. En todo ese tiempo se había olvidado por completo del pedido de su madre.

—¿Por qué tu monedero está tan pesado? –le dijo él cuando se lo devolvió.

Recién en ese momento Jangmi se acordó del candado. Respondió cualquier cosa para distraer a su esposo y observó a su alrededor. Había pensado en desobedecer a su madre, pero esa racha de mala suerte la preocupaba. De pronto notó el nuevo alambrado de seguridad que estaban instalando. Como pretexto, dijo que iría al baño y se dirigió al alambrado. Puso allí el candado y arrojó con fuerza la llave hacia la arboleda. El alivio recorrió su cuerpo como si se hubiera quitado un peso de encima.

¿Lo que dijo mi madre sobre mi sueño premonitorio de un embarazo estaría equivocado? ¿Habré tirado la llave hacia el este? Ésas eran las preguntas que rondaban la cabeza de Jangmi dos años después de la segunda boda, cuando seguía sin tener noticias de la llegada de un bebé.

En el primer matrimonio, como ambos trabajaban en oficinas, tomaron medidas anticonceptivas; pero ahora no había necesidad. Incluso él, que antes no deseaba tener hijos, ahora estaba entusiasmado con la idea de ser un padre joven. No era que no hubiera dificultades para concebirlo. El suegro de Jangmi iba al baño a mitad de la noche y además tenía buen oído. Quizás por causa de las hemorroides, ya no hacía viajes de pesca. El hombre no salía de la casa y sus actividades diarias eran ver los partidos de béisbol o cuidar de los canteros. Para compartir momentos íntimos, Jangmi y su esposo hasta tenían que irse a un motel.

Desde el principio, cuando él le propuso vivir en la casa de su padre, a ella no le agradó. Pero como no podían alquilar una vivienda propia y su suegro era una persona callada, Jangmi pensó que no sería incómodo que vivieran los tres bajo el mismo techo. Cuando Jangmi le respondió que estaba bien, su esposo no pudo ocultar su felicidad.

A diferencia del pasado, él ahora se preocupaba por las tareas del hogar. Se tomaba el tiempo para limpiar la casa y lavar la ropa, e incluso muchas veces se adueñaba de la cocina. Había cambiado tanto que Jangmi hasta se preguntaba si se había casado con la misma persona de antes. Pero el problema era que compartía menos tiempo con él que con su suegro.

El hombre se encerraba en su cuarto y mantenía un silencio sepulcral, como si fuera una rata muerta. Por eso Jangmi necesitaba estar más pendiente de él. Su suegro sólo se dejaba ver a la hora de la comida, cuando cuidaba los canteros y cuando veía los partidos de béisbol. En esas apariciones tampoco decía nada. Era más callado que su hijo. Parecía un acusado que no sabe qué hacer, que ha sido señalado injustamente y ejerce su derecho a mantenerse en silencio ante un destino cruel. El hombre tomaba cada bocado de su plato en completo silencio o comía con la mirada perdida en algún partido de béisbol por televisión. En esa imagen, Jangmi podía ver a su esposo en su primer matrimonio. No había dudas de que el mal hábito de dejar en cualquier lugar los calcetines enrollados lo había heredado de su padre. Pero Jangmi no podía sermonear a su suegro. Sintió una suerte de *déjà vu*.

Más que el silencio de su suegro, lo que le fastidiaba era preparar la comida. Era diferente de cuando vivía con su esposo únicamente. Ahora tenía que hacer las tres comidas del día sin falta y, por sobre todo, no podía dejar de pensar en su suegro. Mi padre sólo necesita que le preparen su sopa, le había dicho su esposo. Como si fuera lo más simple del mundo. Pero la sopa era la comida más difícil de hacer. Jangmi ansiaba escuchar al menos un elogio sobre su comida de parte de su suegro, y más siendo él un hombre de pocas palabras. Ella empezaba y terminaba el día pensando en la sopa y en los platillos de acompañamiento. Después del desayuno, se relajaba tomando un café y al poco rato ya era la hora del almuerzo. Luego de resolver el almuerzo, barría y limpiaba la casa, y al poco rato tenía que ir de compras para preparar la cena. Pero al tomar la comida que ella le preparaba con tanto esmero, su suegro no hacía ningún comentario sobre qué le parecía. Cuando ella le preguntaba si le gustaba, la respuesta desganada del hombre siempre la ponía triste. El tiempo que pasaba cocinando se hacía cada vez más largo. Su cabeza estaba repleta con el inventario de la nevera. Mejor dicho, su cabeza era la nevera. ¿Qué podría preparar con la espinaca sobrante de los fideos con verduras? ¿Qué tal unos rollos de arroz? ¿Quedaban nabos en vinagre en la nevera? ¿Y si hago una sopa de espinaca con pasta de soya? ¿Cuándo es la fecha de vencimiento de las almejas que compré días atrás? Ésas eran las preguntas que llenaban su cabeza. Como su cerebro no era otra cosa que una nevera repleta de comida, era imposible que de allí saliera una creación literaria. Los tres enemigos de la creatividad eran la comida, la preocupación por los platillos de acompañamiento y la nevera. Jangmi no podía escribir nada. Las obras maestras nacen lejos de la cocina. La cocina era el matadero de la creatividad, el lugar donde se la cortaba, se la picaba y se la asaba. Y en ese lugar incluso se hervían ranas.

Un día de primavera, cuando volvió de hacer las compras, la casa estaba llena de un olor nauseabundo. Era un hedor que sólo podía salir de la olla de una bruja de los cuentos de hadas. Al abrir la tapa de la olla, Jangmi casi se desmayó del susto. Flotando sobre una sopa espesa había una rana, exhibiendo su vientre blanco. De las náuseas, Jangmi corrió al baño.

—Zescuché quez zera zuna sopa vigorizante –murmuró su suegro, rascándose la cabeza.

El hedor a rana no se iba con facilidad. Jangmi había abierto todas las puertas y ventanas, había echado todos los ambientadores que tenía, había puesto aromatizantes en cada rincón; pero no había remedio. Incluso empezó a lanzar arcadas.

—¿No estarás…? –le preguntó su esposo.

—No estoy embarazada. Es por el olor a rana.

—Si no huele a nada.

—¿De verdad no sientes esa peste?

Él asintió con la cabeza.

Jangmi cerró la boca. La rana que había aparecido en su sueño la noche anterior a su segunda boda quizás no era su esposo sino una verdadera rana. Entonces aquel sueño no era una premonición de embarazo sino una advertencia sobre un futuro difícil.

¿SERÁ EL PRÍNCIPE DEL *silencio* O LA PRINCESA DE LAS LÁGRIMAS?

En líneas generales, Myungjae estaba contento con la vida que llevaba en su segundo matrimonio. Sólo eran dos los puntos negativos. El primero era Seoyoung. Dos meses después de la boda, un día pasó por la oficina administrativa del barrio para hacer el registro de matrimonio y como era inesperadamente simple, sólo necesitó entregar unos documentos. Él no podía sentir que de verdad ya estuviera legalmente casado. La que se lo hizo sentir fue Seoyoung.

El día siguiente al registro, Myungjae respondió el correo que Seoyoung le había mandado tres días atrás. Le contó que se había casado de nuevo con la misma mujer. Había pensado minuciosamente cada una de las palabras. No deseaba ocultar por más tiempo su estado civil. Cuando miraba la cara de su esposa dormida, una parte de su corazón le dolía. Ése era el momento más pacífico que la vida le había regalado, pero en algún rincón remoto de su corazón corría un escalofrío. Por así decirlo, el matrimonio consiste en contemplar a una persona especial en estado de indefensión y descubrir, en ese acto, el misterio de la vida. De parte de Seoyoung no hubo más correos. A veces Myungjae se quedaba mirando perdidamente las pinturas de Edward Hopper. Sobre todo lo hacía las noches que había bebido en exceso.

El segundo punto negativo eran las ranas; más exactamente, el olor a rana. Después de sufrir dos operaciones, su padre se había obsesionado con el cuidado de su salud, por lo que hasta atrapaba con sus propias manos las ranas y las hervía en casa. Al ver a su nuera tan espantada, el hombre dejó de hacerlo; pero ella seguía quejándose al respecto. A Myungjae le preocupaba que su mujer lo pasara mal por un olor a rana que sólo a ella molestaba.

Una tarde de domingo que su esposa había salido para encontrarse con una amiga, Myungjae estaba sentado al lado de su padre en el sofá, mirando un partido de béisbol, y le preguntó:

—¿Has comido ranas últimamente?

—Za te dije quez no.

El hombre incluso negó con la cabeza. Myungjae lo observó detenidamente de perfil. Allí estaba sentado un anciano encorvado que parecía una rama seca, abatida por el tiempo. Myungjae sentía lástima por él desde hacía tiempo, quizás desde que encontró la agenda escolar en el cajón del escritorio. Las anotaciones en la agenda no eran chistes sino sus miedos.

—Papá.

Era la primera vez en su vida que Myungjae pronunciaba esa palabra.

Su padre no respondió.

—Papá –repitió, con voz llorosa.

El hombre seguía sin contestar. Tenía los ojos cerrados y su cuerpo estaba hundido en lo profundo del sofá. Myungjae se acercó para oír la respiración de su padre. Éste había dicho alguna vez que su último deseo sería morir mirando un partido de béisbol. La cabeza de su padre se inclinó hacia un lado. Myungjae lo cargó en su espalda, también era la primera vez en su vida que lo hacía. No recordaba haber montado alguna vez la espalda de su padre cuando era niño. No era que el hombre no amara a sus hijos sino que quizás no sabía cómo expresar su amor. Y era posible que nunca hubiera podido aprenderlo de su propio padre.

Luego de acostarlo en su habitación, Myungjae se dispuso a salir de puntillas, pero se detuvo en seco y empezó a observar detenidamente cada rincón. Revisó por si acaso el escritorio y el cofre donde se guardaban las cartas; pero no pudo encontrar ningún rastro de que tuviera ranas. Encima del escritorio había una invitación de bodas y al lado, cincuenta mil wones. El lugar de la ceremonia era la ciudad de Suncheon, en el otro extremo del país, y la fecha era ese mismo día. Debajo del dinero había una nota con la dirección del padre de la novia y una frase de felicitación por el evento. Felicidades por el casamiento de su hija. Al parecer, su padre planeaba enviar el mensaje por transferencia telegráfica. De repente, Myungjae se acordó de algo: el telegrama y la transferencia que su esposa había dicho que recibió por su cumpleaños, esa mano invisible del destino que había prestado su ayuda en el momento justo.

Era seguro que el hombre no era el tipo de persona que escondería ranas sabiendo que su nuera las detestaba. Pero ella igualmente tenía arcadas. Aquella vez que Myungjae le preguntó alegremente si no estaría embarazada, sólo escuchó reproches de su parte. Ella dijo que las arcadas eran por el olor a rana y en su entrecejo se formaron unas gruesas arrugas.

—Si no huele a nada -dijo Myungjae, después de oler el ambiente.

—¿Te parece que miento?

Ella estaba de mal humor, quizás por no poder recibir noticias del embarazo que tanto esperaba. Myungjae no sabía qué hacer y estaba preocupado, no por el olor a rana sino por su mujer, que se quejaba continuamente de dicho olor.

—No quise decir eso. Sólo que mi padre no es de ocultarlo sabiendo que a ti te molesta.

—¿Entonces yo soy una persona que inventa cosas que no existen?

—Sabes que eso no es lo que quise decir.

Al final, Myungjae no pudo revelarle que quien le había mandado el telegrama de cumpleaños y la transferencia había sido su padre. Es que prefería verla llorar antes que verla decepcionada. Las lágrimas se secan algún día, pero la decepción es más difícil de borrar. Sin embargo, quién sabe desde cuándo, ella ya no lloraba. Myungjae no estaba del todo contento con que ella dejara de llorar.

Es que quizás los sentimientos oscuros necesitaban ser escurridos por las lágrimas y si eso no sucedía, se amontonarían en algún rincón de su corazón.

Las arcadas de su mujer no cesaban; por el contrario, aumentaban. Y al parecer tampoco podía dormir, pero él no era capaz de hacer nada contra un olor que no existía. Ella tampoco comía bien, había adelgazado mucho. Parecía un árbol que hubieran replantado indebidamente. Myungjae pensó que tal vez le afectaba la comida que estaba preparando todos los días según los gustos de su padre, así que la invitó a comer afuera. Pero eso tampoco dio resultado. Por otro lado, una noche empezó a decir que tenía antojos. Cada vez que Myungjae le compraba comida para satisfacer sus antojos, ella probaba unos cuantos bocados y la dejaba. Aquella noche tocaba *tteokbokki.*

A diferencia de otras veces, ella vació todo el plato de pasteles de arroz en salsa picante que Myungjae le había traído.

—¿No estarás...?

—La verdad es que hace seis semanas que no reglo.

—¿No estarás enferma? Tienes la cara demacrada.

—No es eso, sólo hay una razón por la que una mujer joven y sana no menstrúe –le respondió, mirándolo de soslayo.

Entonces Myungjae la tomó súbitamente de la mano. Aunque no ansiaba tener hijos, le agradó la noticia porque sabía cuánto lo estaba deseando ella.

—Será un problema que venga al mundo alguien como yo.

—¿Por qué lo dices?

—Dentro de su boca cerrada sólo saldrá moho.

—También será un problema si es como yo.

—¿Por qué?

—No dejará de llorar.

—Será un problema si se parece a ambos. Porque llorará sin abrir la boca.

Al escuchar a Myungjae, ella sonrió después de mucho tiempo. El bebé que estaba en el vientre haría desaparecer el olor a rana. Eso lo puso más contento.

ADIÓS, *Alegría*

Un día después de informarle a su esposo que no menstruaba desde hacía unas semanas, Jangmi se metió al baño con su prueba de embarazo. La había comprado seis días atrás, pero no había tenido el valor de usarla. Tenía miedo de no estar embarazada, por lo que había postergado la prueba poniendo una excusa y otra. Pero los síntomas eran más claros ahora. Se le antojaban comidas que en el pasado ni se le habrían cruzado por la cabeza, sus pechos estaban hinchados y las náuseas no la dejaban tranquila. Ahora que ya se lo había dicho a su esposo, tenía que verificarlo. Quizás se lo había dicho para ya no poder postergarlo más.

Cuando remojó la prueba en su orina, sus manos temblaban. Las líneas que mostró la prueba eran una y a la vez dos. La primera línea era clara, pero la segunda era débil. Las dos líneas tenían que ser claras. El resultado era incierto. Jangmi tiró la prueba a la basura y se apresuró en prepararse para salir.

Después de su visita al ginecólogo, Jangmi sintió pesado cada paso. El médico le había dicho que tenía un embarazo psicológico. Que no era el cuerpo lo que estaba embarazado sino su cabeza, que su cabeza había engañado al cuerpo. Como Jangmi ya estaba allí, le sugirió que se hiciera la prueba de esterilidad. Ella entró en el cambiador y se mudó de ropa, se subió a la silla de exploración y abrió las piernas. La cueva pequeña y rojiza que apareció en el monitor estaba completamente vacía. Jangmi tembló por un escalofrío repentino, como si lo que estuviera vacío no fuera su útero sino su vida misma. Las palabras del ginecólogo diciéndole que su útero estaba sano no entraron con facilidad en sus oídos.

Jangmi salió de la clínica y caminó sin rumbo, el día no podía estar más soleado. Como si todo lo oscuro estuviera sepultado dentro de su corazón, el mundo lucía radiante. Jangmi caminaba sin rumbo por primera vez en mucho tiempo. El viento era su guía, los ruidos le acompañaban. Al caminar de esa manera solía sentirse emocionada, llena de vida; pero ahora le parecía que todo el mundo le estaba dando la espalda. No era por el embarazo psicológico, sino porque hacía demasiado tiempo que no se sentía realmente viva.

Jangmi pasó todo ese día en la calle. Excepto la hora de la comida. Mientras tomaba un bocadillo en una pastelería, de pronto se sobresaltó y llamó rápido a casa. Se había olvidado de su suegro. Le dijo que tenía un asunto importante y le pidió perdón por no poder prepararle la comida. Su suegro sólo repetía "está bien". Cuando Jangmi le explicó que llegaría a casa luego de la cena, su suegro recurrió a lo mismo: "Está bien". A Jangmi le pareció que era lo único que el hombre sabía decir. Él no le preguntó qué le pasaba ni cuándo volvería a casa. Se comportaba igual a su esposo en el pasado.

—Suegro, discúlpeme. Caliéntese la sopa de algas del desayuno.

Cuando Jangmi cortó el teléfono, su semblante había ensombrecido.

Ella solía pensar que no avanzaba en la escritura por su preocupación por la comida, pero en realidad no era eso. El problema era ella misma, porque no podía dejar de pensar en la comida aun estando en medio de una calle desconocida. Aunque se decía a sí misma que no debía preocuparse, lograba su cometido sólo por un momento. Pronto volvía a pensar en la comida, como la gente obsesiva que se muere de angustia sobre si dio llave a la puerta de la casa o si cerró el gas al salir.

La oscuridad llegó de repente. Mejor dicho, no era que la oscuridad hubiera llegado sino que se había liberado. Tal vez se liberaba cada vez que una persona suspiraba de preocupación. Jangmi deseó con toda el alma ver un rayo de luz. Por esa razón se dirigió hacia el fin del mundo.

Cuando llegó a la Torre Namsan, recibió un mensaje de texto. Lo había enviado su esposo.

> Llegaré tarde porque tengo una cena con los compañeros del trabajo. Pensé en un apodo para nuestro

bebé, "Alegría". Para que no tenga la boca cerrada ni tampoco llore.

Jangmi estuvo a punto de presionar el botón para responder, pero cerró el celular. La cara de decepción de él se le apareció ante sus ojos. Al escuchar que el teléfono se apagaba, su corazón se estremeció.

Como era la primera vez que iba a la Torre Namsan en su segundo matrimonio, ya habían pasado dos años desde su última visita. Nada había cambiado. Excepto el alambrado de seguridad que estaba en la cima. Ese alambrado parecía el hito que señalaba el fin del mundo. Jangmi caminó hacia ese lugar. Tenía algo que verificar. Cuando llegó frente a él, abrió bien los ojos. Había decenas de candados en el alambre. En cada candado se veían promesas de amor eterno y los nombres de muchas parejas. Jangmi no se atrevió a buscar el suyo.

En una tienda de conveniencia compró una lata de cerveza y se sentó en un banco de los alrededores. Las estrellas se verían mejor desde un lugar bajo que desde uno alto. En el cielo, a medida que se iba oscureciendo, las estrellas brotaban de una en una. Ellas siempre están en el mismo lugar, entonces lo que brotaba no eran las estrellas sino la penumbra. Lo que brotó en el corazón de Jangmi tampoco fue una estrella sino la penumbra.

Comprimió la lata vacía y la lanzó más allá del alambrado. En la oscura línea del horizonte se extendían más luces que estrellas en el cielo, como fuegos fatuos. Pero las incontables luces de la tierra sólo demostraban que en aquel lugar no existían estrellas; y del mismo modo, los infinitos candados colgados silenciosamente en el alambrado decían que, pese a nuestros deseos, no hay nada eterno.

Esa noche Jangmi le contó la verdad a su esposo. Que en la tierra no existen estrellas, que la luz que iluminaba el crepúsculo del anochecer era sólo una estrella imaginaria, y del mismo modo, un embarazo también podía ser imaginario.

Él la miró en silencio por un momento y la abrazó.

—Todo está bien –le dijo su esposo mientras le daba unas palmaditas en la espalda.

Jangmi no esperaba esa reacción. Él hasta había pensado un apodo para el bebé. Pero también había otra cosa inesperada: ella quería llorar, pero las lágrimas no le salían. El que su esposo la consolara cariñosamente le resultaba tan raro como el que ella no derramara una sola lágrima.

En lugar de eso, lo que Jangmi derramó fue sangre. De pronto empezó a menstruar, como si su vientre hubiera estado esperando el diagnóstico de que no estaba embarazada. En la clínica también se había sometido a un examen hormonal. El resultado era positivo. La opinión del médico era que no tenía ningún problema para quedar embarazada. Cuando éste le preguntó si le dolía alguna parte del cuerpo, ella refirió las arcadas.

—¿Duerme bien?

—No recuerdo la última vez que dormí profundamente.

—¿Alguna razón en especial?

Jangmi no podía esconderlo más. Sintió que si no se lo contaba a alguien, explotaría.

—Es por el olor a rana.

—¿Olor a rana?

Jangmi se animó a confesar su historia con las ranas, que sólo a ella atormentaban. Cuando llegó a la parte de contar que ni su esposo creía en sus palabras, tuvo ganas de llorar. El problema no era el olor a rana sino la ausencia de alguien que escuchara de verdad su sufrimiento. Sintió que podría entender el interés infantil y el vínculo que los pacientes sienten hacia otros pacientes. Se dice que el poder destructivo de una enfermedad no viene del dolor físico sino de la soledad. Como la empatía es el lenguaje de los dioses, para un enfermo solitario, lo divino no es ni la morfina ni Hipócrates sino otro enfermo. Jangmi necesitaba fervientemente alguien que la comprendiera, no alguien que la curara; y el olor a rana era un tipo de enfermedad.

—Así que sufre en soledad por un olor a rana que nadie más cree que exista –murmuró el ginecólogo, parpadeando suavemente.

Después de sumergirse un rato en un profundo pensamiento, el médico sacó una tarjeta personal del cajón de su escritorio y se la entregó a Jangmi.

—Sobre ese problema, le será más de ayuda esta persona que yo. No lo tome a mal. Es que el simple hecho de mostrarle a alguien el peso que uno lleva dentro puede servir para aligerarlo. Yo mismo suelo consultar con esta persona de vez en cuando.

La tarjeta era de un consultorio neuropsiquiátrico.

—Sería bueno que su esposo también se sometiera al examen de esterilidad, nunca se sabe.

Jangmi no se atrevía a comentarle a su esposo la recomendación del ginecólogo, porque a él podría caerle mal. Tampoco le dijo que ella se había hecho el examen de esterilidad, porque podría tomarlo como una carga. Pero el secreto no se mantuvo en esa condición por mucho tiempo. Y salió a la luz por culpa de su esposo, cuando un domingo por la noche, con cara seria, le preguntó:

—¿No necesitarás tomar algún revitalizante?

—Yo estoy bien.

Jangmi finalmente le contó lo que había atravesado aquellos días; y también, lo que le había dicho el ginecólogo. Omitiendo lo del neuropsiquiátrico. La cara de él se endureció.

LA *guerra* DE JANGMI

Incluso cuando se enteró de que había sido un embarazo psicológico, Myungjae pudo consolar a su mujer, el bebé llegaría tarde o temprano. Sintió pena por ella, que en esos días se veía agotada, presa del desánimo, como si hubiera sufrido un aborto. Viendo su estado, Myungjae mencionó lo del revitalizante. Pero la respuesta de ella pareció estar llena de espinas.

—No hay ningún problema conmigo.

Myungjae no podía entender la prisa de su mujer, apenas era su tercer año de casados. Cuando supo que ella se había hecho algunos estudios y que el resultado era positivo, no sintió nada en especial. Ella se había sometido a los exámenes estando de paso por la clínica y Myungjae se alegró al enterarse de que los resultados no mostraban ningún problema; pero le ofendió escuchar que él debería hacerse los estudios.

—¿Significa que yo soy el problema? –la pregunta de Myungjae cortó el aire como una navaja filosa.

—No estaría mal que te hicieras el examen –la voz de ella también fue cortante.

—Apenas es nuestro tercer año de casados.

—Sumando el primer matrimonio, es el cuarto.

—Apenas el cuarto.

—Ya el cuarto.

—¿Qué apuro hay para tener hijos? Tranquilízate y concéntrate en escribir. Desde que nos casamos no has podido terminar una sola historia.

—¿Desde cuándo te preocupas por mí?

La punzante pregunta de su mujer lo dejó boquiabierto. Él no podía ni imaginar la razón de su furia.

—Aunque no lo ponga en palabras, siempre me preocupo por ti.

—Tú sólo desayunas en casa y te vas al trabajo. Eso es todo, ¿o no? ¿Tienes idea de cómo paso yo todo el día en la casa? Si lo único que ocupa mi cabeza es la próxima comida, ¿cómo crees que puedo escribir?

—No le des tanta importancia a la comida.

—Tu padre necesita sopa todos los días.

—Sólo prepara una vez en gran cantidad y guárdala en la nevera.

—¿Cómo puedo ofrecerle la misma sopa en las tres comidas del día?

—¿Quieres decir que no puedes escribir por culpa de mi padre?

—Has cambiado. Cuando recién nos casamos tú cocinabas, pero ahora ni pones un pie en la cocina.

Para Myungjae, la que había cambiado era su mujer. Si antes, en una discusión como esa, ella habría estado bañada en lágrimas, ahora sus ojos sólo irradiaban odio. Había ferocidad en su mirada, como un animal que ha perdido a su cría. A Myungjae solían perturbarlo las lágrimas de su mujer; pero ahora eran lo que más extrañaba, porque se sentía incapaz de odiar a una mujer que llora. Él tampoco entendía eso de no poder escribir por estar preocupada por la comida. Su padre no era una persona de paladar difícil. Nunca había sido un *gourmet* ni tampoco rechazaba determinados alimentos. Y su carácter se había acentuado tras la muerte de su esposa. Myungjae no podía ver más allá de las palabras de su mujer: ella simplemente se preocupaba de más por la comida.

Él no tuvo más remedio que ir a la clínica quince días después de enterarse de que su mujer no tenía ningún problema para concebir. Desde aquel día, ella no quería relacionarse con él ni física ni verbalmente. Hasta le esquivaba la mirada. Parecían estar en guerra. la guerra de los roses. O la guerra de Jangmi. Bajo la bandera de un amor desgastado, los dos contendientes se burlaban, se hostigaban y se destruían entre sí mediante la indiferencia, la frialdad y el silencio.

La enfermera le entregó un envase de plástico cilíndrico en el que estaba escrito su nombre y le explicó la manera de depositar el semen. La enfermera no usó la palabra semen, en su lugar dijo “fluido corporal”. Le señaló que podía ofrecerle un video para ayudar en la eyaculación.

—¿Tendrá la película *Nueve semanas y media*? –preguntó Myungjae, bajando la voz.

La enfermera le señaló una puerta con un cartel que decía: "Cuarto de extracción". Era un espacio de unos tres metros cuadrados. Sobre una mesa de color gris había un televisor y un reproductor de video. También había un sillón. Excepto por el revistero con publicaciones para adultos como *Playboy* y *Hustler*, parecía una sala de video.

La enfermera apareció después de un buen rato, diciendo que el video que él había pedido no estaba. En su lugar, trajo otro. En la etiqueta se leía *Instinto Animal 2*. Myungjae metió la cinta y apretó el botón de reproducir. En la pantalla del televisor se desplegó una amplia sabana. Un león que se movía con sigilo de pronto empezó a perseguir a una cebra. La cebra, asustada, emprendió una desesperada huida. El león, después de fracasar en su intento de cazar a la cebra, se fijó en un antílope que se había apartado de su manada. Cuando se lanzó hacia él, éste empezó a correr en zigzag. Cada vez que sus garras estaban a punto de alcanzarlo, el antílope cambiaba de dirección y conseguía escapar. La escena ponía los nervios de punta, muy lejos de excitar sexualmente. Algo andaba mal. Myungjae dudaba si llamar a la enfermera cuando de repente sonó su celular.

—¿Myungjae?

—¿Quién habla?

—Soy Seoyoung.

Myungjae se levantó de un salto de su asiento. El león había mordido el cuello del antílope.

Se encontró con Seoyoung tres días después de recibir su llamada telefónica. Myungjae había salido del trabajo temprano porque tenía que pasar por la clínica. El doctor dijo que su esperma era sano y activo, y Myungjae se alivió al escucharlo. De camino a su encuentro con Seoyoung, sus pasos eran ligeros.

Había quedado en verse con ella en un restaurante mexicano en el barrio de Itaewon. Myungjae llegó veinte minutos antes de la hora acordada y pidió una Corona. En la enorme pantalla ubicada en una de las paredes estaban retransmitiendo el partido de eliminatorias del seleccionado surcoreano. Myungjae tomaba sorbos de cerveza y alternaba la mirada entre la puerta del restaurante y la pared donde se proyectaba el partido.

Seoyoung apareció cuando estaba por terminar el primer tiempo. Entró abriendo la puerta y Myungjae levantó instintivamente un brazo. Ella se acercó con una sonrisa. Tenía un vestido blanco sin mangas y un estampado de flores rojas. Llevaba el cabello atado con una coleta, dejando al descubierto las líneas de su cuello. Con cada paso, su cabello se sacudía de un lado al otro.

—Perdón, hace mucho que esperas, ¿verdad? –se disculpó Seoyoung mientras se sentaba.

—No te preocupes.

Myungjae quiso dibujar una sonrisa, pero sintió que su cara se endurecía. En el pasado también le pasaba lo mismo cada vez que la veía.

Cuando ella se sentó, un aroma familiar le hizo cosquillas a Myungjae en la nariz. El tiempo borra muchas cosas, pero los olores perduran en la memoria. Era un perfume de lilas. El mismo que él había sentido en sus primeros días en la universidad. Quizás por ese perfume grabado en su memoria durante once años, Myungjae se acordó de la primera vez que la vio en la cafetería de la universidad. ¿Dónde se habrían ido las once primaveras que florecieron y se marchitaron? Aquel perfume que sobrevivió once primaveras perdidas penetró fugazmente por su nariz, entró en su cuerpo y se disolvió en su sangre con la velocidad de un rayo. El perfume que ahora corría por sus venas llegó a su corazón y se convirtió en un elíxir seductor de máxima pureza, jamás corrompido por el veneno de la tentación. Viajando libremente por sus venas y arterias, se fue esparciendo hasta alcanzar cada rincón de su cuerpo.

—Cuánto tiempo –dijo Seoyoung, observándolo fijamente.

—Once años –respondió Myungjae sin pensarlo.

—¿Once?

—Desde la primera vez que nos vimos –balbuceó, esbozando una incómoda sonrisa.

—¡Increíble! ¿Ya ha pasado tanto tiempo?

—Nos vimos por última vez en la boda de Jeongu. Hace tres años.

Cuando Seoyoung lo miró de frente, Myungjae bajó la vista. Su nuca blanca, sus delicadas clavículas, sus senos insinuándose sobre la blusa. Todo era como un campo minado. A Myungjae le recordó de repente el video de la clínica, unos días atrás. La carrera desesperada del león y el antílope. Myungjae sintió que se había convertido en el antílope.

Seoyoung no sacó el tema del segundo matrimonio, y él tampoco se acordó de mencionarlo, se limitó a comer en silencio. Seoyoung volvía de cuando en cuando su cabeza hacia la pantalla.

—¿Te gusta el fútbol? –le preguntó Myungjae con curiosidad.

—Sí. Cuando vivía en Estados Unidos y se me antojaba algo picoso, como el restaurante coreano estaba lejos, iba a veces a uno mexicano cerca de casa. Ahí podía ver partidos de fútbol. Especialmente del Barcelona. Es que el dueño del restaurante era fanático del azulgrana. Gracias a eso me hice fanática de Luis Figo. Después de su pase al Real Madrid, sólo lo pude ver cuando jugaba contra el Barcelona.

Seoyoung no paró de hablar. Parecía que hubiera estado esperando que saliera el tema del fútbol. Myungjae se alegró de que a ella le gustara ese deporte.

—¿No habías dicho que te gustaba el béisbol?

—¿Yo?

—Lo dijiste en la orilla del río cuando fuimos con los chicos a la isla Namiseom.

—¡Las cosas que recuerdas! Me gusta el béisbol y también el fútbol.

—Ya veo.

—¿Sabes qué tienen en común Corea y México en cuanto al fútbol?

—Ni idea.

—Que los jugadores de baja estatura son los mejores. Si le dices a un mexicano "chiquito pero picoso", harás pronto buenas migas con él.

Con el diálogo fluyendo gracias al fútbol, Myungjae pidió otra Corona; pero ella se negó a beber.

—¿Terminaste tu tesis? –le preguntó cuando se agotó el tema de las perspectivas de Corea en la Copa Mundial que estaba a punto de comenzar.

—Volví al país tan pronto la acabé para poder ver el Mundial.

—¡Vaya! Así que ya eres doctora. Felicitaciones.

Seoyoung sonrió.

Cuando salieron del restaurante mexicano, Myungjae le preguntó si no quería acompañarlo a tomar unas copas, pero ella le dijo que tenía que ir a buscar a su hija y se despidió. A Myungjae lo invadió la desazón al verla de espaldas mientras se marchaba. Él era el león, no el antílope.

EL PROBLEMA NO ES EL *olor* A RANA

Un mes después de haberla recibido, Jangmi sacó la tarjeta del neuropsiquiátrico del cajón de su mesa de noche. Para ella, ese último mes había sido un infierno. Y era porque si su cuerpo no tenía ningún problema, eso significaba que lo enfermo era su corazón y era el cuerpo el que sufría. El insomnio se hizo un padecimiento diario y las arcadas se volvieron costumbre. El olor a rana se intensificaba día tras día, quizás hasta había penetrado en su cabeza. El olor impregnado en su cerebro no podía quitarse con los ambientadores existentes sobre la faz de la tierra. La única excepción podría ser la poción de alguna bruja capaz de hacer desaparecer todos los olores. A Jangmi le parecía que no poder quedar embarazada y no poder escribir ningún cuento eran culpa de ese olor. No se quejó de ello ante su esposo, porque seguramente él sólo mantendría la boca cerrada.

Esos días lo sentía muy lejano. Hacía mucho que no tenían relaciones, ni carnales ni verbales. Era ya tanto tiempo que ni siquiera podía calcularlo. A diferencia de Jangmi, que se iba marchitando; a él se lo veía rozagante. Tal vez gracias a la Copa Mundial que estaba por comenzar. Él compró un televisor LCD de cuarenta y dos pulgadas sin consultarle nada. Pero Jangmi no pudo contradecirlo cuando él alegó que si le hubiera consultado antes, ella se habría opuesto.

El silencio ya no era el lenguaje exclusivo de él sino también de ella. El silencio no era algo que se entrometiera entre las palabras, más bien era como si las palabras de repente se entrometieran en el silencio como una bestia que ha perdido el rumbo. Al acostumbrarse a esta nueva realidad, Jangmi consideraba que hablar era innecesario e inútil. Hasta respirar le parecía molesto. Habría estado más aliviada si hubiera podido llorar a sus anchas; pero pese a estar sumida en una lúgubre penumbra, dándole la espalda al mundo, no recibía noticias del llanto. Ésa fue la razón por la que sacó la tarjeta personal que había recibido y se había esforzado por olvidar. Ella era capaz de soportar un mundo sin lágrimas, sin embargo, no estaba segura de poder soportar un mundo sin sus propias lágrimas.

Jangmi llegó al consultorio con la idea de que encontraría a un hombre delgado con anteojos de marco dorado y mirada penetrante; pero la persona resultó ser, para su sorpresa, una mujer de mediana edad regordeta y de aspecto generoso. Dentro del consultorio no había ningún sofá negro ni nada parecido.

—¿Qué la trae por aquí? –le preguntó la neuropsiquiatra.

Jangmi no sabía por dónde empezar. Vaciló por un momento y respondió:

—Vine por la rana.

En el momento que pronunció la palabra rana, como si hubiera quebrado un tabú, se estremeció de placer.

—¿Una rana, dice? ¿Puede darme más detalles? –replicó la mujer, serenamente.

Jangmi sintió que su boca se había relajado, como si la maldición del silencio se hubiera roto. Si era sobre las ranas, ella tenía mucho que contar. Desde la historia del olor a rana que la atormentaba dentro de la casa hasta la razón de la visita al ginecólogo por su embarazo psicológico. Al estar ante una profesional, para Jangmi fue más cómodo hablar. La mujer, de cuando en cuando, asentía con la cabeza y no dejaba de escuchar atentamente el relato.

—Ya veo. Ahora hábleme de la rana.

—Ya se lo he contado.

—Sólo ha hablado del olor a rana, pero usted dijo que ha venido por la rana –apuntó la mujer, mirándola a los ojos.

Jangmi no estaba segura de entender las palabras de la neuropsiquiatra. Si todo lo que le había dicho hasta ese momento no era sobre la rana, entonces ¿sobre qué era?

—No le entiendo.

—El olor a rana es sólo un síntoma. Lo que quiero saber no es el síntoma sino el motivo en sí. Hábleme sobre la rana.

—Pues... no sé qué decir.

—Puede decir lo primero que le venga a la cabeza.

—El apodo de mi esposo es Rana.

—¿Por qué tiene ese apodo? –preguntó la mujer, con brillo en los ojos.

—Es que es un hombre sin talento musical. Es el apodo que le pusieron los miembros del club de canto Alarido. Dijeron que su voz no podía salir de cuerdas vocales humanas.

—¿Club de canto?

Jangmi le contó en detalle la historia del apodo Rana.

—Entonces, para ser exactas, el apodo es príncipe Rana. ¿Y por qué no es Rana sino príncipe Rana?

—No lo sé.

Mientras Jangmi trataba de recordar, la secretaria le trajo un vaso con jugo de naranja. Al verlo, Jangmi se acordó de muchas cosas.

—Los veteranos del club nos llamaron a los nuevos "Los siete enanitos". Por eso creo que lo apodaron príncipe Rana. Había otros que nos llamaban "el príncipe Rana y los seis enanitos".

—Es como un cuento de hadas. Entonces usted se ha casado con el príncipe Rana. ¿Podría contarme el cuento del príncipe rana tal como usted lo conoce?

Jangmi narró lentamente cómo la rana, como recompensa por haber recuperado la bola de oro de la princesa, juega con ella, come con ella y duerme con ella. La voz de Jangmi se había suavizado, como si le estuviera contando la historia a un niño. Su voz se potenció en la escena decisiva, cuando la rana se convierte en príncipe después de que la princesa la lanzara contra la pared.

Pero fue otra escena clave la que Jangmi se esmeró en contar:

—Al día siguiente, una carroza tirada por ocho caballos blancos llegó al palacio. El buen paje Enrique había llegado a buscar al príncipe. No mucho tiempo después de que la carroza partiera con el príncipe rana y la princesa dentro de él, se oyó el ruido de algo que se agrietaba. Era el ruido de los aros de hierro en el corazón de Enrique, rompiéndose de alegría. Los aros que él mismo se había puesto, temiendo que su corazón estallara de tristeza cuando el príncipe se convirtió en rana.

—¿Cómo es que recuerda la historia con tanto detalle?

—Porque la leí decenas de veces.

—¿Qué sintió cuando la leyó por primera vez?

—Me daba asco la rana. Sólo imaginar dormir en la misma cama con una rana me resultaba espantoso.

—Pero al final la rana se convirtió en príncipe.

—El príncipe rana tampoco era de fiar. Sí, se convirtió en príncipe, pero antes había sido una rana.

—Entonces, a usted no le habrá gustado mucho esa historia.

—No es así. Está Enrique. Me gustaba en especial la parte donde dice que se pone tres aros de hierro en el corazón porque teme que le estalle de tristeza.

—¿Qué es lo que le gustó de Enrique?

—Es un personaje fiel. Hasta su nombre es de buen gusto. Ahora me doy cuenta de que en el cuento sólo él tiene nombre.

La mujer la miró detenidamente y le preguntó:

—¿Su esposo es el príncipe rana o Enrique?

—¿Cómo dice?

Jangmi devolvió la pregunta como diciendo que no entendía el significado de sus palabras.

LA BELLA DURMIENTE *y el* PRÍNCIPE RANA

En esos días, Myungjae esperaba dos cosas: la apertura de la Copa Mundial y la llamada telefónica de Seoyoung. Se ponía contento por la expectativa del Mundial, como un preso que cuenta los días para ser liberado. Hasta decidió comprar un televisor LCD de cuarenta y dos pulgadas. No podía quedarse de brazos cruzados cuando en la tienda de electrodomésticos que estaba cerca de su oficina vendían sólo diez televisores con un descuento del cuarenta por ciento para celebrar la apertura del Mundial. Por un pelo pudo aprovechar esa oportunidad. El empleado de la tienda le había dicho que desde el momento en el que pusieron el cartel con el anuncio, sólo ese fin de semana habían vendido nueve televisores y quedaba uno nada más. Myungjae estuvo a punto de apretar el botón de llamada de su teléfono para consultar con su mujer, pero no lo hizo y abrió apresuradamente la billetera. No sólo compraba el aparato para el Mundial, también para que ella lo disfrutara. Como era una pantalla grande y nítida, les resultaría entretenido ver películas en casa. Pero su mujer, en lugar de ponerse contenta, lo rechazó con brusquedad diciendo que claramente él había caído en un truco del vendedor. Myungjae se puso de tan mal humor que no le contestó la pregunta de cuánto le había costado.

La espera de la llamada de Seoyoung le resultaba difícil porque no podía saber cuándo llegaría. Se sentía como un condenado a cadena perpetua. Más que la espera, lo que le costaba era ocultar su ansiedad. Era una espera que tenía que mantener oculta; y por tener que ocultarla, resultaba más dolorosa. Él podría haber terminado con la espera llamándola primero, pero lo inhibió la depresión que sufría su mujer, que cada día estaba más y más demacrada.

Ella parecía estar tomando medicamentos. Cuando Myungjae le preguntó qué medicinas eran, recibió una respuesta cargada de indiferencia, replicándole desde cuándo se interesaba tanto por ella. A Myungjae le inquietaba su silencio. Era un silencio oscuro y vacío, propio de una persona que crea y destruye inútilmente muchos planes que sólo habitan en su interior, que nunca salen a la luz. La oscuridad también echó raíces en los movimientos corporales de su mujer. Todos los lugares por donde ella pasaba se ensombrecían. Las secuelas del embarazo psicológico eran profundas y duraderas. Si había algo que él podía hacer por su mujer era no llamar primero a Seoyoung.

Pero la llamada llegó un día antes de la apertura del Mundial. Él estaba trabajando hasta tarde y eran apenas pasadas las diez de la noche. En el momento en el que la pantalla de su celular mostró el número de Seoyoung, Myungjae se dio cuenta de que la razón por la que no la había llamado no era por lealtad hacia su mujer sino por temor a ser rechazado.

Seoyoung estaba bebiendo sola en un bar de Itaewon. Cuando Myungjae llegó, se sentó en un taburete de la barra al lado de ella.

—Viniste.

—¿Has estado bebiendo sola hasta ahora?

Seoyoung asintió. Sus mejillas estaban rojas.

—¿Te pasa algo? -preguntó Myungjae bebiendo un sorbo de whisky.

Seoyoung tenía la vista hacia abajo y negó con la cabeza. Ella bebía en silencio y de tanto en tanto, como si se acordara de que él estaba al lado suyo, le hablaba. No había nada especial en sus palabras. Comentarios sobre la Copa Mundial, sobre el estado del tiempo y sobre el pasado. Cosas que no importaba si se decían o no. Frases vacías que compartían dos personas que bebían sentadas tan cerca que, con cada inspiración, una podía llenar sus pulmones con el olor de la otra. Myungjae sintió que todo había sido inútil.

—¿No tienes que ir a buscar a tu hija? -le preguntó cuando casi se hicieron las doce. Después de dos copas de whisky, su voz era apenas audible.

—Parece que Jangmi no te llama aunque sea tarde y no vuelvas todavía a casa, ¿eh?

Myungjae no respondió. Lo incomodaba hablar de su mujer frente a Seoyoung.

Ella pidió otro whisky.

—¿Crees que sea una buena idea? –le preguntó Myungjae, preocupado.

—No pasa nada –contestó ella con seguridad, pero su pronunciación no fue clara.

—Tienes que ir a buscar a tu hija.

—Estará bien con su padre.

—¿Tu ex también vino aquí?

—Está en Estados Unidos.

—¿Tu hija fue a ver a su padre por un tiempo?

—Se fue a vivir con él. El padre tiene la custodia.

Seoyoung siguió bebiendo en silencio, como si no quisiera hablar del asunto.

Myungjae se levantó para ir al baño, pero de repente sintió un mareo y todo lo que había a su alrededor se desfiguró como si fuera cera derretida.

Cuando volvió del baño, Seoyoung estaba tumbada boca abajo sobre la mesa, dormida. Myungjae le sacudió el hombro, pero ella no respondió.

—Nunca había llegado a este estado –murmuró el cantinero.

—Parece que viene seguido por aquí.

—Sí, dos o tres veces por semana.

—¿Siempre vino sola?

—Siempre.

Myungjae se quedó observándola y, quizás por la iluminación del lugar, su nuca se veía especialmente delgada y pálida.

La cargó en su espalda y salieron del bar. Le latía fuerte el corazón, como si cargara todo el perfume de lilas de este mundo. Tal vez lo que Myungjae cargaba eran todos los caminos que él no había podido transitar. Acordándose de los caminos transitados, se imaginó de nuevo frente a la encrucijada que había cambiado el destino de su vida. Y ese cruce de verdad apareció ante sus ojos. Uno de los caminos llevaba a una avenida; y el otro, a un callejón lleno de moteles. Myungjae miró a su alrededor como un viajero que ha perdido su brújula y está extraviado en un lugar desconocido. No, él no había perdido su brújula, ya que nunca la había tenido consigo.

Con cada exhalación de Seoyoung sobre su espalda, que era un aliento dulce y cálido, los vellos de su nuca se erizaban. Myungjae caminó en la dirección que indicaban sus vellos erizados. Mientras se tambaleaba por el callejón de moteles uno al lado del otro, se acordó de repente de los versos del poeta estadounidense que había conocido gracias a Seoyoung, once años atrás.

El bosque es hermoso, oscuro y profundo.
Yo tengo promesas que cumplir.
Y un camino largo por recorrer antes de dormir.

Myungjae miró detrás suyo. Allá a lo lejos, la dirección que tenían los coches que iban por la avenida, era firme y segura. Un camino sin un rastro de duda. Del otro lado de ese camino seguramente había un bosque hermoso, oscuro y profundo que lo estaba llamando. El deseo de ir hacia ese bosque hermoso, oscuro y profundo y la advertencia de que saliera de allí lo antes posible se enfrentaron en un duelo a muerte. La brújula del corazón cantó lo siguiente:

Yo tengo promesas a cumplir.
Y un camino largo por recorrer antes de dormir.
Pero el bosque es hermoso, oscuro y profundo.

Luego de acostar a Seoyoung en la cama de un motel, Myungjae encendió un cigarrillo y se sumió en la batalla entre la promesa que debía honrar y la hermosura del bosque. La bella durmiente. Desde la primera vez que la vio, ella era una princesa. La princesa estaba dormida, acostada en la cama después de haber sido pinchada por el huso de la rueca encantada. El empapelado de la pared de la habitación tenía un motivo de rosas rojas.

Incluso después de que el filtro del cigarrillo se consumiera, Myungjae seguía en la indecisión. El cigarrillo no pudo soportar el peso de la agonía y se deshizo en cenizas. Mientras Myungjae se sacudía las cenizas que habían caído sobre su camisa, notó la hebilla dorada de su cinturón destellando levemente en la oscuridad y la expresión de su cara se endureció. Se levantó de un salto, como si se hubiera despertado de repente de un confuso sueño.

—No te vayas.

La voz de la princesa fue casi como una ilusión. Era un sonido que provenía del bosque hermoso, oscuro y profundo. Un sonido hermoso, oscuro y profundo. Myungjae dirigió una mirada suplicante a la hebilla dorada, como si ésta fuera una diosa protectora capaz de contener su corazón que temblaba sin control.

—Quédate conmigo. Tengo miedo.

La voz fue un ruego que parecía un llanto conmovedor y el brillo de la hebilla dorada perdió fuerza.

Myungjae se sentó en la cama, junto a la princesa. Por las espinas de las rosas, nadie podía acercarse al castillo del bosque; pero la rana era la única capaz de entrar. La rana besó a la princesa en la frente, pero sus ojos siguieron cerrados. La rana vaciló por un momento y la besó en los labios. Sus labios, rojos como una rosa de verano, se estremecieron levemente. Los labios de la princesa maldecida eran hermosos y oscuros, por eso eran todavía más hermosos.

La princesa por fin despertó. Sus ojos, abiertos después de una larga noche de once años, eran tan claros que inspiraban tristeza. No sólo se libró ella de la madición, la rana también se convirtió en príncipe. Tal vez la rana era una pesadilla soñada por la princesa maldecida. El príncipe buscó de nuevo los labios de la princesa. Detrás de los labios estaba la lengua, y más allá de ella, el paraíso. Sus labios eran oscuros; su lengua, profunda; y el paraíso, hermoso. Cuanto más se adentraba en el bosque, el perfume de lilas se hacía más intenso. El príncipe recorrió un valle de pechos prominentes y descendió hacia la fuente del perfume. Atravesó el monte frondoso del vello púbico y ya no pudo seguir avanzando. Cuando se adentró en lo profundo del bosque, todo el mundo cerró los ojos, incluso la mata de rosas. La única excepción fue la hebilla dorada que colgaba del pantalón que el príncipe se había quitado. Él se sacó el calzoncillo y lo arrojó hacia el pantalón para cubrir la hebilla. El bosque era oscuro y hermoso.

A la madrugada del día siguiente, cuando Myungjae abrió los ojos, encontró a Seoyoung dormida. Sentía el estómago revuelto por la bebida de la noche anterior, pero no podía ir al baño. La pared del baño era de vidrio. Si prendía la luz, ella podría despertarse. Si se vieran cara a cara, se morirían de vergüenza. Myungjae se vistió despacio en la penumbra y salió cuidadosamente de la habitación.

Después de cruzar la puerta del motel y caminar unos pasos, de pronto se detuvo y se dio la vuelta. Bajo un tejado puntiagudo, que parecía perforar el cielo, se veían muchas ventanas enrejadas, hundidas en la oscuridad de un mar de silencio. Él no pudo adivinar cuál era la habitación donde dormía Seoyoung. Su estómago hervía, a punto de explotar. No estaba seguro de si aguantaría hasta llegar a casa, pero no podía regresar a la habitación del motel. Al salir del bosque, el príncipe se convirtió de nuevo en rana.

EL *príncipe* RANA O ENRIQUE EL FÉRREO

Cuando recibió el mensaje de su esposo de que pasaría la noche en la oficina, Jangmi estaba leyendo recostada contra la cabecera de la cama. Para evitar tomar una píldora para dormir, se había duchado con agua caliente y había bebido un vaso de leche tibia, pero no había caso. Cerró el libro y tragó las píldoras. Para poder dormir, al principio sólo necesitaba una; pero ahora tenía que tomar dos. Cuando tragaba las píldoras, quería dormir y nunca más despertar. Como si fuera la bella durmiente, anhelaba disfrutar del descanso eterno detrás de una mata de rosas espinosas. No le importaba si el príncipe venía a buscarla o no. Mejor dicho, deseaba que no viniera; ya que no quería despertar del sueño que tanto le había costado conciliar. Cuando se dormía gracias a las píldoras, no solía soñar; pero esa noche fue la excepción.

Estaba acostada en el sótano de un castillo rodeado por una mata de rosas con espinas. No podía mover un solo dedo, como presa de una pesadilla. Una rana vino a buscarla. Era una rana dorada. Estaba sangrando por las heridas que le había dejado el paso por la mata de espinas. La rana miró a Jangmi con tristeza en los ojos. De sus ojos brotaban lágrimas. Esas lágrimas se mezclaron con la sangre de sus heridas y cubrieron su cuerpo anfibio. Una rana dorada bañada en lágrimas de sangre.

Aún de madrugada, Jangmi se despertó por el sonido de algo que se movía. No sabía a qué hora había regresado su esposo, pero ahora lo veía en calzoncillos quitando del armario su ropa interior. Para Jangmi estaba todo nublado, insegura de si lo que percibían sus ojos era un sueño o la realidad. Él salió de la habitación con pasos cuidadosos, llevando en la mano su ropa interior. Cuando Jangmi pudo reconocer la figura de su esposo desde la sala, porque estaba la luz prendida, tuvo la impresión de que había algo raro, porque él parecía llevar puesto el calzoncillo al revés. Jangmi estuvo a punto de decir algo, pero él se metió al baño. Pensó que había visto mal. Podría ser el resultado de haber tomado los somníferos por tanto tiempo.

Jangmi le contó a la neuropsiquiatra lo sucedido la noche anterior cuando volvió su esposo. Mientras soltaba las palabras, su cuerpo y su alma se relajaban como si estuviera sumergida en la bañera. Lo que Jangmi estaba pagando no era el costo de los somníferos ni del Prozac, sino los oídos de la profesional.

—La imagen de la rana dorada es interesante. El oro es un objeto sobre el que se proyecta el anhelo humano de la eternidad. Por el contrario, una rana nace de una hueva, pasa por la fase de renacuajo y cambia de estado muchas veces, así que está muy lejos de la idea de lo eterno. Así que quizás la rana dorada sea un símbolo del deseo de que algo cambiante deje de cambiar.

—Ésta no es la primera vez que sueño con una rana dorada.

—¿Quiere decir que ya había soñado antes con ella?

—Sí, hace dos años. Apareció la noche anterior a mi segunda boda.

Jangmi le contó a la neuropsiquiatra el sueño que su madre le había dicho que era una premonición de embarazo. La mujer mantuvo un silencio sepulcral, como un sacerdote que indaga los secretos del universo. Cuando Jangmi terminó de hablar, la neuropsiquiatra suspiró profundamente y luego exclamó:

—¡Una rana dorada bañada en sangre!

La mujer tenía los ojos cerrados, como si estuviera recreando en su mente el sueño de su paciente. Al abrirlos, continuó:

—Usted me contó que la primera vez que escuchó la historia del príncipe rana sintió asco, ¿verdad?

—Así es.

—¿La rana dorada también le hace sentir lo mismo?

—No.

—¿Y qué tal la rana bañada en sangre? ¿Qué sintió cuando, en su sueño, la rana dorada se empapó de sangre?

—Tuve miedo. Y también lástima de ella.

—¿Eso es todo?

—También experimenté alivio.

—Ya veo. Usted no tiene miedo ni sufre ansiedad por perder lo que desea, pero le da miedo y ansiedad obtener lo que desea. Así que tal vez sufrió un embarazo psicológico no porque deseara tener un bebé sino porque temía tenerlo.

—No entiendo bien lo que me dice.

—¿Sabe cuál es el título original del cuento del príncipe rana?

—¿No es "Príncipe rana"?

—El título original es "El príncipe rana o Enrique el Férreo". Con sólo ver el título, la importancia de los dos personajes debería ser similar, pero Enrique sólo aparece por un momento en la última parte. Además, en ningún cuento aparecen los nombres o los apodos de los protagonistas unidos por una "o". ¿Por qué habrá elegido el autor ese título?

—Pues no lo sé.

—Podemos plantearnos la siguiente hipótesis: que el príncipe rana y Enrique sean en realidad el mismo personaje.

—¿Cómo dice?

—El príncipe rana es el niño interior de Enrique.

—¿El niño interior?

—Incluso cuando somos adultos, sobrevive en nuestros corazones el yo de nuestra niñez. Un ser que es herido con facilidad y hiere a los demás sin querer. Si piensa en los adultos que actúan como niños, podrá entenderlo fácilmente. El ser humano adulto no engaña al niño interior que lleva dentro ni intimidándole ni halagándole. Dialoga con paciencia con él, como unos padres sensatos harían con su hijo pequeño. Para crecer, es necesario enfrentarse al dolor, como cuando la rana es lanzada contra la pared y se convierte en príncipe. Es un cuento interesante. Lo normal es que la maldición se rompa con un acto solidario, pero en el cuento del príncipe rana, el protagonista se libera de la maldición no cuando recupera la bola de oro para la princesa sino cuando es arrojado contra la pared. El golpe es algo así como el dolor del crecimiento.

—Es una interpretación interesante. Pero, ¿qué tiene que ver esto con que yo no pueda dormir?

—¿Habrá sido feliz para siempre la princesa que desposó al príncipe rana?

—Seguro que vivió feliz por mucho tiempo.

—Yo pienso diferente. Es muy posible que haya sido infeliz, porque ella no amaba al príncipe rana sino a Enrique.

—Pero usted dijo que el príncipe rana es Enrique.

—Para ser exactas, el príncipe rana es el niño interior de Enrique. La princesa, al mudarse al castillo del príncipe rana, se asfixia. Es por el olor a rana. No es que la princesa deteste ese olor. Lo que odia es a la rana, es decir, al niño interior de Enrique. Es por eso que usted no soporta los actos infantiles de su esposo, como cuando está embobado por algún partido o se obsesiona por el resultado de algún deporte.

La cara de Jangmi se desfiguró como una niña a la que acusan de mentirosa.

—Mi esposo está mucho mejor ahora. Parece más maduro.

—En esa casa hay alguien que se está convirtiendo en un niño.

—¿De quién habla?

—De su suegro. El otro niño interior de su esposo.

—¿Quiere decir que yo odio a mi suegro? ¿Y que por eso invento un olor a rana que no existe?

—No, no significa que odie a su suegro sino que odia al niño interior de su esposo. Y quien odia al niño interior de su esposo no es usted, Jangmi, sino su niña interior. El olor a rana, el tener arcadas, el embarazo psicológico...

—No tiene sentido.

—¿Qué le parece si retomamos la historia del príncipe rana? El príncipe rana crece a través del dolor, pero ¿qué pasa con la princesa? Ella dice que le da asco la rana que le ha hecho un favor y la lanza contra la pared. Es una escena que muestra simbólicamente la inmadurez de la princesa. Ella se casa cuando la rana se convierte en un apuesto príncipe; pero si ella misma es una inmadura, nunca podrá ser feliz. Y es que la rana también es parte del príncipe. Sólo cuando se acepta a la otra persona tal y como es, se pueden alcanzar el amor y la felicidad verdaderos.

La cara de Jangmi se oscureció. A juicio de la neuropsiquiatra, el problema no era la rana, ni el olor a rana, ni su suegro, ni su esposo sino ella misma. ¿Quién soy? Lo único que ella podía decir de sí misma era que era la hija de sus padres, la hermana de su hermano, la mujer de su esposo y la nuera de su suegro. Todo lo demás era incierto y dudoso.

Again 1998

El equipo nacional surcoreano cosechaba victoria tras victoria en el Mundial, pero Myungjae estaba inquieto. Era por Seoyoung. Tenía miedo de recibir una llamada de ella proponiendo que se vieran. Y también tenía miedo de nunca recibir esa llamada. Él quería decirle que lo sucedido aquella noche había sido un error atribuible a la bebida, que sería un secreto que en el futuro adornaría los recuerdos de su vida; pero no quería escuchar esas mismas palabras de boca de ella. El problema no era Seoyoung sino sus sentimientos hacia ella. Cuando pensaba en Seoyoung le dolía la parte superior del abdomen. No sólo le preocupaban los latidos de su corazón, que en el pasado había sido robado por ella, sino también la oscuridad que envolvía a Seoyoung. Lo lamentaba más porque siempre la había visto como una persona alegre y desinhibida.

En algún momento, Myungjae había empezado a comparar a su mujer con Seoyoung. El seleccionado surcoreano había ganado su primer partido del Mundial, pero su esposa no se veía contenta, así que Myungjae se preguntó cómo habría tomado esa victoria Seoyoung. Al ver a su mujer saliendo de un restaurante italiano en protesta por el elevado precio del menú, Myungjae se preguntó si así reaccionaría Seoyoung. La comparación era un crimen; pero como el crimen ya estaba cometido, él comparaba una y otra vez.

Myungjae aceptó alegremente la invitación de Seoyoung para ver juntos el partido contra Portugal. Como su esposa no tenía interés en el fútbol, él no sintió culpa de querer verlo con Seoyoung. Mejor dicho, trataba de no sentir culpa; y por eso le mintió a su esposa diciendo que vería el partido con sus compañeros de trabajo. Había dos maneras de reducir el cargo de conciencia por ese crimen: confesarlo o cometer un crimen aún peor. Myungjae eligió lo segundo.

Se encontró con Seoyoung en el restaurante mexicano de Itaewon donde se habían visto antes. Ella apareció con una camiseta de los Diablos Rojos, en apoyo del seleccionado nacional, y se veía muy animada.

Myungjae se había preocupado en vano de que ambos se sintieran incómodos al verse de nuevo por lo sucedido en el motel.

—Me gustaría que los dos equipos pudieran pasar a octavos de final –dijo Seoyoung.

—¿Por Figo?

—Sí.

Pese al deseo de Seoyoung, el gol convertido por el jugador coreano, que más tarde ficharía para un club mundialmente famoso de Manchester, hizo que Portugal tuviera que empacar sus maletas e irse a casa. Cuando estalló el gol de la victoria, todos los clientes del restaurante se levantaron de sus asientos y lanzaron vítores, con excepción de dos personas: una, por la suerte del jugador que alentaba; y la otra, por quien había sido su primer amor.

Después del partido, fueron al bar donde solía beber Seoyoung. Como si toda la excitación del Mundial se hubiera esfumado, el ambiente del lugar era tranquilo. Una suave canción de jazz, de título desconocido, se oía de fondo. Cuando sus caras ya estaban rojas por el alcohol, Myungjae intentó expresar lo que llevaba adentro:

—Aquella noche...

—Te agradezco por ese día. Cuando empiezo a beber, llego a perder el conocimiento y no me acuerdo de nada. Soy una alcohólica –dijo Seoyoung, con tranquilidad.

—¿Alcohólica?

—Cuando estaba en Estados Unidos empecé una rehabilitación, pero la dejé por la mitad.

La cara de Seoyoung se había ensombrecido. Recién en ese momento Myungjae entendió por qué ella había evitado el alcohol en encuentros anteriores.

—La verdad es que dejé mis estudios también. Es mentira que recibí mi título de doctorado. Tuve que ayudar a mi esposo para que estudiara, tuve que dar a luz y criar a mi bebé y me quedé sin fuerzas para seguir con mis estudios. Cada vez que miraba con pesimismo mi situación, el bebé durmiendo en su cuna me parecía un ser extraño y monstruoso. Eso me atormentó aun más, porque pensé que carecía de amor de madre. Por esa razón me refugié en el alcohol. Y sería por esa época que mi esposo volvía a casa oliendo a perfume de mujer.

La frustración que transmitía Seoyoung impactó directamente en el corazón el Myungjae. Él estuvo a punto de servirle otra copa de whisky, pero se detuvo.

—No te preocupes. Hoy no voy a perder el conocimiento.

Y tal como había asegurado, Seoyoung salió entera del bar.

—¿Te apetece una copa más? –le preguntó Myungjae cuando llegaron a la avenida.

—No, hoy quedamos aquí.

Ante la firme respuesta de Seoyoung, Myungjae se desilusionó. Ella no parecía ser la misma persona que aquella noche lo había retenido diciendo que tenía miedo.

Alguien dijo una vez que la historia se repite. Cuando el seleccionado de Corea de Sur se topó con el de Italia en los octavos de final, la afición enarboló el siguiente eslogan: *Again* 1966. En el año 66, durante la Copa Mundial de Inglaterra, la escuadra italiana cayó ante el seleccionado norcoreano. Siguiendo el deseo de la afición, la historia se repitió. El equipo italiano que nunca perdía tuvo que arrodillarse ante el equipo surcoreano que había tenido que calcular sus probabilidades. El director técnico de origen holandés, cuyo seleccionado le había metido cinco ganchos de boxeo al arco surcoreano cuatro años atrás, esta vez le metió dos ganchos a los italianos. Las historias que se repiten no son sólo las del fútbol.

A la mañana siguiente, Myungjae leyó el correo que le había mandado Seoyoung.

La verdad es que aquella madrugada, cuando salías del motel, yo estaba despierta. Me paré frente a la ventana y te vi en la calle marchándote, pero de pronto te diste vuelta. No puedo olvidar la cara que pusiste en ese momento. Eras un mar de angustia. Por eso me pregunté qué habrías visto para que tu cara se transformara de esa manera. Al salir del motel, me fijé en la misma dirección que tú habías mirado y descubrí el cartel con el nombre del lugar: "La vida color de rosa". Incluso cuando mi esposo tuvo una amante, yo creí en él. Y cuando me dijo que lo nuestro ya no iba más, pensé que estaba bromeando. Pero cuando vi el cartel del motel, me di cuenta de que ninguna relación funciona si va en una sola dirección. Tener una amante no sólo había sido culpa de mi esposo; y de la misma manera, el que yo hubiera dejado mis estudios no era culpa de él ni de mi hija, ahora lo entiendo. De repente me sentí avergonzada.

Pienso volver a Estados Unidos. Quiero ver a mi hija y también terminar mis estudios. Allí tienen buenos programas de rehabilitación para alcohólicos.

Deseo volver a levantarme en el lugar donde me derrumbé. Gracias a ti pude tomar esta decisión.

Para Myungjae, fue lógico desear la recuperación de Seoyoung; pero nada pudo hacer para mitigar su pena. Era como un regreso al pasado, once años atrás, cuando volvían de la isla Namiseom y él le pidió que salieran juntos, pero ella lo rechazó. Myungjae estuvo tentado de marcar el número de Seoyoung, pero cerró su teléfono. Sabía que no debía retenerla. Y que tampoco podría retenerla. En la vida hay momentos que llegan sin avisar. Momentos en los que el misterio de la vida viene a hablar con uno. Aquella madrugada, en el callejón gris del motel, lo que Seoyoung había visto no era el cartel del motel sino la brújula del destino. Ella había vuelto a Corea para ver ese cartel de "La vida color de rosa": llamó a Myungjae y fue hasta el motel cargada en su espalda. Así, sus palabras de agradecimiento no habrían sido frases de cortesía sino un sentimiento sincero. La vida de quien ve las agujas del destino seguirá un único rumbo, al menos hasta volver a ver la brújula. La flor de lila lleva como significado los recuerdos de juventud. A pensar en ello, Myungjae se estremeció como si le hubiera caído encima un cubo de agua fría. De repente deseó fervientemente ver a su mujer. Se sentía mal por lo que le había hecho. A la salida del trabajo, compró un pastel de queso. Pero no llegaría a probarlo. Después de lavar los platos, sacó de la nevera el pastel para compartirlo con ella; pero lo que escuchó fue:

—Quiero estar sola por un tiempo.

Myungjae no pudo evitar sorprenderse ante la sombra profunda que envolvía el rostro de su esposa. De golpe, se percató de que cuando decidieron poner fin a su primer matrimonio, el director técnico holandés metió sus cinco ganchos; y ahora, el seleccionado surcoreano conquistaba por primera vez la cuarta posición en un Mundial.

El que dijo que la historia se repite también incluyó lo siguiente: la primera vez, como tragedia; la segunda, como comedia. En el caso de la historia con su mujer, esa frase era cierta sin lugar a dudas. La historia de la separación estaba a punto de repetirse. La primera vez, cuando tuvo que presenciar la peor de sus derrotas; y la segunda, cuando disfrutó de la mejor de sus victorias.

¿DE QUÉ *planeta* VIENES?

Lo que detonó el deseo de Jangmi de estar sola por un tiempo fue un cebollín. Una tarde, se puso a hervir los huesos para el caldo que le serviría a su suegro, quien había perdido mucha fuerza en el último tiempo. Llevaba medio día en la faena, desde la mañana debía revisar cada hora la olla y regular el fuego. Cuando el caldo comenzó a tornarse blanco, Jangmi bajó el fuego y se metió en su cuarto a leer. Al parecer, se quedó dormida mientras leía. Soñó que la casa se incendiaba y, asustada, se despertó de un salto y corrió a la cocina. Allí descubrió que ya no quedaba ni una gota del caldo que había estado preparando con tanto esmero. Tras un largo suspiro, de nuevo llenó la olla de agua. Subió el fuego y cuando estaba por meterse en su cuarto de nuevo, se preguntó si quedaba cebollín en la nevera. Abrió la puerta de la nevera y no pudo encontrarlo. Mientras agregaba el cebollín a la lista de la compra pegada a la puerta, de súbito se desplomó en el suelo. Sintió que se asfixiaba, como si su pecho estuviera sellado con unos aros de hierro. Trató de tranquilizarse y respirar profundamente, hasta que por fin pudo ponerse de pie. Jangmi despegó la lista de la compra de la puerta de la nevera y la tiró al basurero. En la lista figuraban muchos otros ingredientes que había que traer: caballa salada, verdel, brotes de soya, tofu y salsa de soya para sopa.

Jangmi lo había meditado muchos días antes de tomar la decisión, pero le costó ponerlo en palabras. Fue por su suegro. Después del episodio de la rana, el hombre se incomodaba ante ella. Esto mortificaba a Jangmi. Le hacía más difícil expresar sus sentimientos en voz alta. Y había verdades que ya de por sí eran difíciles de volcar en el cuenco de las palabras. Las verdades que sólo se pueden expresar a través de un rostro atormentado de dolor.

—¿Es por mi culpa? –le preguntó su esposo, con un gesto de asombro, dejando de cortar el pastel de queso.

—No.

—¿Es por mi padre?

—No.

—Entonces, ¿por qué?

—Es por mí.

Jangmi dudó por un momento. Aunque le doliera, tenía que decir la verdad; si no lo hacía, nunca sería libre. Y ya no quería seguir escapando de la libertad.

—Para ser más exacta, es por la niña que está en mi interior.

—Pero dijiste que fue un embarazo psicológico.

—No me refiero a eso.

Jangmi le contó con lujo de detalles sus visitas a la neuropsiquiatra, incluyendo todo lo que ambas habían conversado.

Él parecía asustado, pero trataba de estar atento a todas y cada una de las palabras que escuchaba. Al final, dijo:

—Me equivoqué. Soy una mala persona.

Jangmi había esperado silencio de su parte, por lo que oír ese reproche hacia sí mismo le dolió aún más.

—No es culpa de nadie.

—¿Tienes que hacerlo?

—Perdóname. No hay otra opción. Quiero estar sola hasta poner en orden mi cabeza.

—Voy a hacerlo mejor. No te presté la atención que merecías.

—Si seguimos juntos, sólo nos haremos daño.

—¿Por cuánto tiempo te irás?

—No lo sé.

El gesto de su esposo se desfiguró. Tiró el pastel al basurero y salió de la casa. No regresó hasta el amanecer.

La neuropsiquiatra había dicho que el matrimonio no es la unión de dos personas sino de cuatro. El novio, la novia, y los niños interiores de cada uno. Así, cuatro personas que viven en universos diferentes se juntan para estar bajo un mismo techo. Jangmi provenía del planeta de las lágrimas, pero ahora había cambiado. Le parecía que la distancia entre su yo del presente y su yo del pasado era tan larga como la que ella mantenía con su esposo. Eso la apenaba aún más; pero aún así, las lágrimas ya no salían. Aunque éstas siempre le habían resultado molestas y humillantes, ahora temía haberlas perdido para siempre.

Los temas de preocupación de su esposo fueron la mitad ciertas y la mitad no. Luego de alquilar un apartamento sola, las náuseas la dejaron en paz; pero no así la depresión. Esa depresión, que se había vuelto costumbre, no le permitía avanzar en la escritura y tampoco la dejaba dormir bien. La neuropsiquiatra le había recomendado hacer actividad física, por lo que Jangmi iba a la piscina; pero no veía resultados. Los días que venía de nadar, ni los somníferos hacían efecto.

Con el paso de las semanas, ir a la consulta se hizo cada vez más difícil. La neuropsiquiatra le preguntaba sobre su papá y su mamá. Que cómo eran sus padres, que cómo era la relación entre ellos y demás. Para encontrar la fuente de la oscuridad, la neuropsiquiatra hurgaba en su niñez. Jangmi habló mucho sobre su madre, pero sobre su padre casi no tenía nada para decir.

En la memoria de Jangmi, su padre era como el viento. Se ausentaba de casa diciendo que hacía negocios. Era de los que desde el puro inicio de un proyecto ya está pensando en empezar otro. Así sucedió cuando abrió su sala de máquinas de videojuegos y cuando abrió el sauna público. Por culpa de un padre que no se quedaba quieto, Jangmi tuvo que pasar largas horas en un cuarto trasero de la sala de videojuegos para cambiar las monedas o en el mostrador del sauna. El hombre luego abrió un restaurante de pollo frito, gracias al consejo de su esposa. Ésta había escuchado que para calmar el destino de un hombre inquieto, tenía que vender animales con alas. El hombre, quien corría de un lado a otro como el viento, en casa no era más que una sombra. La mujer obligaba a su hija a volver a casa temprano; y si no lo hacía, le aplicaba un castigo severo. El hombre jamás objetó la palabra de su esposa.

—Usted se habrá sentido sofocada por su padre.

—Más que eso, yo siempre quise saber cómo habían terminado juntos ellos dos. Se lo pregunté a mi padre y él me respondió que habían crecido en el mismo barrio.

—¿Cómo era la relación entre sus padres?

La relación era un misterio para Jangmi. Eso la llevó a pensar en su propia relación conyugal. Cuando se fue a vivir sola, la actitud de su esposo cambió drásticamente. La llamaba todos los días para preguntarle cómo estaba y cada fin de semana iba a verla. Salía de compras y le llenaba la nevera, incluso le cocinaba. Antes de marcharse, nunca olvidaba preguntarle cuándo regresaría a casa. Él seguía sin entender cuál era la esencia del problema. A casi dos meses de la separación, no pasaban tres días sin que se pelearan alguna vez por teléfono; y no porque él fuera egoísta, sino porque era ignorante de la causa de su separación.

—Yo no me fui porque necesitara tomar aire fresco.

—Te dije que me voy a esforzar más.

—Y yo te dije que ese no era el problema. ¿Cuántas veces tendré que repetirlo?

—Ya está bien, es hora de que vuelvas a casa, ¿no?

—Creo que lo nuestro no tiene solución. Es como si habláramos idiomas diferentes.

—¿Por qué quisiste irte realmente?

—¿A qué te refieres?

—¿Es por Seoyoung?

Jangmi venía sintiendo que hablaba con una pared. Como si estuviera en un juego de preguntas y respuestas, él sólo exigía respuestas. Respuestas que ni ella misma tenía. Pero el nombre de Seoyoung, que apareció de repente en la conversación telefónica, la dejó boquiabierta. En un segundo, una imagen estalló ante sus ojos como un relámpago: la escena de su esposo con el calzoncillo al revés entrando al baño. Quizás no había sido una ilusión después de todo. Pero Jangmi no preguntó sobre el tema. No le importaba saber la verdad, sólo quería escapar del agobio y estar sola. Le sorprendió no sentir celos ni odio. Por lo visto, no sólo su cuerpo se había alejado de él.

—Ya te dije que me equivoqué.

—No me importa.

—¿Quieres el divorcio?

—¿Y si así fuera?

Del otro lado de la línea reinó el silencio. Como si el mundo se hubiera acabado.

EL LEJANO PLANETA DE LAS *lágrimas*

Todo el mundo puede equivocarse. Myungjae pensaba que esa noche con Seoyoung había sido un accidente, sólo una mancha más en la vida imperfecta de cualquier persona. Había sido culpa del alcohol, del ambiente, de la nuca blanca y delgada de Seoyoung. Pero Myungjae no podía librarse de su cargo de conciencia. Cuando su esposa le dijo que quería estar un tiempo sola, lo primero que él recordó fue la noche con Seoyoung. Pero lo que decía su esposa no tenía sentido. Que ella fuera el problema parecía un acertijo; y lo de la niña interior lo confundía aún más. Lo que a él de verdad le intrigaba era otra cosa: "¿Sabrá lo de Seoyoung? Si lo sabe, lo que dijo sobre su niña interior será sólo un pretexto. Seguro que no pronuncia el nombre de Seoyoung para no herir su orgullo".

Para Myungjae, era lógico recibir un castigo por sus malas decisiones; pero le costaba aceptar la separación.

Lo más difícil era no saber si duraría un mes o un año. No podía retenerla. Y era por culpa de la expresión de su rostro. Él nunca había visto una expresión tan oscura. No era la cara que uno le mostraría a alguien que amó en el pasado y que, gracias a ese amor, eligió compartir el mismo techo. Era la cara de una persona que, luego de despertarse de un sueño placentero, se da cuenta de que se ha quedado sola en el mundo. Una cara triste y feroz. En ese momento, Myungjae no era alguien que respirara vida sino las ruinas de un edificio abandonado, o un árbol que se ha quemado, o un cielo gris. Algo estaba muriendo dentro de ella. Quizás era el optimismo que se veía en las pinturas de Chagall o la época de calma y tranquilidad en la que ella disfrutó contemplando esos cuadros. O quizás eran ambas cosas.

Myungjae le había dicho a su padre que su esposa no estaba bien de salud, por lo que se quedaría un tiempo con sus suegros. No pudo confesarle que la verdadera razón era una infidelidad suya con otra mujer. Su padre se preocupó mucho por ella, preguntó qué le dolía. El hombre ya no dejaba sus medias enrolladas descuidadamente, como si ésa fuera la causa de la marcha de su nuera. Myungjae afrontó sus días de ausencia como si purgara un crimen. Se ofreció para hacerse cargo de tareas domésticas y hasta iba a verla a su apartamento y le preparaba comida con la esperanza de que algún día regresara.

Pasó un mes, y luego otro; pero en ella no se veía ningún cambio. Myungjae se fue derrumbando poco a poco. Podía purgar su crimen, pero le costaba digerir la incertidumbre de hasta cuándo tendrían que vivir alejados. Por aquellos días, lo que le impedía pensar correctamente era no poder imaginar el futuro que le esperaba. A él, que tanto lo atraía el silencio, en el momento que debía callar, se le ocurrió abrir la boca.

—¿Es por Seoyoung?

Después de lanzar esas palabras fatales, sólo pudo mirarse a sí mismo con lástima. Así le pasa a la mayor parte de las personas que cometen un error que no tiene vuelta atrás. En ese momento, la tenue luz que aún irradiaba su cuerpo se terminó de apagar.

Sólo luego de escuchar que ya no había remedio, que al parecer los dos hablaban idiomas diferentes, pudo darse cuenta de qué era lo que había muerto en su mujer. Lo que había muerto en ella era Myungjae, y también era el idioma que él hablaba. Así, si por ejemplo él le dijera que la amaba, ella se lamentaría de que se le había quemado el arroz; y si él se quejara que tenía hambre, ella le contestaría que tal vez iba a llover. Su capacidad de comunicación había sucumbido a manos de su obstinación, su incomprensión y su egoísmo. Lo único que sobrevivió a la masacre fue el silencio.

Ella mantuvo silencio incluso al tener delante de sí los papeles del divorcio.

Después de un mes de no verse, estaba tan demacrada que costaba reconocerla. Su mirada se perdía como si se dirigiera al fondo de un abismo, un abismo que no dejaba entrar a ningún ser vivo. Myungjae no había cejado en su empeño de evitar el divorcio, incluso llamándola por teléfono mientras se dirigía al lugar del encuentro; pero tan pronto se topó con la mirada de ella, se quedó sin fuerzas. Ya hacía mucho tiempo que su agenda de cosas olvidadas incluía el amor y la felicidad que había compartido con ella, pero también el odio y la tristeza. Myungjae, de repente, tuvo miedo. Si se separaba de nuevo de ella, el fracaso quedaría grabado en su vida con letra escarlata. Quizás lo que temía no era divorciarse de ella sino el divorcio en sí mismo.

—¿No hay otra opción?

Ella se limitó a negar con la cabeza. El único idioma que ahora le quedaba era el silencio, el que alguna vez había sido un idioma exclusivo de él.

La mujer que ahora tenía enfrente no era la que él había conocido. ¿Dónde se habría ido la chica de la reunión de bienvenida al club que interpretó tan bien aquella canción de ABBA, la que en su borrachera lo llamó "sapo", la que lo tomó con fuerza de la mano en el coche volcado, la que lloró con la canción de Kenneth Loggins? ¿Dónde habrían quedado sus ríos de lágrimas?

Ella, quien en su primer divorcio había dejado en la casa un armario, en el segundo divorcio no dejó nada atrás.

En el corazón de Myungjae se formó un agujero con forma de armario. El agujero era grande y profundo. Cada vez que él veía el lugar que había ocupado dicho mueble, podía sentir que su relación había terminado para siempre. Eso no era lo único. Cuando se despertaba de madrugada por el ruido que hacía su padre en la cocina o cuando levantaba automáticamente el celular para avisar que trabajaría hasta tarde, sentía la falta de ella.

Le resultaba difícil vivir en una casa en la que en cada rincón veía huellas de quien había sido su mujer, por lo que pasaba la mayor parte del tiempo en la oficina. El segundo divorcio estaba siendo más duro que el primero, porque él pensaba que todo era culpa suya. Si la odiara o le tuviera rencor, le habría sido más fácil. Se moría de intriga por saber cómo estaba, pero no la llamó. Pensó que si escuchaba su voz, las interminables horas que venían soportando su ausencia se derrumbarían de golpe sobre él.

Las personas de su entorno, sabiendo sus continuas desventuras, no pronunciaban el nombre de su ex en su presencia, como si así lo hubieran acordado. Su padre nunca hablaba de ella, de hecho ya casi ni hablaba. La única excepción era cuando se culpaba a sí mismo por la separación de su hijo y su nuera. En lugar de hablar, su boca estaba ocupada con la bebida. Una vez, cuando padre e hijo compartían una botella de *soju*, el hombre dijo:

—Perdónamez.

Myungjae dudó de lo que había oído. Era una palabra que escuchaba por primera vez de boca de su padre. Lo observó fijamente. Vio ahí sentado a su yo del futuro, cuarenta años después. Una vida solitaria, arrugada por el silencio, por la incapacidad de expresar sus sentimientos y por la fatiga. Myungjae tomó la mano de su padre, tan flaco y débil como una rama seca. Hasta le dieron ganas de llorar.

Patillas tampoco pronunciaba el nombre de ella en su presencia. Únicamente le hablaba de temas laborales. Y Myungjae sólo mostraba interés en el trabajo. Gracias a eso consiguió una promoción; pero no se alegró tanto, porque no tenía a nadie con quien celebrarla. Después de su ascenso, se sumergió aún más en sus tareas. Aunque estuviera todo el día pensando en ellas, tenía momentos en los que se quedaba atontado, como si se acabara de levantar de una siesta. Se desorientaba al punto de no saber dónde estaba ni qué hacía. Incluso le parecía que, sin darse cuenta, se ponía a hablar solo.

En esas estaba el día de la reunión para el lanzamiento de un nuevo videojuego. Era un juego que hablaba de un príncipe, quien, después de superar varias peripecias, rescata a una princesa secuestrada por un dragón. El objetivo de la reunión era definir los perfiles de los personajes. Myungjae tenía la cabeza perdida en una densa niebla, en algún punto había dejado de oír a los demás. Cuando Patillas lo golpeó en el hombro, Myungjae se percató de que había estado dibujando.

—¿Qué estás haciendo?

Patillas levantó la hoja con el dibujo y exclamó:

—¡Impresionante!

—Sólo son unos garabatos –respondió Myungjae, rascándose la cabeza.

—Está muy bueno. ¿Qué tal si lo usamos para el personaje de la princesa? –le preguntó Patillas al diseñador que tenía a su lado.

—No estaría mal.

—¿Ves? Hasta un profesional dice que tu dibujo es bueno –proclamó Patillas, sonriendo–. ¿Qué te parece dibujar también a los demás personajes?

—Yo no...

Su voz se fue apagando. Es que reconoció la cara de ella en el dibujo que había hecho sin querer.

Después de la reunión, Myungjae rompió la hoja que había dibujado.

—¿Por qué lo rompes? –le preguntó Patillas, con mirada iracunda.

Myungjae se asustó como si lo hubieran descubierto con las manos en la masa.

—Es que no me gusta. Lo haré de nuevo.

Se quedó en la oficina dibujando después de que todos se hubieran ido a sus casas. Sacó de la papelera la hoja que había roto y la puso sobre su escritorio. Unió los trozos para que el dibujo quedara como antes de romperlo. Sin duda, se parecía a ella. Mejor dicho, era la cara de ella. Pegó los trozos con cinta adhesiva, como si estuviera recomponiendo los paralelos y los meridianos del mapa de un destino arruinado.

LA REINA DEL *silencio*

Después del divorcio, el silencio de Jangmi se volvió más firme y profundo. Ella ya no se sentía incómoda ni perturbada por el silencio y fue visitando con menos frecuencia a la neuropsiquiatra para hablar de sí misma. Le asustaba tener que contarle lo que llevaba dentro. Lo que realmente temía era a ella misma. No podía saber qué saldría del abismo de su interior. Ahora le parecía que entendía por qué su ex escatimaba tanto las palabras.

En la primavera siguiente, dejó de tomar somníferos. Fue por miedo. Miedo a que nunca volvería a cerrar un ojo si no tomaba esas píldoras. El insomnio siguió allí, pero Jangmi decidió dejar de obsesionarse por dormir. Al parecer, el enemigo del sueño era el pensar que tenía que dormir. Cuando hizo a un lado la ansiedad, el sueño retornó a ella poco a poco. Del mismo modo, cuando hizo a un lado la angustia por escribir, la inspiración reapareció.

No importaba si tenía que escribir una sola historia por el resto de su vida, le bastaba con poder escribir, era la única esperanza que albergaba. En medio del silencio y la soledad, Jangmi escribía un poco todos los días. Hasta que terminó su primer cuento.

Para alcanzar la soledad, Jangmi había perdido muchas cosas. Entre esas cosas también estaba la relación con sus padres. Cuando les avisó que se separaría, la que armó un escándalo fue su madre y no su padre. Eso fue una sorpresa, porque desde un principio al que le gustaba su esposo era su padre y no su madre. Ella empezó a lanzarle reproches: que tenía un carácter seco, que no cocinaba bien, que lloraba en cualquier situación, ¿quién querría vivir con ella? Hablaba como si fuera su suegra y no su madre. Cuando Jangmi le dijo que ese no era el problema, su madre levantó la voz preguntando entonces cuál era. Ante las maliciosas reprimendas de la reina de la nieve, el leve sentimiento de culpa que aún gardaba hacia sus padres se derritió como la nieve. La mujer no sabía que su única hija escribía, ni que visitaba un consultorio neuropsiquiátrico por problemas de insomnio y depresión. Jangmi no había querido contarle nada. Como ella se negaba a revelarle la razón de su divorcio, su madre levantó el teléfono amenazando que se lo preguntaría directamente a su ex.

—No te servirá de nada. Hace mucho que estamos separados.

—¿Te has vuelto loca?

—Sí, estoy loca. ¡Por eso estoy bajo tratamiento psiquiátrico! –explotó Jangmi.

A su madre se le congeló la cara. Su expresión parecía decir que no entendía nada y, a la vez, que lo entendía todo. Dejó el teléfono sin decir una palabra más. Desde ese día, no volvió a llamarla. Al bajar el teléfono, la mujer cortó toda relación con su hija.

Su padre se comunicaba de vez en cuando. La primavera del año siguiente al divorcio, cuando se propagó la influenza aviar, Jangmi lo llamó después de ver la noticia de que los restaurantes de pollo frito estaban cerrando sus puertas por culpa de la epidemia. Él le dijo que no había ningún problema, pero su voz había perdido todo rastro de vitalidad.

Al día siguiente de esa llamada, por la noche, Jangmi fue al negocio de su padre. Aunque a esa hora debería haber estado repleto de clientes, la persiana metálica estaba baja hasta la mitad. Al entrar al lugar, no encontró a su padre y vio las sillas colocadas encima de las mesas. La única mesa libre estaba en el fondo. Jangmi se sentó frente a la mesa, que estaba llena de hojas, y empezó a leerlas. ¿Cuáles son los pies que bailan en el cielo? ¿Qué es lo que va vestido de rojo y come sólo papel? Al parecer, su padre había salido por un momento dejando allí las hojas de los acertijos que estaba enrollando.

Jangmi miraba sin interés los acertijos y de repente se acordó del día que había venido con su ex. Ya habían pasado seis años, pero la imagen de él devorando el pollo frito era tan vívida como si hubiera sido ayer. Después de casarse, cada vez que pedían pollo frito, él insistía en que fuera mitad simple y mitad en salsa, y en los huesos solía dejar carne sin comer. No importaba qué comida fuera, siempre se le derramaba o le sobraba. Después de que ella le enseñara la forma correcta de sostener los palillos, su esposo mejoró mucho; pero aún así mantenía la costumbre de dejar comida sin terminar, no importaba cuántos sermones le diera ella al respecto. Él decía bromas sin gracia, como que dejaba comida para las urracas. Jangmi se preguntó de pronto cómo había pasado él las tres pruebas aquella vez. A esa pregunta le siguió otra y así sucesivamente. ¿Seguiría con la costumbre de no terminar la comida? ¿Seguiría teniendo hipo cada vez que se ponía nervioso? ¿Seguiría apretando demasiado los dientes mientras dormía? ¿Estaría viendo a alguien?

—¡Vaya sorpresa! –exclamó su padre al encontrar a su inesperada visitante.

El hombre dijo que había salido a comprar cigarrillos. Parecía haber envejecido mucho en los últimos meses. Algunos cabellos cerca de las orejas estaban blancos y su cara se había llenado de arrugas. Su cuerpo también parecía haberse encogido. Y tosía a cada rato. Una tos que salía de lo más profundo de su pecho.

Su padre entró en la cocina diciendo que le serviría un pollo frito. Aunque Jangmi insistió en que no había necesidad, él no la escuchó. Después de un rato, se pudo oler desde la cocina un delicioso olor a frito. Era el olor que incluso su ex decía recordar de tanto en tanto y que le hacía agua la boca. Pero el pollo no estuvo tan bueno como antes. No era tan sabroso y estaba más salado. A Jangmi, le dolió más esa diferencia de sabor que haber notado las canas alrededor de las orejas de su padre. No podía negar que lo veía más viejo. Mientras comía el pollo sin dejar nada de carne en los huesos, tuvo ganas de llorar. El hombre sacó una gaseosa de la nevera, diciéndole que aunque sabía que el pollo era delicioso, que lo masticara despacio. Jangmi asintió con la cabeza sin decir nada. Trató de comerlo como si de verdad lo disfrutara, pero por más que llevaba una y otra vez el tenedor a la cesta, su tamaño no se reducía y al final quedó más de la mitad. Cuando su padre le preguntó si no le apetecía, ella le contestó que dejaba algo para las urracas y sonrió. El hombre le envolvió el pollo restante diciendo que ese día las urracas se darían un festín.

En el autobús de regreso a casa, Jangmi escuchó la noticia de que estaba aumentando el número de fallecidos por la influenza aviar en Hong Kong. Esa primavera siguió las noticias sobre los muertos en Hong Kong. Uno de ellos fue un actor de cine de ojos tristes que se había quitado la vida. Cuando Jangmi se enteró de la tragedia, lo primero que le vino a la cabeza fue su ex. Es que era un actor que a él le gustaba. Jangmi se acordaba muy bien de la escena en la que el actor bailaba un mambo, vestido sólo con ropa interior. Su ex tenía esa película en cinta de video. No la habían visto juntos, quizás porque su convivencia había sido ajetreada y complicada. Sí, así habría sido. Casualmente, el día de la muerte del actor era el Día de los Inocentes. Por eso a Jangmi le costaba más creerlo. Esa noche, vio sola el video después de alquilarlo en la tienda de videos de su barrio. Cuando llegó la escena con el actor bailando un mambo alegre y pintoresco, Jangmi se llenó de una profunda tristeza, sintiendo que esa vez sí era en verdad el final de la relación con su ex, como si aquel actor hubiera sido el último lazo que los mantenía unidos.

Al recibir una llamada de su madre por primera vez en tres años, Jangmi tuvo un mal presentimiento. Hasta ese momento, la mujer había cumplido al pie de la letra su amenaza de que si se divorciaba, no la vería nunca más. Por eso, en lo referente a su madre, el no tener noticias era de por sí una buena noticia.

La voz que le informaba sobre la hospitalización de su padre sonaba apremiante. Lo único que hacía era repetir "¿Qué haremos?". Cuando Jangmi le preguntó por qué lo habían internado, la mujer sólo balbuceaba como una niña despistada.

Jangmi se dirigió al hospital a toda prisa. Dentro de la habitación, encontró a su madre dormida en la cama de enfermo y a su padre en la cama auxiliar, durmiendo acurrucado. Tan sólo habían pasado tres meses desde la última vez que se habían visto, pero más bien parecían mil años, él había envejecido notablemente. Su cara estaba poblada de manchas seniles y su cabello, completamente blanco. No parecía ser su padre sino un ancestro lejano.

—¡Papá! –la voz de Jangmi tembló.

Su padre la miró con aire entredormido.

—Soy yo, papá.

El hombre no reaccionaba.

Su madre se despertó, y al ver a Jangmi, empezó a sollozar. Para poder enterarse de los detalles de la situación, primero era necesario calmarla. La mujer, con voz llorosa, le contó que dos meses atrás su esposo le había dicho que ya no tenía fuerzas para trabajar y cerró el restaurante. Envejeció a pasos agigantados y ahora incluso su salud mental estaba comprometida. Al parecer, sufría una enfermedad que aceleraba su envejecimiento. Si no lo hubiera visto con sus propios ojos, Jangmi no habría creído las palabras de su madre. Se fijó detenidamente en él. En su mirada pálida y seca no quedaba ningún rastro de vitalidad.

Su madre estaba empecinada en permanecer al lado de su padre, pero Jangmi la instó a que fuera a su casa a dormir tranquila y que volviera luego. La verdad es que quería que se marchara para que dejara libre la cama de enfermo y poder acostar ahí a su padre.

Tras mandar a su madre a casa, se reunió con el médico a cargo. Las palabras de él fueron congruentes con lo que había escuchado.

—Lo único que podemos hacer es prevenir que haya complicaciones -dijo el médico, acomodando con el dedo sus lentes de marco dorado.

—Cuánto le que... -Jangmi no pudo completar la frase.

—No sabría decirle. Es la primera vez que veo un caso así. Me temo que no puedo anticiparle si será un mes o quizás un año.

Jangmi sintió que estaba atrapada en una pesadilla. Una vez resuelto todo lo urgente, la invadió el odio. Quería interpelar al mundo por qué justamente su padre tenía que sufrir una enfermedad así. Cuando su odio se aplacó, llegó el turno de la tristeza. Quiso llorar, pero esta vez tampoco salieron las lágrimas; ya no recordaba cuándo había sido la última vez que había podido hacerlo.

Jangmi regresó a la habitación de su padre y le dio de almorzar. El hombre comió lo que ella le servía sin expresión alguna en su rostro. Parecía un ente sin alma. Su padre no era la única persona desorientada: su madre la llamó al rato por teléfono, diciendo que se había bajado del autobús, pero que no sabía dónde estaba.

—Entonces toma un taxi.

—Ven a buscarme tú.

—¿Y dónde se supone que voy a encontrarte? ¿Y quién cuidará de papá? Toma un taxi, ¿sí?

Tras cortar la llamada, Jangmi sintió una opresión en el pecho. Su padre era el que estaba en el hospital, pero ella se preocupó más por su madre. Era la primera vez que la veía en ese estado. Con toda seguridad, le había afectado la condición de su esposo. Era sorprendente que así estuviera la mujer que tanto había ignorado a su marido durante su matrimonio.

—¿Jangmi?

—¡Papá! –gritó ella con alegría.

—¿Por qué viniste sola?

—Mamá está descansando en casa.

—Estoy hablando de tu esposo.

—¿Qué?

Y la cara de Jangmi se endureció.

LA PRINCESA DE LAS LÁGRIMAS *y el* PRÍNCIPE DEL SILENCIO

Era una noche de principios de noviembre. El tercer otoño después de su separación había florecido y estaba apagándose cuando Myungjae vio una foto de su ex en una librería. En esa época, él estaba entregado al placer de dibujar. Cuando dibujaba, era libre de toda preocupación. A la salida del trabajo, sus pies lo habían llevado hasta una enorme librería de Gwanghwamun para comprar cuadernos de bocetos y lápices; así que, como de costumbre, fue al sector de literatura infantil. Myungjae tomó automáticamente de la estantería una revista de literatura infantil a la que en su momento se había suscrito su exmujer. En la portada, debajo del anuncio de que era una edición especial con la obra ganadora de un concurso de escritores nóveles, figuraba el nombre de ella. Myungjae se alegró al ver eso, pero no le gustó el título de la obra. *La princesa de las lágrimas y el príncipe del silencio*. Seguro que para la princesa de las lágrimas se había inspirado en ella misma; y para el príncipe del silencio, en él.

La trama del cuento también parecía sospechosa. Una muchacha a quien le dicen princesa de las lágrimas se cambia de escuela. Como llora a cada rato, los compañeros se burlan de ella; a excepción de uno, el chico que no dice una sola palabra. El príncipe del silencio es un chico autista, que no ha derramado una sola lágrima desde que nació y que lo que más curiosidad le genera es el llanto. Para el príncipe, la princesa es una chica rara, pero siente cada vez más interés por ella. Después de que todos la ignoraran, el príncipe se ofrece a sentarse a su lado. El cuento con toda seguridad reflejaba la historia de ellos dos. Myungjae quiso saber cómo seguía, por lo que se apresuró en leer las páginas siguientes.

Tras unas peripecias de dos peleas y dos reconciliaciones, el príncipe del silencio pudo llorar por fin y la princesa de las lágrimas pudo dejar de sentirse incómoda ante el silencio. Las lágrimas de la princesa lograron romper la maldición del silencio y el silencio del príncipe logró romper la maldición de las lágrimas. Era una historia de ficción, pero ese final feliz alegró tanto a Myungjae que de pronto se descubrió a sí mismo acariciando delicadamente la foto de ella.

Pensaba que la había olvidado. Incluso había tratado de odiarla para poder hacerlo. Ahora ya podía evitar los pensamientos sobre ella sin necesidad de apelar al odio. Hasta creía que podría conocer a alguien más. Lo cierto era que se había visto con otra persona, pero no pasaron de dos citas. Tal vez no era que se había olvidado de ella, sino que quería creer que se había olvidado. Lo que Myungjae confirmó gracias al final feliz de la historia no fueron los sentimientos de su ex sino sus propios sentimientos.

Sacó su celular del bolsillo. Buscó el número de ella, pero fue en vano. Una de las tantas cosas que había borrado para olvidarla era su número. No se acordaba bien del número y eso lo puso ansioso, y esa ansiedad hacía que se acordara todavía menos. Lo asaltó una angustia irracional, de que si no oía en ese preciso momento la voz de ella, no volvería a oírla nunca más. Su cara se ensombreció cada vez más. Claro, los cuentos sólo son cuentos. Si los cuentos de hadas fueran como la vida real, nadie los leería.

En ese momento sonó su celular y en la pantalla apareció un número. Era un número desconocido. Pero no del todo. Era el número que él se había esforzado tanto por recordar. Myungjae sintió que se le había cortado la respiración.

—Soy yo -la voz de ella era serena.

—Hola.

—¿Estás bien?

—No.

Myungjae quiso responderle que estaba bien, pero de su boca salió otra cosa. Quizás era mejor así. Ya estaba cansado de defender su orgullo a base de mentiras. El silencio se hizo presente una vez más.

—¿Dónde estás? -preguntó Myungjae, rompiendo ese silencio.

—En el hospital.

La voz de ella tembló ligeramente. Myungjae de repente tuvo un *déjà vu*. En una situación parecida, habían compartido un diálogo parecido. Le pareció que todo lo que ahora estaba atravesando con ella ya lo había vivido en el pasado. Era lógico pensarlo, ya que habían vivido juntos dos veces. Pero ese *déjà vu* fue tan fuerte que hasta podría haber detenido las agujas de todos los relojes del mundo.

—¿Estás enferma?

—Mi papá...

—¿Qué le pasa a mi suegro?

Y de nuevo volvió el silencio. A diferencia del pasado, ella se quedaba callada de tanto en tanto. Una vez más fue Myungjae el que tuvo que retomar el diálogo.

—¿Qué problema tiene?

—¿Podrías venir al hospital? Él quiere verte.

—¿A mí?

—Sí.

Myungjae cortó la llamada y aceleró sus pasos en dirección a la salida de la libería. Al cruzar la puerta, sonó fuerte la alarma. Todas las personas a su alrededor se dieron vuelta para mirar a Myungjae y un empleado vestido de uniforme se apresuró en acudir al lugar.

—Disculpe, tiene que pagar eso.

Myungjae miró lo que llevaba en la mano, era la revista que tenía publicado el cuento de ella. El empleado estuvo a punto de arrebatarle la revista, pero Myungjae la agarró con más fuerza.

Llegó al hospital y al entrar en la habitación, no pudo creer lo que veían sus ojos. En un corto tiempo, su antiguo suegro se había convertido en un anciano de avanzada edad. La última vez que lo había visto fue justo antes de divorciarse por segunda vez. Su suegro lo había llamado para que se reunieran. Myungjae estaba nervioso porque sospechaba el motivo de la llamada. Su suegro le dijo por teléfono que estaba en ese momento frente a su oficina, por lo que Myungjae no pudo dejar de salir a verlo. El hombre estaba de pie, vestido de traje. Era la primera vez desde el primer casamiento que Myungjae lo veía tan elegante. Seguramente era el mismo traje que se había puesto en la ceremonia.

Entraron en un restaurante de pollo frito cerca de allí. El lugar lo había decidido su suegro. Aunque Myungjae le había preguntado si no estaba harto del pollo frito y quiso llevarlo a un sitio más elegante, no hubo caso. Luego de fumarse un cigarrillo, su suegro le contó la historia de una joven que tuvo que desistir de sus sueños por culpa de un embarazo no deseado. La joven cantaba muy bien, por lo que desde pequeña la convocaban a todas las fiestas. Era la que mejor lo hacía del barrio; y una primavera, al escuchar el sonido de un piano por primera vez, decidió dedicar su vida a la música. Fascinada por dicha melodía cargada de pasión, algo que nunca había oído antes, miró a escondidas dentro de la sala de música. La sala estaba teñida de dorado por los últimos rayos de sol que se colaban por la ventana. Frente al piano estaba sentada la profesora. Desde ese instante, el corazón de la joven sólo lo ocupó la música. Como en el barrio no había ni un solo piano, la joven dibujó las teclas sobre un papel y se puso a practicar. El papel con teclas de piano dibujadas llamó la atención de la profesora. La mujer, quien ya se había fijado en la chica que cantaba tan bien, empezó a enseñarle personalmente.

Aunque la joven quería aprender piano, la profesora se interesó más por su talento para el canto. La joven era feliz cuando cantaba al compás de la música que tocaba la profesora en el piano y hasta se puso la meta de entrar a estudiar música en la universidad. Soñaba con cantar las melodías compuestas por ella misma. Pero en el verano del segundo año de preparatoria, cuando fue de viaje con unos conocidos, sufrió un embarazo no deseado. Por culpa de ello, no sólo no pudo ingresar a la universidad, sino que ni siquiera pudo graduarse de la preparatoria.

—Si no hubiera estado tan borracho...

Su suegro, después de contar esa larga historia con cara sombría, bebió un vaso de cerveza. En ese momento Myungjae entendió por qué su ex y su madre eran tan distantes entre sí. Para su suegra, su hija era la mayor culpable de arruinarle la vida. Pero más que por su suegra, quien había abandonado sus sueños aún antes de comenzarlos por culpa de un embarazo no deseado, Myungjae sintió pena por su ex, quien había llegado al mundo sin ser bienvenida. Quiso preguntarle a su suegro por qué le contaba esa historia en ese momento, pero no pudo hacerlo; con el rostro compungido, el hombre parecía acariciar los trozos de los sueños que él mismo había roto.

Durante la reunión, Myungjae se mantuvo todo el tiempo en silencio. La decisión de su esposa de estar un tiempo sola había sido tan firme que Myungjae no podía pronunciar las palabras que su suegro deseaba oír. Se limitó a acariciar la hebilla dorada de su cinturón. Su suegro, como si tuviera delante de él el vestigio de una brillante época pasada, sólo observó la hebilla dorada con ternura en la mirada.

—Discúlpeme -dijo Myungjae, con una voz apenas audible.

Su suegro se quedó callado por largo rato. Pero de pronto se quejó:

—Falta una pechuga en este pollo.

—¿Cómo dice?

—Ya vámonos.

El hombre se levantó de un salto y caminó con pasos firmes hacia el mostrador. Ése había sido el último encuentro entre ambos.

Su ex no estaba en la habitación del hospital. Myungjae se sentó en la cama auxiliar cuando su suegro abrió los ojos.

—Suegro.

El hombre lo observó con ojos distraídos.

—Suegro, soy yo.

—¿Quién eres?

—Su lucidez va y viene -dijo ella al entrar en la habitación.

Su deseo de estar sola parecía haber sido verdad, no sólo un pretexto. Después de tres años, se veía mucho mejor que desde antes de la separación. Irradiaba un aura intelectual, tal vez gracias a su pelo más corto o sus ojos profundos.

Myungjae no pudo creer lo que ella le dijo, que la vida de su padre transcurría en un tiempo diferente al de los demás. Como era un hombre que usualmente bromeaba, hasta su enfermedad le parecía a Myungjae una broma.

—¡Madre mía! Por eso está así. Si no hubiera visto la etiqueta con su nombre, ya estaría yéndome a otra habitación –dijo Myungjae.

Ella miró de la etiqueta con el nombre de su padre colgando de la cama, como si no hubiera sabido antes de su existencia, y abrió los ojos bien grandes.

—¿Qué pasa? –preguntó Myungjae alarmado.

Pero ella ya no era una persona que hablara con facilidad.

¿CUÁL SERÁ EL TIPO DE *sangre* DE LA SIRENITA?

La razón de la sorpresa de Jangmi fue el tipo sanguíneo de su padre anotado en la etiqueta. Ella pensaba que era del tipo A; pero allí decía que era O. Por ley hereditaria, unos padres que sean O y B no pueden tener un hijo que sea A.

—No es nada –respondió Jangmi, después de retomar el control.

Miró a su ex, cuya cara parecía haberse encogido. Quizás era por el traje azul marino que llevaba. Él solía ir al trabajo vestido casual.

—¿Por qué te pusiste traje?

—Es que tenía una presentación importante –respondió él, forzando una sonrisa.

Su corbata estaba torcida y la camiseta roja que llevaba debajo quedaba a la vista, a la altura del cuello. Jangmi le empujó la camiseta hacia abajo y le ajustó el nudo de la corbata.

—¿Quién se pone una camiseta roja debajo de una camisa blanca?

—Es que cuando oscurece hace frío, pero no tanto como para llevar el abrigo –respondió, sonrojado.

—Gracias por venir. No pensaba llamarte, pero mi padre insistía tanto en verte que ya no pude negarme...

—Claro que tenía que venir. Me habría sentido mal si no me hubieras llamado.

Jangmi agradeció sus cálidas palabras. Cuando dudó si llamarlo o no, dudó también si él vendría de inmediato al hospital; porque ella se había mantenido firme en su decisión de separarse aunque él le había suplicado lo contrario diciendo que se había equivocado, que lo perdonara.

Él no entendía que la decisión de separarse no era por un error cometido por alguno de los dos, y ésa fue la razón por la que Jangmi pidió el divorcio. Él provenía de un planeta en el que desear estar solo era un error; y si ese deseo existía, alguien tendría la culpa. Así era la ley que reinaba en su planeta. Jangmi sentía muy lejano el planeta que él habitaba.

Luego del divorcio, no hubo noticias que llegaran desde el planeta de él. Como su ex venía a verla cuando vivían separados pero no estaban divorciados, ese cambio la apenó. Sin embargo, no era que no tuviera ninguna noticia de él. Jangmi recibió un telegrama de felicitación por su cumpleaños, junto con una transferencia telegráfica de cincuenta mil wones. Antes habían sido cien mil, ahora se había reducido a la mitad. A Jangmi no le había caído bien esa diferencia, porque sintió que era una broma o una burla.

—¿Has venido, Myungjae? –dijo el padre de Jangmi, dándole la bienvenida.

Él y Jangmi gritaron al unísono:

—Suegro, ¿me reconoce?

—¡Papá!

—Ustedes me van a romper los tímpanos –se quejó el hombre, arrugando la cara.

Su ex tomó la mano de su antiguo suegro de repente. Como no era alguien muy dado a las muestras de afecto, Jangmi se sorprendió.

—¿Se encuentra bien?

—Estoy bien.

Los dos se miraron con afecto en los ojos. A Jangmi le alegró que su padre hubiera recuperado la lucidez y que su ex lo tomara de la mano y lo mirara profundamente. Estaba arrepentida y apenada por no haberlo llamado antes, pese a la insistencia de su padre. Ella había pensado que su padre quería verlo porque estaba mal de la memoria, pero él insistía. Cada momento que estaba lúcido, sólo pedía ver a su antiguo yerno.

—¿Dónde has dejado el cinturón que tenía la hebilla dorada?

—Tuve que dejarlo en el bar al que fui anoche. Es que me faltaba dinero para las bebidas.

Los dos se rieron como niños pícaros planeando alguna travesura. Jangmi no podía creer lo que veía. Tiempo atrás, él habría estado con la expresión dura y la boca cerrada, ese buen humor era toda una novedad.

Su padre comió con ganas el *juk* le sirvió su antiguo yerno.

—¿No es hora de que vayas a trabajar? -le preguntó el hombre al vaciar completamente su plato.

—He venido del trabajo -respondió él, con cara sombría.

—Entonces, ¿qué estás haciendo aquí? Lleva a tu mujer a casa.

—¡Papá! -gritó Jangmi, apenada.

—No se preocupe, suegro. La llevaré cuando usted se duerma.

Al escucharlo, el hombre esbozó una sonrisa de satisfacción y se durmió en el acto.

Jangmi y su ex salieron de la habitación y se sentaron en los asientos del recibidor.

—Saliste fantástica en la foto de la revista. Ya eres una escritora con todas las letras.

—Gracias.

—Me alegré cuando leí en la revista que ganaste un premio, aunque hubiera sido mejor escucharlo directamente de ti.

Tiempo atrás, cuando Jangmi se enteró del premio, lo primero que pensó fue en avisarle a él. Tomó el celular, pero la asaltaron las dudas y al final lo dejó de nuevo en su lugar.

—Agradezco que hayas venido. Ahora ya puedes volver a casa.

—¿Y tú?

—Tengo que cuidar de él.

—Hoy me quedaré yo. Ve a descansar.

Aunque Jangmi se negó, él se mantuvo firme diciendo que la presentación de ese día había sido un éxito y que al día siguiente podría ir un poco más tarde. Ya eran diez los días que llevaba Jangmi durmiendo acurrucada en la cama auxiliar del hospital. Ella volvió a la habitación, recogió su bolso y se fue a casa de sus padres. Tenía algo que averiguar.

Al abrir la puerta de la casa, una brisa fría se coló por el cuello de su abrigo. Su madre estaba sentada frente a la mesa, con bufanda y abrigo, bebiendo *soju.*

—¿Qué haces bebiendo sola? ¿Estás preocupada por papá?

—Es que tengo frío -contestó la mujer, acomodándose la bufanda.

—¿Por qué la casa está tan fría?

—Parece que se descompuso la caldera.

Jangmi fue a revisar el control remoto de la caldera que estaba en la pared de la habitación matrimonial. El botón de encendido estaba apagado. Jangmi suspiró hondo. Le preocupaba más su madre que su padre. Él iba hacia adelante con la misma velocidad con la que su madre iba hacia atrás. Como la vida de su madre se basaba en la de su esposo, la mujer se derrumbaba sin remedio.

Jangmi encendió la caldera y después de sacar de la alacena una copa de *soju,* se sentó frente a la mesa.

—Se calentará dentro de poco -dijo Jangmi mirando a su madre, que tenía la nariz y los pómulos rojos.

La voz de Jangmi era cálida y suave, la misma que habría querido escuchar de su madre cuando entró a casa llorando por las burlas hacia su pelo rojo o cuando volvió bañada en lágrimas porque la habían llamado llorona.

—¿Quién se quedó en el hospital?

—Myungjae.

—¿Tu ex?

—Sí. Es que papá insistía en verlo.

—¿Todavía no se ha vuelto a casar?

Jangmi negó con la cabeza.

—Si ustedes hubieran tenido un hijo en su momento, no se hubieran separado. El destino de la madre se arruinó por haberse quedado embarazada; y el de la hija también, porque no pudo...

Cada vez que su madre abría la boca, despedía un fuerte olor a alcohol. Jangmi vertió un poco de *soju* en su copa y bebió un sorbo.

—¿Cómo es que me tuviste a los dieciocho años?

—¡A los diecinueve!

—¿Cómo me tuviste a esa edad?

En el pasado, ante semejante pregunta, la mujer se hubiera enojado y habría insultado a su hija, como maldiciendo su destino; pero ahora era diferente. Luego de vaciar su copa, dijo:

—Eran las vacaciones de verano de mi segundo año de preparatoria. Unos estudiantes universitarios vinieron desde Seúl para ser voluntarios en nuestra comunidad. Entre ellos había un estudiante de música que tenía la piel blanquísima y los dedos largos. A él le gustó que yo cantara bien. Y tocaba el piano para mí. Todo el mundo decía que me convertiría en cantante, porque tenía un gran talento.

Era la primera vez que Jangmi escuchaba esa historia. Arrimó la silla hacia la mesa. Su madre hizo una pausa, como si esperara recordar algo... Tenía los ojos entreabiertos y miraba al vacío. Poco tiempo después, retomó el relato:

—Ese día, como de costumbre, estábamos ensayando en la sala de música, cuando de repente afuera oscureció y hasta hubo truenos y relámpagos. Yo temblaba de miedo y él me abrazó. Ahí me di cuenta de cuán cálido es el abrazo de otra persona. Yo nunca lo había sentido hasta ese entonces, porque tu abuela nunca pudo tenerme en brazos, ya que tenía que estar pendiente de su suegra que la maltrataba, culpándola del pecado de no haber concebido un hijo varón. Cada vez que yo escuchaba un trueno, me refugiaba más en los brazos de él... Ese día sonaron nueve truenos.

—¿Y entonces?

Su madre no contestó. Sus ojos estaban apagados como si hubiera caído en un profundo sueño. La persona que confesaba un secreto apestando a alcohol parecía ser su madre soñando en otro mundo. La mujer hablaba de tanto en tanto, como si estuviera pegando los trozos de sus sueños rotos. Entre un trozo y otro, mencionaba una y otra vez la lástima que sentía hacia su destino torcido y su negativa a abandonar un sueño perdido. Jangmi la escuchaba un poco inquieta; pero como era la historia de la que antes llamaba reina de la nieve, con los sueños que ésta había abrigado, no le resultó del todo desconocida.

Cuando los estudiantes hicieron un viaje al valle, su madre los siguió a escondidas. Es que no podía más de los celos hacia las chicas que los acompañaban. El estudiante de música estaba solo y recogía unas algas en medio del río. De repente empezó a luchar con la corriente, y su madre, sin pensarlo, se lanzó al río para rescatarlo. Con mucho trabajo pudo arrastrarlo de nuevo a la orilla, él apenas respiraba. En ese momento una chica universitaria corrió hacia ellos y su madre, asustada, se escondió detrás de una roca.

—El chico pensó que esa estudiante era la que lo había rescatado y se enamoró de ella, ¿verdad? –dijo Jangmi, con la sensación de que estaba siendo engañada.

Pero su madre, como si fuera una actriz muy metida en su papel, continuó:

—Me quedé espiando cómo esa chica le daba aire a sus pulmones. No sabes cuán desgraciada y miserable fui. En mi interior estallaron los truenos. Sonaron nueve veces. Tan poco costaba cambiar el destino... Los truenos sonaron nueve veces y...

Su voz ya se oía lejana cuando de repente la mujer se desplomó sobre la mesa. Jangmi la llevó al cuarto matrimonial y la acostó en la cama, le quitó el abrigo y la bufanda, las dos cosas pertenecían a su padre. La mujer se acurrucó en forma fetal y Jangmi la tapó con una frazada. Por su entrecejo fruncido, la mujer parecía estar sufriendo una pesadilla. A lo mejor estaba entregándole su voz a la bruja para conseguir un par de piernas.

EL ÚLTIMO *acertijo*

Se dice que el tiempo fluye. ¿Desde cuándo la Humanidad compara el tiempo con la corriente de un río? Seguro que los habitantes de la antigua Grecia y la antigua Roma también pensaban de esa manera. En esa época, un filósofo, para explicar la irreversibilidad del tiempo, dijo que uno no se puede bañar dos veces en el mismo río. El tiempo, parecido al torrente de un río, deja sus huellas en algún lugar del planeta, igual que las aguas cambian la forma de la arena ribereña. El tiempo también cambia la altura del cielo, la forma de las nubes, el color de las hojas de los árboles y la cara de las personas. Sin embargo, tal como las aguas profundas y extensas de un río parecen estar quietas; cuando miramos el cielo, o las nubes, o las hojas de los árboles, o las caras de las personas, el tiempo no se nos revela fácilmente. Porque el tiempo es más profundo y extenso de lo que uno puede imaginar.

La única cara de ella que Myungjae recordaba era la que fruncía cuando se quejaba del olor a rana. Pero ahora, al verla tres años después, era completamente diferente. No sólo por su nuevo peinado, también por las huellas que había dejado el tiempo. El tiempo es un reflejo del cambio. Mejor dicho, el cambio es un reflejo del tiempo.

Myungjae sentía muy lejano el tiempo que ella había tenido que soportar en soledad; y tal vez por esa razón, no podía soltar de su mano la revista que llevaba publicado su cuento. Incluso cuando no tenía más remedio que dejarla un momento, la ponía cerca de él para poder agarrarla de nuevo rápidamente. Lo que Myungjae tenía que sujetar con fuerza no era una revista sino un lapso de tres años que ella había superado sola.

Ahora, la cara de ella había cobrado nueva vida en la figura de la foto de la revista. Myungjae incluso pensó que en su segundo matrimonio, en su primer matrimonio y también la primera vez que la había visto, ella había tenido esa cara. La mujer que Myungjae conocía no era la chica rara que se había puesto a llorar mientras lo escuchaba cantar, o la chica especial cuyas tripas hacían un ruido raro cuando se ponía nerviosa, o la chica que le tenía miedo a la oscuridad, o la mujer perturbada que se quejaba de un olor a rana que no existía, sino una escritora llena de confianza en sí misma.

Desde el principio, las continuas visitas de Myungjae al hospital fueron para ver la cara de ella. También para evitar la tortura de volver a su casa. Desde la partida de su mujer, Myungjae se fastidiaba recordando su imagen teniendo arcadas y compartiendo comidas con su padre, quien insistía en que comiera ranas como solución para que su nuera regresara. Cuando su padre se enteró de la condición del padre de Jangmi, dijo que quería mandarle ranas para comer, como si fuera la cura para todo.

Myungjae se alegraba de ver algunos cambios y le dolía ver otros. El cambio de su exsuegro era el más doloroso. Su tiempo era como una catarata, por lo que no era necesario bañarse para comprobar que la corriente fluía, bastaba tener ojos para verlo. El tiempo cambiaba su cara a cada momento. Sólo en un día, la cambiaba como si hubiera pasado un mes. Su cuerpo se había encogido y su lucidez se había debilitado. Era evidente que la luz de su vida estaba apagándose. Lo curioso era que el hombre estaba lúcido sólo cuando se quedaba a solas con su antiguo yerno. En dichas ocasiones, Myungjae se ponía nervioso cada vez que su suegro abría la boca, porque pensaba que podía ser lo último que escucharía de él. Sin embargo, solían ser comentarios sin importancia.

—¿Qué es eso?

—Es la revista en la que publicaron el cuento que escribió Jangmi.

—¿Ella escribió un cuento?

—¿No lo sabía? -le preguntó Myungjae, y le entregó la revista.

—Ella tiene el pelo rojo porque salió a mí.

El cabello de la joven de la foto era claramente negro; y el del anciano frente a él, claramente blanco. Myungjae no movió una pestaña.

—¿No me crees?

El hombre pidió que le trajeran a la habitación su álbum de fotos.

Unos días después, un sábado por la tarde, el hombre estaba mirando su álbum y de pronto despegó una foto que le extendió a Myungjae.

—Mira, de niño mi pelo era rojizo como las barbas del maíz.

Era una foto en blanco y negro en la que un muchacho tenía una expresión incómoda, frunciendo un ojo. El hombre le pidió que le tiñiera el pelo de rojo. Era una solicitud ridícula; pero tanto insistió, que Myungjae no pudo negarse. Salió del hospital y compró la tintura. Cuando regresaba, alguien que estaba en la puerta del hospital lo llamó. Era una anciana vestida con un traje *hanbok* moderno, sombrero de paja y bastón.

—¿Se le ofrece algo?

—Tengo que tomar un taxi, pero no tengo dinero. Debo irme rápido, antes de que empiece a llover –se quejó la anciana, arrugando los ojos y mirando el cielo completamente despejado.

No parecía estar muy cuerda. A Myungjae le urgía volver a la habitación, así que le ofreció dos billetes de diez mil wones. La anciana tomó el dinero y sacó algo de su bolso. Una cámara polaroid.

—Sólo tengo esto para darte.

Myungjae se negó a aceptarla, pero la anciana se la dejó como si estuviera deshaciéndose de ella y se subió al taxi. Una señora algo excéntrica. Myungjae, al observar el taxi alejándose, fue poseído por una sensación extraña. No era por el objeto que había recibido sin desearlo sino por la sensación de que ya había visto a esa anciana antes.

Mientras le aplicaba la tintura roja a su exsuegro en el cabello, éste sólo miraba por la ventana con la vista perdida. Como si allí, en el mundo más allá de la ventana, hubiera algo que había dejado involuntariamente.

—En verano se pone abrigo y en invierno se desviste. ¿Qué es?

Otro acertijo.

—No lo sé –contestó Myungjae sin interés, concentrado en el teñido.

El hombre se mantuvo inmóvil, como si presenciara una ceremonia sagrada, hasta que Myungjae dejó de peinarlo. Luego de lavarlo y secarlo, su cabello reveló un tono rojizo. Parecía un emisario llegado del país de los enanos rojos.

Después de mirarse en el espejo, puso cara de satisfacción y le pidió a Myungjae que le tomara una foto. La cámara polaroid tenía rollo. El hombre también pidió que le alcanzara su traje del armario. El traje que se había puesto en la primera boda de su hija ya le quedaba grande. Justo después de sacarse la foto, el hombre dio una larga exhalación y se acostó en la cama. Cuanto más se agitaba la foto recién tomada, más nítido se veía el color rojo del cabello.

—Salió bien.

Cuando Myungjae lo miró, el protagonista de la imagen ya estaba dormido.

Buscó su cuaderno de bocetos en su maletín y dibujó la cara de su antiguo suegro. Mientras dibujaba, sintió una satisfacción que nunca había experimentado antes. Era la primera vez que hacía algo que no pretendía mostrárselo a los demás sino por propio gusto. Cuando oyó que su ex se acercaba, cerró el cuaderno a toda velocidad.

—El pelo de papá... –ella no pudo esconder su sorpresa.

—Se lo he teñido.

—¿Teñido?

La cara de ella estaba muy seria. Myungjae le tendió la foto del álbum que le había mostrado el padre y le explicó lo sucedido. Ella observó la foto por largo rato.

—Yo también tengo el pelo rojo.

—Pero si lo tienes negro...

—Me lo he teñido.

Myungjae observó el cabello de su exmujer. En su memoria, su pelo siempre había sido tan negro como el azabache. ¿Cómo era posible que nunca hubiera sabido su color de pelo original después de tantos años de conocerse y de tanto tiempo viviendo juntos? Myungjae sintió de nuevo curiosidad acerca de ella. Desde el primer momento en el que la vio, ella siempre había sido un acertijo para él.

COMO UN *cuento* DE HADAS

Por qué en los cuentos de hadas tan pocas veces salen padrastros. Los autores de cuentos famosos fueron, en su mayoría, hombres. Hans Christian Andersen, los hermanos Grimm, Charles Perrault, Joseph Jacobs. Quizás por esta razón, en los cuentos siempre salen madrastras malvadas. Si Jangmi se había preguntado si su madre sería su madrastra tal vez era por culpa de ese tipo de historias. Incluso cuando se enteró de que el tipo de sangre de su padre era diferente al que ella pensaba, la desconfianza se dirigió a su madre. Pero tan pronto escuchó el relato de su madre ebria, las dudas que había abrigado desde hacía tiempo se esfumaron.

Alguien dijo una vez que los niños, aunque nunca hayan leído un cuento de fantasía, saben que los dragones existen. De lo que se enteran después de leer los cuentos no es que los dragones existen, sino que los dragones también mueren. Si Jangmi había pensado que su madre podría ser en realidad su madrastra, tal vez no era únicamente por culpa de los cuentos de hadas. Desde hacía tiempo, ella sabía que las madrastras malvadas de los cuentos son las verdaderas madres en las obras originales. Aunque los niños no lean cuentos de hadas, saben que ninguna madrastra es amable y cariñosa; pero de lo que se enteran cuando los leen, es que las verdaderas madres no son diferentes a las madrastras.

Según la historia de su madre, su padre debió haber sido su padrastro; pero al final, Jangmi se convenció de que su padre y su madre eran quienes verdaderamente la habían traído al mundo. Y se convenció porque el secreto que le había revelado su madre borracha era sólo un cuento. Escuchar ese relato sobre su llegada al mundo, una historia que resultaba de la mezcla de varios cuentos, le permitió descubrir a la niña interior de su madre. Una niña que imaginaba una historia de fantasía mientras lloraba encerrada dentro del armario. Una niña que deseaba que sus padres fueran otros, unos padres esplendorosos. Una niña que soñaba con que vendrían a buscarla sus verdaderos padres. Ésa era la niña que estaba acurrucada en un rincón del corazón de su madre.

Al igual que Jangmi, que fantaseaba dentro del armario cuando era una niña, su madre se había acurrucado hacia un lado de la cama. Tendría miedo de que su esposo se marchara al otro mundo, y quizás por eso se negaba a aceptar la realidad. Muchas cosas se volvieron claras: la razón por la que su madre se había adueñado de la cama de enfermo del hospital, la razón por la que dejó de visitar el hospital después de que llegó Jangmi, la razón por la que inventó la historia sobre la venida al mundo de su hija... Todo era por miedo. Miedo a la posibilidad de quedarse sola.

Hay personas que lo dan todo para alcanzar el amor; y de la misma forma, hay quienes desdeñan el amor para no perderlo. Su madre había rehuido del amor toda su vida justamente para no perderlo. Al igual que Jangmi, que había tenido un embarazo psicológico por temor a tener un hijo. Como si le estuviera dando unas palmaditas de consuelo a la niña en su interior, Jangmi le dio a su madre unas palmadas en la espalda. Como ya había visto a la niña interior de ésta, cuando encontró el resultado de un examen médico en el bargueño de la habitación, no se sorprendió. El tipo sanguíneo de la Sirenita no era B sino A.

Cuanto más se aproximaba al hospital, más se aceleraban sus pasos. Era por su ex, que estaría cuidando solo a su padre en la habitación. Ella no esperaba esa atención de su parte. La asolaba un sentimiento de culpa, pero también estaba agradecida. Pero sobre todo, sintió que tenía nuevas fuerzas. Él, quien había sido una rana y también el príncipe rana, ahora era Enrique.

—El pelo de papá... –Jangmi miró el cabello rojo con sospecha en los ojos.

—Se lo he teñido.

Él le entregó una antigua foto en blanco y negro y le explicó lo sucedido. Era una imagen de la época en la que su padre tenía el cabello alborotado.

—Me contó que en ese entonces tenía el pelo rojo –dijo él, como si no lo creyera.

—Yo también lo tengo rojo.

—Pero si lo tienes negro…

—Me lo he teñido.

Jangmi odiaba su color de pelo, ése era el motivo por el que se burlaban de ella; así que desde su ingreso a la universidad siempre se lo teñía. Como iba a la peluquería a teñirse tan pronto le asomaban las primeras raíces rojas, no era extraño que él se sorprendiera con la noticia.

—Viéndolo de cerca, sí que parece algo rojo. Tendrás que teñirte de nuevo.

—No, ya no lo haré.

Jangmi se asustó ante la firmeza de su propia voz. Era la voz de la niña de quien se burlaban por su pelo rojo y lloraba a mares. De allí en más, la niña ya no se avergonzaría de tenerlo así.

—¿Qué es esto? –preguntó Jangmi, levantando el cuaderno que estaba en la cama auxiliar.

—No es nada, solamente son bocetos que dibujé, porque Patillas me los pidió para los personajes de un videojuego.

Al ver que lo había tomado por sorpresa, la asaltó la curiosidad. En el cuaderno estaba dibujada la cara de una mujer joven. Sus ojos, su nariz y su boca muy próximos y su amplia frente le transmitieron un aire familiar.

—Dibujas bien.

Los trazos eran ásperos, pero el estilo era peculiar. Ella no sabía que su ex tenía talento para el dibujo.

En la siguiente hoja, en la siguiente, y en la siguiente también se veía la misma cara. Apenas cambiaba un poco cada expresión facial. Jangmi pasó rápido las hojas.

La expresión triste se volvió alegre muy lentamente. En la última hoja, estaba la cara de un anciano. Jangmi tuvo ganas de llorar. No supo si fue por culpa de todas las caras que se parecían a la de ella o por la que se parecía a la de su padre.

Le devolvió el cuaderno a él. De pronto se hizo un silencio incómodo, pero a Jangmi ya no le incomodaba el silencio de él. Aunque fuera un hombre que no se expresara, Jangmi podía saber lo que él sentía. Los dibujos en el cuaderno lo explicaban todo.

—Le saqué una foto a tu padre.

Él le tendió una foto polaroid, tomada después de teñirse el pelo y con el traje puesto. Con un ojo fruncido, parecía que estuviera guiñando un ojo. Jangmi miró al mismo tiempo la foto en blanco y negro de cuando su padre era niño. En ésa también tenía un ojo fruncido. Con sólo borrar las arrugas de la foto polaroid, sería la misma cara. Tal vez su padre no estaba envejeciendo sino que estaba regresando a su infancia.

—Parece que está guiñando un ojo, ¿verdad? –dijo él.

—No, está frunciendo un ojo. Yo también tengo la costumbre de fruncir el ojo izquierdo cuando me sacan una foto.

En ese momento se oyó una tos seca.

—¡Papá!

—Salió muy bien en la foto, suegro.

Él puso la foto a la vista del padre de Jangmi. Éste parpadeó y la miró.

—¿Y ustedes quiénes son? –dijo el padre, con un tono infantil.

—Suegro, soy yo, Myungjae. ¿No me reconoce? -dijo él, mirando al hombre a los ojos; pero él tenía la vista perdida y no decía nada-. Tiene que decirme la respuesta del acertijo. Qué es lo que en verano se pone abrigo y en invierno se desviste. Así era, ¿verdad?

Él intentó despertar la lucidez del hombre, que había caído en un abismo; pero fue en vano. Jangmi sintió curiosidad. No tanto por la respuesta del acertijo sino por la razón de que le hubiera dicho un acertijo.

—Pipí -dijo su padre.

—Está bien.

Él sacó el bacín de plástico que estaba debajo de la cama y estaba a punto de bajarle el pantalón cuando el hombre se sonrojó y negó con la cabeza.

—¿Podrías salir un momento? -le pidió él a Jangmi.

—Gracias -dijo el padre, bajando la cabeza.

Los ojos de él, mientras le bajaba el pantalón a su antiguo suegro, se humedecieron y llevó la vista a la ventana. Jangmi salió rápido de la habitación. Mientras caminaba por el corredor para ir a tomar aire fresco, unas lágrimas se deslizaron por sus mejillas. Por fin habían vuelto. No recordaba cuánto tiempo había pasado. Era la primera vez que estaba feliz de ver sus propias lágrimas.

Cuando regresó a la habitación, él estaba leyéndole a su padre el cuento que Jangmi había escrito. El hombre, como si fuera un niño antes de dormir, escuchaba atentamente. Jangmi se paró frente a la ventana y miró hacia afuera. La voz de él leyendo su historia le sonó lejana. En el mundo que estaba del otro lado de la ventana empañada, caía la nieve como una lluvia de huevecillos.

Ese mundo se vistió de blanco en poco tiempo. En un árbol solitario en la cima de una colina, la nieve se colgaba de sus ramas. ¿Sería que las almas de los fallecidos sepultados bajo ese árbol volvían a la vida en la nieve que pendía de sus ramas? Jangmi creyó saber el significado del acertijo de su padre. Él solía repetir que deseaba ser sepultado en el pueblo donde había nacido. Ante los ojos de Jangmi se extendieron unas gruesas ramas de olmo. Eran del olmo que estaba en la entrada del pueblo natal de sus padres, el lugar al que Jangmi solía ir en cada puesta de sol cuando quedó por un tiempo al cuidado de sus abuelos maternos.

Su ex estaba llegando a la última línea del cuento.

—Y así, los dos vivieron felices para siempre.

Su padre se había dormido con una sonrisa en el rostro. Tal vez soñaba que se había convertido en un árbol y que sus dedos, transformados en ramas, estaban floreciendo.

—¡Está nevando! –exclamó él.

Todas las almas del mundo pendían suavemente de las ramas. Todos los seres que tenían dos piernas y cuyo destino era vagar por el mundo, descansaban arriba de ese árbol de una sola pierna.

La fría mano de Jangmi se calentó. Fue porque él la había tomado de la mano. Se la alzó hacia la ventana y con el dedo índice dibujó algo sobre el cristal empañado. Las huellas de su dedo fueron componiendo unos ojos, una nariz, una boca y unas orejas. La cara de una joven de ojos especialmente grandes.

—¿Quién es?

—La princesa de las lágrimas.

—También hay que dibujar al príncipe del silencio.

Esta vez, su dedo dibujó a un joven que tenía la boca bien cerrada. El rabillo de sus ojos estaba ligeramente caído y su cara, redonda. Se parecía a él. Jangmi llevó su dedo índice debajo de cada uno de los ojos del príncipe y lo dejó allí por un segundo. Ahora el príncipe también lloraba. Cuando él sonrió, la alegría también floreció en el rostro de Jangmi. Y un hilo de aliento, más callado que el silencio, viajó hasta el mundo que estaba detrás de los llorosos ojos del príncipe del silencio y usó los copos de nieve como puente para subir al cielo.

동화 처럼 COMO UN CUENTO DE HADAS terminó de imprimirse en 2020 en Litográfica Ingramex, S.A de C.V., Centeno 162-1, colonia Granjas Esmeralda, alcaldía Iztapalapa, 09810, Ciudad de México. El cuidado de la edición estuvo a cargo de Aura González Morgado. El diseño editorial y la formación fueron hechos por Rosario Avilés Cano.